昭明文選

九

黄侃黄焯批校

〔梁〕蕭統 編 〔唐〕李善 注

黄侃 黄焯 校訂

長江出版傳媒
崇文書局

文選卷第五十

梁昭明太子撰

文林郎守太子右内率府録事參軍事崇賢館直學士臣李善注上

史論下

范蔚宗後漢二十八將論一首

宦者傳論一首　逸民傳論一首

沈休文宋書謝靈運傳論一首

恩幸傳論一首

史述贊

班孟堅漢書述高紀贊一首

此題昭明所代为擬名也
今在馬武傳後

述成紀賛一首

述韓彭英盧吴傳賛一首

范蔚宗後漢書光武紀賛一首

史論下

後漢書二十八將傳論一首　范蔚宗

論曰中興二十八將前世以爲上應二十八宿未之詳也中興謂漢有王莽篡位後光武復興爲中興也天有二十八宿將以輔君治化者也然咸能感會風雲奮其智勇周易曰雲從龍風從虎史記太史公曰相如其處智勇可謂兼之稱爲佐命亦各志能之士也李陵書曰其餘佐命立功之士議者多非光武不以功臣任職至使英姿茂績委而勿用謝承後漢書序曰中

馬後漢之友别本

徒蟠英姿磊落潘岳楊肇誄曰茂績惟嘉然原夫深圖遠筭固將有以爲爾若乃王道既衰降及霸德猶能授受惟庸勳賢兼序如管隰之迭升桓世先趙之同列文朝可謂兼通矣左氏傳寺人披曰齊桓公置射鉤而使管仲相又曰齊桓衛姬之子有寵於僖公有鮑叔牙隰朋以爲輔佐又曰晉蒐于被廬命趙衰爲卿讓於先軫杜預曰先軫晉下軍之佐原軫也降自秦漢世資戰力至於翼扶王室皆武人屈起亦有鬻繒盜狗輕猾之徒漢書曰灌嬰睢陽販繒者也高祖爲沛公以中涓從後剖符食潁陰侯丞相又曰樊噲沛人也以屠狗爲事高祖爲沛公以舍人從後封舞陽侯或崇以連城之賞或任以阿衡之地班固漢書賛曰藩國大者跨州兼郡連城數十毛詩曰實惟阿衡左右商王毛萇曰阿衡伊尹也故勢疑則隙生力侔則亂起蕭樊且猶縲紲信越終見菹戮不其

然乎李陵書曰昔蕭樊囚執韓彭葅醢自茲以降訖于孝武宰輔五世莫非公侯遂使縉紳道塞賢能蔽壅司馬相如封禪書曰因雜縉紳先生之略術臣瓚曰縉赤色紳大帶也朝有世及之私下多抱關之怨禮記曰大人世及以爲禮漢書曰蕭望之署小苑東門候王仲翁謂望之曰不肯錄錄反抱關爲其懷道無聞委身草莽者亦何可勝言論語陽貨謂孔子曰懷其寶而迷其邦淮南子曰今至人生於亂世含德懷道而死者衆天下莫知貴其不言也故光武鑒前事之違存矯枉之志班固漢書贊曰漢興懲強秦之敗大啓九國可謂矯枉過其正也雖寇鄧之高勳耿賈之鴻烈分土不過大縣數四所加特進朝請而已范曄後漢書曰寇恂字子翼封雍奴侯邑萬戶爲執金吾鄧禹字仲華爲大司徒封高密侯食邑四縣耿弇字伯昭封好畤侯食二縣以列侯奉朝請賈復字君文封膠東侯食六縣以列侯加位特進蔡邕獨斷

曰諸侯功德優盛朝廷所異者賜位特進位在三公下孟康漢書注曰律春曰朝秋曰請覲其治平臨政課職責咎將所謂導之以法齊之以刑者乎論語子曰導之以政齊之以刑民免而無恥若格之功臣其傷已甚何者直繩則虧喪恩舊撓情則違廢禁典范曄後漢書第五倫上䟽曰臣愚以爲貴戚可封侯以言之不當職事以任之何者繩以法則傷恩私以親則違憲選德則功不必厚舉勞則人或未賢參任則群心難塞並列則其弊未遠言選德棄功參差雜用即怨望必多故云難塞若論功棄德並列於朝即葅戮相仍故云未遠不得不校其勝否即事相權言尊功而不尊德此功權於德任德而不任功此德權於功漢書曰量資弊權輕重於是有母權子而行有子權母而行韋昭曰重爲母輕爲子衡平也故高秩厚禮允荅元功峻文深憲責成吏職漢書曰翟方進爲相峻文深詆中傷者尤多建

武之世建武光武年號侯者百數若夫數公者則與參國議分均休咎其餘並優以寬科完其封祿莫不終以功名延慶于後范曄後漢書郎顗上疏曰攘災延慶號令天下昔留侯以爲高祖悉用蕭曹故人郭伋亦議南陽多顯鄭興又戒功臣專任漢書曰上望見諸將往往數人偶語上曰此何語張良曰此謀反耳陛下起布衣與此屬取天下已爲天子而所封皆蕭曹故人所誅者皆平生仇怨故相聚謀反耳范曄後漢書曰光武以郭伋爲并州牧過京師謝恩帝即引見伋因言選補衆職當簡天下賢俊不宜專用南陽人帝納之又曰鄭興字少贛河南人徵爲太中大夫上疏曰道路流言咸曰朝廷欲用功臣功臣用則人位謬矣夫崇恩偏授易啓私溺之失至公均被必廣招賢之路意者不其然乎班固漢書引曰崇恩德以撫海內仲長子昌言曰人主臨之以至公永平中顯宗追感前世功臣顯宗明帝

此注亦非崇賢之筆

乃圖畫二十八將於南宮雲臺其外又有王常李通竇融卓茂范曄後漢書曰王常字顏卿潁川人封山桑侯拜爲橫野大將軍位次與諸將絶席又曰李通字次元南陽人封固始侯拜大司空又曰竇融字周公扶風人封安豐侯爲衛尉又曰卓茂字子康南陽人爲密令世祖即位以茂爲太傅合三十二人故依本第係之篇末以志功次云爾

宦者傳論一首　范蔚宗

宦者養也養閹人使其看宮人此是小臣後漢用之尊重故集爲傳論

易曰天垂象聖人則之宦者四星在皇位之側仲長子昌言曰天文宦者四星在帝座傍布周禮有其官職故周禮置官亦備其數閽者守中門之禁周禮曰閽人掌守王宮中之門禁鄭玄曰中門於外內爲中寺人掌女

依周礼删

宮之戒周禮曰寺人掌王之內人及女宮之戒令又云王之正內者五人周禮曰寺人王之正內五人鄭玄曰正內路寢也月令仲冬閹尹審門閭謹房室禮記文也鄭玄曰閹尹主領閹豎之官也於周則爲內宰掌治王之內政宮令譏出入及關閉之屬也重閉外內門詩之小雅亦有巷伯刺讒之篇毛詩小雅曰巷伯刺幽王也寺人傷於讒而作是詩也毛萇曰巷伯內小臣也然宦人之在王朝者其來舊矣將以其體非全氣情志專良通關中人易以役養乎老子曰未知牝牡之合而全作王弼曰作長也無物以損其身故全長也漢書曰元帝以石顯久典事中人無外黨精專可信任遂委以政應劭漢官儀曰掖庭後宮所處中宮謂諸中人然而後世因之才任稍廣其能者則勃貂管蘇有功於楚晉左氏傳曰呂郤畏偪焚公宮而殺晉侯寺人披請見公見之以難告又曰晉侯問原守於寺人勃鞮對曰昔趙衰以壺飧從徑餧而弗食故使處原

杜預曰勃鞮披也史記以勃鞮爲履貂上新序曰楚恭王有疾告諸大夫曰管蘇犯我以義違我以禮與處不安不見不思然而有德焉吾死之後爵之於朝申侯順吾所欲行吾所樂與處則安不見則思然未嘗有得焉必速遣之景監繆賢著庸於秦趙史記曰商鞅入秦因孝公寵臣景監以求見又曰藺相如爲趙宦者令繆賢舍人趙求人使報秦者未得宦者令繆賢曰臣舍人藺相如可使及其弊也豎刁亂齊伊戾禍宋左氏傳曰齊桓公卒易牙入與寺人貂因內寵以殺群吏而立公子無虧孝公奔宋杜預曰寺人內閹官豎刁也史記曰豎貂爲豎刁並音凋左氏傳曰楚客聘於晉過宋太子知之請野享之公使往伊戾請從至則爲坎用牲加書徵之而騁告平公曰太子將爲亂既與楚客盟矣公使視之則信有焉太子死公徐聞其罪乃烹伊戾漢興仍襲秦制置中常侍官然亦引用士人以參其選皆銀璫左貂給事殿省范曄後漢書朱穆曰案漢故事中常侍或用士人建武以後乃悉用宦者假貂璫之飾任常伯之職及高后稱制

乃以張卿爲大謁者出入卧内受宣詔令漢書高后紀曰太后臨朝稱制蔡邕曰天子命令之别二曰制書然制非皇后所行故曰稱制漢書劉澤傳田生求事呂氏所幸大謁者張釋卿如淳曰奄人也呂后紀云張釋劉澤傳又曰張卿然則張釋字子卿今漢書或爲釋卿誤也仲長子昌言曰宦豎傳近房卧之内交錯婦人之間文帝時有趙談北宮伯子頗見親幸漢書曰孝文時宦者則趙談北宮伯子至於孝武亦愛李延年漢書曰孝武時宦者李延年帝數宴後庭或潛遊離館故請奏機事多以宦人主之漢書曰蕭望之以武帝遊燕後庭故用宦者非國舊制仲長子昌言曰至於武皇遊燕後庭置中書之官領受尊事漢官解故曰機事所揔號令攸發胡廣曰機密之事元帝之世史游爲黃門令勤心納忠有所補益漢書曰急就一篇元帝黃門令史游作董巴輿服志曰禁門曰黃闥中人主之其後弘恭石顯以佞險自進卒有蕭周之禍

後漢書及別本

損穢帝德焉漢書曰前將軍蕭望之及光祿大夫周堪建議以爲宜罷中書宦官應古不近刑人
由是大與石顯忤後皆害焉望之自殺堪廢錮不得復進用中興之初宦官悉用閹
人不復雜調他士如淳漢書注曰調選也至永平中始置員數中
常侍四人小黃門十人和帝即祚幼弱而竇憲兄弟專
總權威范曄後漢書曰孝和皇帝諱肇肅宗子也年十歲竇太后詔曰竇憲朕之元兄當以舊典輔斯
職焉內外臣僚莫由親接所與居者惟閹宦而已故鄭衆
得專謀禁中終除大憝徒對反史記曰景帝居禁中如淳漢書注曰省中本爲禁中蔡
邕曰禁中者門戶有禁非侍御不得入故曰禁中尚書曰元惡大憝遂享分土之封超登
宮卿之位於是中官始盛焉范曄後漢書曰鄭衆字季産南陽人和帝初竇憲圖
作不軌衆遂首謀誅之以功遷大長秋封鄛鄉侯自明帝以後迄乎延平范曄後漢

後漢书及别本

書曰安帝年號延平委用漸大而其資稍增中常侍至有十人小黃門亦二十人改以金璫右貂兼領卿署之職鄧后以女主臨政而萬機殷遠和熹鄧后已見皇后紀論朝臣圖議無由參斷帷幄稱制下令不出房闈之間不得不委用刑人寄之國命范曄後漢書朱穆曰自和熹太后以女主稱制不接公卿乃以閹人爲常侍小黃門通命兩宮手握王爵口含天憲范曄後漢書諫議大夫劉陶上疏訟朱穆曰今權官傾擅朝室手握王爵口含天憲非所以崇尊顯之高業守和平之隆祚非復掖庭永巷之職閨牗房闈之任也漢書曰掖庭入丞又曰永巷官皆取其領事之號或曰永巷則曰永巷僕射其後孫程定立順之功曹騰參建桓之策范曄後漢書曰孫程字稚卿涿郡人安帝時爲中黃門時江京等廢皇太子爲濟陰王明年帝崩立北鄉侯爲天子十月北鄉侯疾篤程謂濟

陰王謁者長興渠曰王以嫡統遂至廢黜若北鄉不起共斬江京事乃可成渠然之北鄉薨程與十八人謀於西鍾下皆截衣爲誓斬江京迎濟陰王立之是爲順帝封程浮陽侯又曰順帝詔保安帝之子又曰曹騰遷中常侍桓帝立騰以定策封費亭侯大長秋續以五侯合謀梁冀受鉞范曄後漢書曰單超河南人徐璜下邳人具瑗魏郡人左悺河南人唐衡潁川人桓帝呼超悺入室謂曰梁將軍兄弟專國今欲誅之於常侍意如何超等對曰誠國姦賊當誅日久五人遂定其議帝齧超臂出血爲盟於是詔收冀悉誅之超封新豐侯璜武原侯瑗東武侯悺上蔡侯衡汝陽侯五人同日封故俗謂之五侯迹因公正恩固主心故中外服從上下屏氣屏氣言恐懼也論語曰屏氣似不息者范曄後漢書曰陽球既誅王甫權門聞之莫不屏氣或稱伊霍之勳無謝於往載或謂良平之畫復興於當今伊尹霍光張良陳平雖時有忠公而競見排斥舉動迴山海呼吸變霜露阿旨曲求則寵光

棊 後漢書及別本

此種長句皆襲過秦宜有所變

三族直情忤意則參夷五宗漢之綱紀大亂矣陳琳檄曰所愛光五宗所惡滅三族若夫高冠長劒紆朱懷金者布滿宮闈枚乘兎園賦曰高冠扁焉長劒閈焉法言曰或問使我紆朱懷金其樂不可量也李軌曰朱紱也苴子余茅分虎南面臣民者蓋以十數尚書緯曰天子社東方青南方赤西方白北方黑上冒以黃土封諸侯各取方土苴以白茅以爲社漢舊儀曰郡分銅虎符三府署第館棊列於都鄙子弟支附過半於州國南金和寶冰紈霧縠之積盈牣刃珍藏毛詩曰元龜象齒大賂南金韓子曰楚人和氏得玉璞於楚山之中奉而獻之王使玉人理其璞而得寶焉漢書曰齊地織作冰紈臣瓚曰紈之細密如堅冰也子虛賦雜纖羅垂霧縠嬙媛侍兒歌童舞女之玩充備綺室左氏傳子西曰今聞夫差宿有妃嬙嬪御焉杜預曰妃嬙貴者也嬙音墻漢書曰初袁盎爲吳相時從史盜私盎侍兒文穎曰婢也仲長子昌言曰爲音樂則歌

古今邪黨之所以成黨無非同惡相濟耳

兒舞女千曹而迭起左氏傳晏子謂齊侯曰高臺深池撞鍾舞女狗馬飾彫文土木被緹繡漢書東方朔曰土木衣綺繡狗馬被繢罽佞倖傳曰董賢起大第闕下土木之功窮極伎巧柱檻衣以綈錦皆剝割萌黎競恣奢欲構害明賢專樹黨類其有更相援引希附權彊者皆腐身薰子以自衒達班固漢書曰司馬遷述曰嗚呼史遷薰胥以行刑韋昭曰古者腐刑必薰合之同弊相濟故其徒有繁濳元茂九錫文曰同惡相濟尚書曰簡賢附勢實繁有徒敗國蠹政之事不可殫書所以海內嗟毒志士窮棲韋昭國語注曰山居曰棲寇劇緣間搖亂區夏劉騊駼與李子堅書曰下車負乘劇賊未合韓詩曰讒言緣間而起雖忠良懷憤時或奮發而言出禍從旋見孥戮尚書曰予則孥戮汝因復大考鉤黨轉相誣染東觀漢記曰靈帝時故太僕杜密故長樂少府李膺各爲鉤黨尚書曰下本州考治

時上年十三問諸常侍曰何鉤黨諸常侍對曰鉤黨人即黨人也即可其奏凡稱善士莫不罹被災毒桓子新論曰居家循理鄉里和順出入恭敬言語謹遜謂之善士竇武何進位崇戚近乘九服之囂怨協群英之勢力周書曰乃辨九服之國謝承後漢書曰黃向對策以爲群英之表而以疑留不斷至於殄敗斯亦運之極乎范曄後漢書曰竇武字游平扶風人也女立爲皇后武爲大將軍謀誅中官曹節等矯詔將兵誅武又曰何進字遂高南陽人也女弟立爲皇后爲大將軍靈帝崩袁紹說進令誅中官謀泄張讓趙忠等因進入省共殺進應劭風俗通曰秦因愚弱之極運雖袁紹龔行芟夷無餘范曄後漢書曰袁紹勒兵斬趙忠捕宦官無少長悉斬之張讓投河而死尚書曰今予恭行天之罰左氏傳君子曰周任有言爲國家者見惡如農夫之務去草焉芟夷蘊崇之絕其本根勿使能殖然以暴易亂亦何云及史記伯夷歌曰登彼西山兮言采其薇以暴易亂兮不知其非自曹騰說梁冀

竟以昏弱曹騰梁冀已見上文昏弱謂桓帝也魏武因之遂遷龜鼎魏武曹操也龜鼎國之守器以喻帝位也尚書曰寧王遺我大寶龜紹天明即命左氏傳王孫滿曰桀有昏德鼎遷於商商紂暴虐鼎遷於周所謂君以此始必以此終信乎其然矣左氏傳曰晉荀林父及楚子戰於邲楚子見左廣將從之乘屈蕩尸之曰君以此始必以此終

逸民傳論一首　何晏論語注曰逸民言節行超逸

范蔚宗

易稱遯之時義大矣哉易曰艮下乾上遯彖曰遯之時義大矣哉孔子曰遯逃也謂去代不求利是其大也又曰不事王侯高尚其事周易蠱卦上九爻辭是以堯稱則天而不屈潁陽之高論語子曰唯天爲大唯堯則之呂氏春秋曰昔堯朝許由於沛澤之中請屬天下於夫子許由遂之潁水之陽武盡美矣終全孤竹之絜論語曰子謂武盡美矣未盡善也史記伯夷叔齊孤竹君之子也武王已平殷亂天下宗周而伯夷叔齊恥之義不

感致之數所以致于而隱之道也

食周粟隱於首陽山自茲以降風流彌繁琴賦曰體制風流莫不相襲長往之軌未殊而感致之數匪一西征賦曰悟山潛之逸士卓長往而不返或隱居以求其志或迴避以全其道論語孔子曰隱居以求其志行義以達其道又曰賢者避世其次避地或靜己以鎮其躁或去危以圖其安言或靜默隱居以鎮心之躁競或去彼危難以謀己之安全也或垢俗以動其槩或疵物以激其清言或垢穢時俗以動其槩或疵點萬物以發其清槩猶操也然觀其甘心畎畝之中憔悴江海之上莊子曰舜以天下讓其友北人無擇北人無擇曰異哉后之爲人也居於畎畝之中而遊堯舜之門不若是而已又曰就藪澤處閒曠此江海之士避世之人也閑暇者之所好也豈必親魚鳥樂林草哉亦云介性所至而已世說簡文入華林園顧謂左右曰覺鳥獸禽魚自來親人爾故蒙恥之賓屢黜不去其國列女傳曰

柳下惠死妻誄之曰蒙恥救民德彌大兮雖遇三黜終不弊兮蹈海之節千乘莫移其情史記曰魯仲連謂新垣衍曰秦即爲帝則連蹈東海死耳又曰魯連下聊城田單歸而欲爵之魯連逃隱於海上適使矯易去就則不能相爲矣論語曰長沮桀溺耦而耕孔子過之使子路問津焉桀溺曰與從避人之士豈若從避世之士哉子路行以告夫子曰天下有道丘不與易也漢書賈誼上書曰胡越之人雖死不相爲者教習然也彼雖硜硜有類沽名者論語曰子擊磬於衛有荷蕢而過孔氏之門者曰有心哉擊磬乎既而曰鄙哉硜硜乎莫己知也已又子貢曰有美玉於斯韞櫝而藏諸求善賈而沽諸孔子曰沽之哉沽之哉我待賈者也然而蟬蛻囂埃之中自致寰區之外淮南子曰蟬飲而不食三十日而蛻異夫飾智巧以逐浮利者乎淮南子曰古之人同氣于天地與一世而優游及僞之生飾智以驚愚設詐以巧上荀卿有言曰志意修則驕富貴道義重則輕王公也荀卿子曰志意

蘊藉猶懷蓄也 注非

修則驕富貴矣道義重則輕
王公矣內省則外物輕矣漢室中微王莽篡位士之
蘊藉慈夜義憤甚矣東觀漢記曰桓榮溫恭有蘊藉
明經義文穎曰謂寬博有餘也是時
裂冠毀冕相攜持而去之者蓋不可勝數范曄後漢書
曰胡剛清高
有志節值王莽居攝解其衣冠縣府門而去遂亡命交
趾隱於屠肆之間左氏傳王使詹桓伯辭於晉侯曰伯
父若裂冠毀冕拔本塞源毛詩
序曰百姓莫不相攜持而去焉揚雄曰鴻飛冥冥弋人
何篡焉言其違患之遠也法言曰鴻飛冥冥弋人何篡
焉宋衷曰篡取也鴻高飛冥
冥薄天雖有弋人執矰繳何所施巧而取焉喻
賢者深居亦不罹暴亂之害今篡或為慕誤也光武側
席幽人求之若不及國語越王夫人去笄側席而坐韋
昭曰側猶特也禮有憂者側席而坐
班固漢書公孫弘贊曰上
方欲用文武求之如不及旌帛蒲車之所徵賁彼
義相望
於巖中矣言招士或旌以帛也漢書曰武帝以枚乘年
老乃以安車蒲輪徵乘周易曰賁于丘園束

帛箋箋若薛方逢步江萌聘而不肯至漢書曰薛方字子容王莽以安車迎方方因使者辭謝曰堯舜在上下有巢許今明主方隆唐虞之德亦猶小臣欲守箕山之節也使者以聞莽說其言不强致也世祖即位徵徵方於道病卒范曄後漢書曰逢萌字子康北海人也王莽殺其子宇萌將家屬入海客於遼東光武即位徵萌託以老耄迷路東西語使者曰朝廷所以徵我者以其有益於政尚不知方面所在安能濟時乎即便駕歸連徵不起以壽終嚴光周黨王霸至而不能屈范曄後漢書曰嚴光一名遵會稽人與光武同遊學及光武即位聘之三反而後至舍於北軍車駕即日幸其館光臥不起帝即其臥所撫光腹曰咄咄子陵不可相助為政邪又眠不應良久乃張目熟視曰昔唐堯著德巢父洗耳士故有志何至相迫乎又曰周黨字伯況太原人建武中徵為議郎以病去職遂將妻子居于澠池後復徵不得已乃著短布單衣穀皮綃頭巾待見尚書及光武引見黨伏而不謁自陳願守所志帝乃許焉又曰王霸字仲儒太原人建武中徵到尚書拜稱名不稱臣有司問其故霸曰天子有所不臣諸侯有所不友以病歸隱居守

後漢書及別本

此逸民獨行兩以分二傳也

及後漢書作反

志羣方咸遂志士懷仁郭象莊子注曰一方得而羣方失論語子曰志士仁人無求生以害仁禮記曰君子有禮故物無不懷仁斯固所謂舉逸人則天下歸心者乎論語子曰舉逸人天下之人歸心焉肅宗亦禮鄭均而徵高鳳以成其節范曄後漢書曰肅宗孝章皇帝諱炟顯宗第五子又曰鄭均字仲虞東平任城人建初六年公車特徵再遷尚書數納忠言肅宗敬重之以疾乞骸骨又曰高鳳字文通南陽人建初中將作大匠任隗舉鳳直言到公車託病逃歸隱身漁釣終於家自後帝德稍衰邪孽當朝處子耿介與卿相等列束廣微補亡詩曰堂堂處子楚辭曰獨耿介而不隨俗至乃抗憤而不顧多失其中行焉論語子曰不得中行而與之必也狂狷乎蓋録其絶塵不及同夫作者列之此篇莊子顔回問於仲尼曰夫子步亦步夫子趨亦趨夫子馳亦馳夫子奔逸絶塵而瞠乎若後耳司馬彪曰言不可及也論語子曰作者七人包咸曰七人謂長沮桀溺丈人石門荷

羞

後漢書及別本

此篇未易促了保考〻至深劄具篇札宜取省覽

肖儀封人
楚狂接輿

宋書謝靈運傳論一首　沈休文

沈休文修宋書百卷見靈運是文士遂于傳下作此書說文之利害辭之是非

史臣曰民稟天地之靈含五常之德剛柔迭用喜慍分情漢書曰夫人肖天地之貌懷五常之性聰明精粹有生之最靈者也應劭曰肖類也頭圓象天足方象地又曰凡民函五常之性而剛柔不同史記曰況懷五常含好惡鄭玄禮記注曰五常五行也孔安國尚書傳曰五行之德王者相承以取法禮記曰何謂七情喜怒哀懼愛惡欲夫志動於中則歌詠外發毛詩序曰情動於中而形於言嗟嘆之不足故永歌之又曰情發於聲聲成文謂之音六義所因四始攸繫升降謳謠紛披風什毛詩序曰詩有六義焉一曰風二曰賦三曰比四曰興五曰雅六曰頌又曰是謂四始詩之至也毛詩題曰鹿鳴之什說者云詩每十篇同卷故曰什也雖虞夏以前遺文不覩虞書有帝

或無異也宋本作無或

此數言正與上所云廣相因

庸作歌夏書有五子之歌已前不見歌文稟氣懷靈理或無異古猛虎行曰稟氣有豐約受形有短長然則歌詠所興宜自生民始也周室既衰風流彌著幽厲之時多有諷刺在下祖習如風之散如水之流故曰彌著屈平宋玉導清源於前賈誼相如振芳塵於後孫卿子曰君子養源源清則流清陸機大暑賦曰播芳塵之馥馥英辭潤金石高義薄雲天仲長子昌言曰英辭雨下吳越春秋樂師謂越王曰君王德可刻之於金石淮南子曰夫道潤乎草木浸乎金石法言曰或問屈原相如之賦孰愈曰原也過以浮如也過以虛過浮者蹈雲天過虛者華無根然原上援稽古下引鳥獸其著意子雲長卿亮不可及自茲以降情志愈廣王褒劉向揚班崔蔡之徒范曄後漢書曰崔駰年十三能通百家言善屬文與班固傅毅同時齊名又曰蔡邕少博學好辭章揚子雲班孟堅異軌同奔遞相師祖禮記曰仲尼祖述堯舜雖清辭麗曲時發乎篇

形似摹寫事物之情狀也
情理推論是非也
氣質專尚天姿取其道上也
原第六及物宗
所謂百家騰躍終入環內

而蕪音累氣固亦多矣賈逵國語注曰蕪穢也累猶負也若夫平子艷發文以情變絕唱高蹤久無嗣響平子張衡字也至于建安曹氏基命三祖陳王咸蓄盛藻續晉陽秋曰及至建安而詩章大盛尚書曰王如不敢及天基命定命建安獻帝年號魏志曰陽帝青龍四年有司奏武皇帝爲魏太祖文皇帝爲魏高祖明皇帝爲魏烈祖也甫乃以情緯文以文被質鄭玄周禮注曰甫始也言始將清意以緯於文自漢至魏四百餘年辭人才子文體三變相如巧爲形似之言二班長於情理之說二班叔皮孟堅也子建仲宣以氣質爲體並標能擅美獨映當時是以一世之士各相慕習原其飇流所始莫不同祖風騷續晉陽秋曰自司馬相如王襃揚雄諸賢代尚詩賦皆體則風騷詩揔百家之言飇流即風流巳見上文廣雅曰祖法也徒以賞好異

焯案文鏡秘府論十體形似者風花無定影露竹有餘清映浦樹疑浮入雲峰似滅是也情理者倉善知返行人獨未歸四鄰不相識自然成掩扉是也氣質者霧烽暗無色霜旗凍不翻雪覆白登道冰塞黃河源是也

所謂論甘忌辛是丹非素

以繁縟二字標潘陸之文信得之矣

平臺指相如南皮指曹王雖異之而不能有所取貴在變通而已矣

右字極是言潘陸之風止於西晉故下云東晉無聞麗詞或作左非也

情故意製相詭。說文曰詭變也降及元康潘陸特秀元康晉惠帝年號也續晉陽秋曰逮乎西朝之末潘陸之徒有文質而宗師不異律異班賈體變曹王縟旨星稠繁文綺合論衡曰德彌盛者文彌縟又曰或能陳得失奏便宜應經傳文如星月若谷子雲唐子高者並爲高第漢書宣帝曰辭賦譬如女工有綺縠也綴平臺之逸響采南皮之高韻漢書曰梁孝王廣治睢陽城爲複道自宮連屬於平臺三十餘里招延四方豪傑逸響謂司馬相如之文南皮魏文帝所遊也高韻謂應徐之文也遺風餘烈事極江右史記曰宣王法文武遺風春秋元命苞曰文王積善所潤之餘烈江右西晉也在晉中興玄風獨扇爲學窮於柱下博物止乎七篇續晉陽秋曰正始中王弼何晏好莊老玄勝之談而俗遂貴焉老子爲柱下史莊子内篇其數有七馳騁文辭義殫乎此自建武暨于義熙歷載將百建武晉愍帝年號義熙晉安帝年號雖比響聯辭波屬

遒則言健麗則文寄文詞至此乃無遺恨矣

興會標舉遒之屬也體裁明密麗之方也然顏終遜于謝以未遒耳

雲委荅賓戲曰馳辯如濤波仲長統昌言曰妙句雲布孝經鉤命決曰雲委霧散殊錯沈浮莫不寄言上德託意玄珠孫綽子曰莊子多寄言渾沌得宗罔象得珠老子德經曰上德不德是以有德莊子曰黃帝遊乎赤水之北登乎崑崙之上而南還遺其玄珠郭象曰此明得真之所由遒麗之辭無聞焉爾孫綽集序曰綽文藻遒麗公羊傳曰紀子伯者何無聞焉爾仲文始革孫許之風叔源大變太元之氣仲文殷仲文也續晉陽秋曰許詢有才藻善屬文詢及太原孫綽轉相祖尚又加以三世之辭而風騷之體盡矣詢綽並為一時文宗自此作者悉化之至義熙中謝混始改之叔源混字也太元晉武帝年號爰逮宋氏顏謝騰聲靈運之興會標舉延年之體裁明密興會情興所會也鄭玄周禮注曰興者託事於物也體裁制也謝承後漢書曰魏朗為河內太守明密法令也並方軌前秀垂範後昆尚書曰垂裕後昆若夫敷衽論心商搉前藻楚辭曰跪敷衽以陳辭陸機樂

此昭明文選中語而云此秘未睹不其誣乎

聲律論作文變無窮其所擢援揚於不可勝數也而此數言實已揭挈綱維嘗謂文士有二偉人一則隱侯一則蘇綽駢文律詩小詞曲子皆自聲律論出者也陳張李杜之詩韓柳李孫之文皆自復古論出者也工拙之數不繫於此紛紛爭論亦在形貌間耳

此說未盡也須有美耳宜云美辭而不諧音律則雖美而不華但調音律而無美辭俱乖寧足以取高前式哉

府篇曰商推爲此歌工拙之數如有可言夫五色相宣八音協暢文賦曰暨音聲之迭代若五色之相宣由乎玄黃律呂各適物宜周易曰象其物宜是故謂之象欲使宮羽相變低昂舛節若前有浮聲則後須切響一簡之內音韻盡殊兩句之中輕重悉異妙達此旨始可言文至於先士茂製諷高歷賞言諷詠之者咸以爲高高歷載辭人所共傳賞子建函京之作曹子建贈丁儀詩曰從軍度函谷驅馬過西京仲宣霸岸之篇霸一作灞。出文選書王粲七哀詩云南登霸陵岸回首望長安子荊零雨之章孫子荊陟陽候詩曰晨風飄歧路零雨被秋草正長朔風之句王正長雜詩曰朔風動秋草邊馬有歸心並直舉胸情非傍詩史正以音律調韻取高前式自靈均以來多歷年代靈均屈原字也尚書周公曰殷禮陟配天多歷年所雖文體稍

焯案浮聲卽指平聲切響卽上去入調聲之法其例有三一曰換頭如五言詩首句頭兩字平次句頭兩字仄三句頭兩字仄四句頭兩字平五字平日言也二曰護腰謂五字之中第三字上下句不宜同聲三曰相承若上句之仄聲多則下句宜多用平聲王中書詩云君亮不至秋雁雙雙飛是

之須高妙而後貴音韻天成耳暗與理合何也音韻乃自然之物不待教而能調也

宋書作知此言之非謬

休文之意恩倖之弊由當時階級之制成之也題下注未諦且不數出宗賢之辭

此與奏彈王源議論不合假使胡廣黃憲可以與王源為婚嫡不耶

四聲論云元長嘗謂鍾嶸曰宮商與二儀俱生往古詩人不知用之唯范曄謝莊頗識之耳今讀范曄讚論謝莊表辭亦猶廉罕有挂礙斯蓋獨悟於一時為知聲之創首也　又云梁王蕭衍謂朱异曰何者名為四聲答云天子萬福即是四聲衍云天子壽考豈不是四聲也

以蕭衍之博洽通識而尤不能辨之

精而此秘未覩至於高言妙句音韻天成皆暗與理合匪由思至張蔡曹王曾無先覺潘陸顔謝去之彌遠世之知音者有以得之此言非謬如曰不然請待來哲西征賦曰如其禮樂以俟來哲

恩倖傳論一首　沈休文

約言當時遇幸會者即得好官又以晉宋之閒皆取門戶不任才能故作此論

夫君子小人類物之通稱蹈道則為君子違之則為小人莊子曰天下盡殉也彼其所殉仁義也則俗謂之君子其所殉貨財也則俗謂之小人屠釣卑事也板築賤役也太公起為周師傅說去為殷相尉繚子曰太公屠牛朝歌史記曰太公望呂尚以漁釣奸周西伯戰國策范睢謂秦王曰呂尚之遇文王立為太師尚書

胡廣黃憲兼舉名字分嶷二句中雖有所本不可為式

何云胡廣當作匡衡以前後漢言之考互見注家無說伯始亦當作稚圭

任宋名

曰高宗夢得說乃審厥象俾以形旁求於天下說築傅巖之野惟肖爰立作相非論公侯之世鼎食之資家語曰子路南遊於楚列鼎而食明敭幽仄唯才是與尚書曰明明敭仄陋逮于二漢茲道未革胡廣累世農夫伯始致位公相黃憲牛醫之子叔度名動京師范曄後漢書曰胡廣字伯始南陽人六世祖剛值王莽居攝去命交趾莽敗乃歸鄉里廣少孤貧法雄察廣孝廉試以章奏為天下第一旬月拜尚書郎凡一履司空再作司徒三登太尉又曰黃憲字叔度南陽人世貧賤父為牛醫同郡陳蕃臨朝而歎曰叔度若在吾不敢先佩印綬漢書曰鄭子真名震乎京師且士子居朝咸有職業雖七葉珥貂見崇西漢左太沖詠史詩曰金張藉舊業七葉珥漢貂而侍中身奉奏事又分掌御服應劭漢書注曰入侍天子故曰侍中晉令曰侍中除書表奏皆掌署之應劭漢官儀曰侍中出則佩璽抱劍東方朔為黃門侍郎執戟殿下漢書曰東方

朝初爲常侍郎後奏泰階之事拜爲太中大夫給事中
嘗醉小遺殿上詔免爲庶人後爲中郎百官表郎中令
屬官中有郎比六百石侍郎比四百石又黄門有給事
黄門漢官儀云給事黄門侍郎位次侍中給事中故曰
給事黄門然侍郎黄門侍郎二官全別沈以爲同悞也
荅客難曰官不過侍郎位不過執戟非黄門侍郎明矣
郡縣掾吏並出豪家負戈宿衛皆由勢族掾吏卑位負戈賤役豪家世族咸亦爲之言無貴賤之異也子虛賦曰幸得宿衛十有餘年非若晚代分爲二塗者也二塗謂士庶也言仕子不居賤職庶族不涉清階漢末喪亂魏武始基國語曰后稷始基靖民尚書曰太王肇基王迹軍中倉卒權立九品蓋以論人才優劣非謂世族高卑列子曰子華之門徒皆世族也因此相沿遂爲成法自魏至晉莫之能改言魏晉二朝咸遵魏武之法州都郡正以才品人傅子曰魏司空陳群始立九品之制郡置中正平人才之高下各爲輩目州置州都而總其義而

南北九朝只是一世發之
局耳顧英武獨以此
嘉美之所謂類例
見

春機共瑜之才決論
不進臣使人不能不有
感憫松之篇

以智役愚窮九州亘
萬古而無術以處寺
也自餘階級皆不合
道真喪亂弘多寧
不以此歟

舉世人才升降蓋寡徒以憑籍世資用相陵駕人才不甚懸殊故因世資以成貴也都正俗士斟酌時宜品目少多隨事俯仰言法壞之漸也都正既皆俗士不能校其材藝乃隨時斟酌定其品差劉毅所云下品無高門上品無賤族者也臧榮緒晉書曰劉毅爲尚書左僕射上疏陳九品之弊曰上品無寒門下品無勢族言勢族之人不居下品寒門之了不居上班歲月遷訛斯風漸篤凡厥衣冠莫非二品言衣冠之族皆居二品之中自此以還遂成卑庶衣冠以外皆同下科周漢之道以智役愚臺隸參差用成等級左氏傳曰人有十等輿臣隸隸臣僚僚臣僕僕臣臺魏晉以來以貴役賤士庶之科較古學然有辨太玄經曰君子之道較然見矣夫人君南面九重奧鳥到絕楚詞曰豈不鬱陶而思君兮君之門以九重陪奉朝夕義隔卿士階闥之任

宜有司存論語曾子曰籩豆之事則有司存既而恩以狎生信由恩固爾雅曰狎習也無可憚之姿有易親之色孝建泰始主威獨運沈約宋書曰孝建武帝年號泰始明帝年號空置百司權不外假而刑政糾雜理難遍耳目所寄事歸近習禮記月令曰仲冬省婦事無得淫雖有貴戚近習無有不禁鄭玄曰貴戚姑姊妹也近習天子所親幸也賞罰之要是謂國權出納王命由其掌握於是方塗結軌輻湊同奔莊子曰車軌結乎千里之外文子曰羣臣輻湊張湛曰如衆輻之集於轂人主謂其身卑位薄以爲權不得重曾不知鼠憑社貴狐藉虎威晏子春秋景公問晏子曰理國亦有常乎對曰讒佞之人隱在君側猶社鼠不熏也去此乃治矣戰國策荊宣王問群臣曰吾聞北方之畏昭奚恤也何如群臣莫對江乙對曰虎求百獸而食之得狐狐曰子無敢食我天帝命我長百獸今子食我是逆天命

子以我爲不信吾爲子先行子隨我後觀百獸之畏我虎不知百獸之畏已而走也以爲畏狐也今王之地方五千里帶甲百萬而專屬之於昭奚恤故北方之畏昭奚恤其實畏王之甲兵也猶百獸之畏虎外無逼主之嫌內有專用之功勢傾天下未之或悟挾朋樹黨政以賄成左氏傳曰襄十年王朝卿士王叔陳生與伯輿爭政大夫瑕禽曰今自王叔之相也政以賄成鈇鉞瘡痏構於牀第側里之曲西京賦曰所惡成瘡痏左氏傳趙孟曰牀第之言不踰閾杜預曰第簀也服冕乘軒出於言笑之下左氏傳衛太子謂渾良夫曰服冕乘軒三死無與南金北毳來悉方艚徂刀素縑丹魄至皆兼兩音亮北毳罽貂之屬艚舩也丹魄虎魄也色赤故曰丹孔安國尚書傳曰車稱兩西京許史蓋不足云晉朝王石未或能比漢書孝宣許皇后元帝母元帝封外祖父廣漢爲平恩侯又曰史良娣宣帝祖母也兄恭宣帝立恭已死封恭長子高爲樂陵侯王隱晉書曰王愷字君夫世祖舅自以外戚晉氏

四言推楚斷宜以班氏為宗士衡彥伯皆於是出

五字依别本移在後 下二首同

又以云遷固並云述讃褒貶又紀傳後評亦同其名而仲洽流別謬稱為述失之遠矣然則昭明承仲洽之誤者也

政寛又性至豪險又曰石崇貪而好利富擬王者 及太宗晚運慮經盛衰 沈約宋書曰明帝廟號太宗法言曰聖人之法未嘗不關盛衰焉 權倖之徒慴憚 丁達 宗戚欲使幼主孤立求竊國權 六代論曰君孤立於上臣弄權於下 構造同異興樹禍隙帝弟宗王相繼屠勦 尚書曰天用勦絶其命孔安國曰勦截也截絶謂滅之也 民忘宋德雖非一塗寳祚夙傾實由於此 寳祚猶寳命也 嗚呼漢書有恩澤侯表又有佞倖傳今采其名列以為恩倖篇云

史述贊三首　班孟堅

述高紀第一

皇矣漢祖纂堯之緒 漢書曰劉向頌高祖云漢帝本系出自唐帝降及于周在秦作

劉爾雅曰纂繼也寔天生德聰明神武項岱曰聽於無聞曰聰照臨四方曰明以內知外曰神尅定禍亂闢土斥疆曰武論語子曰天生德於予周易曰古之聰明叡智神武而不殺者夫秦人。不。綱。網。漏。于楚。項岱曰秦重斂殘人天下叛之故賊言人耳綱以喻網網無綱無所成故漏也言秦人不能整其網維令網目漏也於楚謂陳涉反而不能誅故高祖因而起爰茲發迹斷蛇奮旅神母。告。符。朱旗。乃。舉。漢書曰高祖夜經澤中有大蛇當徑拔劍斬蛇蛇分為兩後人來至蛇所有一嫗夜哭曰吾子白帝子化為蛇今者赤帝子斬之又曰高祖立為沛公旗幟皆赤粵于厥蹈秦郊嬰來稽首元年冬十月沛公至霸上秦王子嬰素車白馬降于軹道革命。創。制。三章。是。紀。周易曰湯武革命順乎天而應乎人漢書曰高祖謂秦父老曰與父老約法三章耳殺人者死傷人及盜抵罪應劭曰抵至也除秦酷政但至於罪應天。順。民。五星。同。晷。晷光景也應劭曰東井秦之分野五星所在其下以義取天下之象也項氏。畔。換。

黜我巴漢
漢書曰項羽背約更立沛公爲漢王王巴蜀漢中韋昭曰畔換跋扈也
西土宅心
尚書曰逷矣西土之人又曰惟克厥宅心郭璞三蒼解詁曰西土謂長安也
乘釁而運席卷三秦
左氏傳士會謂晉侯曰會聞用師觀釁而動春秋握誠圖曰諸侯氺散席卷各爭恣志漢書曰韓信陳三秦易并之計應劭曰章邯爲雍王司馬欣爲塞王董翳爲翟王分王秦地故曰三秦
割據河山保此懷民
保安也懷歸也言漢據河山之固民懷歸者能保乂之漢書田肯賀上曰秦帶河阻山懸隔千里尚書曰黎民懷之
股肱蕭曹社稷是經
蕭何曹參也禮記衛獻公曰有柳莊者非寡人之臣社稷之臣
爪牙信布腹心良平
韓信英布張良陳平也毛詩曰予王之爪牙又曰赳赳武夫公侯腹心
恭行天罰赫赫明明
恭行已見上文毛詩曰赫赫明明王命卿士

述成紀第十

亦漢之又別本

梁書劉之遴傳稱鄱陽嗣王範得漢書真本有此贊前六句異於此

孝成皇皇。臨朝有光。項岱曰皇皇華色盛也威儀之盛。如珪如璋。項岱曰珪璋玉之妙好雕鏤者毛詩曰顒顒昂昂如珪如璋閫闈。恣趙。朝政在王。閫闈閫門之內也門內恣趙昭儀姊妹以元舅侍中封陽平侯王鳳爲大將軍領尚書事炎炎。燎火。亡允不陽。項岱曰允信也內損於飛鷰外見壅於王鳳等信不得陽也張晏曰天子之威盛若燎火之陽今委政王氏不亦熾乎

述韓英彭盧吳傳第四

信惟餓隸布實黥徒漢書曰韓信家貧從下鄉南昌亭長寄食亭長苦之乃晨炊蓐食食時往不爲具食信知之自絕去又曰黥布姓英少時客相之當刑而王及坐法黥欣然笑曰人相我當刑而王幾是乎越亦狗盜芮尹江湖漢書曰彭越嘗漁鉅野澤中爲盜沛公攻昌邑越助之說苑曰管仲故城陰之狗盜漢書曰吳芮秦時鄱陽令也甚得江湖間心号曰鄱君音義曰尹正也雲

蔚宗自言贊無一字虛設由今觀之信爲不誇

起。龍驤。化爲。侯。王。割有齊楚。跨制淮梁。韓信初爲齊王後楚王黥布爲淮南王彭越爲梁王

綰自同閈。胡旦鎮我北疆。應劭曰閈音扞南楚汝沛名里門曰閈綰爲燕王故曰北疆

德薄。位尊。非祚惟殃。周易曰德薄而位尊智小而謀大左氏傳舟之僑曰無德而祿殃也

吳克忠信。胤嗣乃長。漢書曰芮爲長沙王薨子忠嗣自芮後傳位五世無子國除

後漢書光武紀贊一首　范蔚宗

贊曰炎政中微。大盜移國。東觀漢記序曰漢以炎精布曜中微謂平世衰也魯靈光殿賦序曰遭漢中微盜賊奔突

九縣飇迴。三精霧塞。三精日月星也孝經援神契曰天地至貴精不兩明宋均曰天精爲日地精爲月河圖曰巛德布精上爲衆星

民厭。淫。詐。神思。反德。世祖誕命。靈貺自甄。尚書曰我文考誕膺天命春秋元命苞曰通三靈之貺交錯河端鄭玄尚書緯

天
注及別本又兩漢刊誤補
遂引今後漢書誤

注曰甄表也沈機先物，深略緯文。說文曰機主發之機也周書曰經緯天地曰文矣尋邑百萬，貔虎爲群。長轂雷野，高旗彗(蘇没)雲。漢書曰劉聖公爲天子以光武爲偏將軍徇昆陽光武令王常留守光武出收兵王莽遣大司徒王尋大司空王邑將兵百萬旌旗輜車千里不絶又驅諸猛獸虎豹犀象之屬以助威武圍城數重光武遂進尋邑亦遣兵合戰光武奔之斬首数千級光武乃與敢死士三千人衝中堅尋邑陣亂遂殺王尋鬻子曰紂虎旅百萬穀梁傳曰長轂五百乘范甯曰長轂兵車也東都主人曰戈鋋彗雲英威既振，新都自焚。漢書曰莽封爲新都侯又曰更始兵到城中少年子弟自燒室門呼曰反虜王莽何不出降莽避火宣室火輒隨之虔劉庸代，紛紜梁趙。范曄後漢書曰梁王劉永擅命睢陽又曰公孫述稱王王巴蜀又曰卜者王郎爲天子都邯鄲又曰彭寵自立爲燕王代即燕也三河未澄，四關重擾。三河洛陽也四關長安也范曄後漢書曰赤眉賊入函谷關敗更始光武乃遣鄧禹引兵西乘更始赤眉之亂時更始大司馬朱鮪等也洛陽光武令馮異守孟津以拒之神旌乃顧，遞行天誅，金湯失險，車書共道。鹽鐵論曰秦金城千里汜勝之書曰神農之教雖石城湯池無粟者不能守也禮記子曰今天下車同軌書同文靈慶既啓，人謀咸贊。靈慶謂天符也易繫辭曰人謀鬼謀百姓與能王弼曰人謀謂衆議西都賓曰天啓之心人惎之謀明明廟謀，赳赳雄斷。廟謀廟筭也揚雄連珠曰兼聰獨斷聖王之法也於赫有命，系我皇漢。毛詩曰有命自天蔡邕獨斷曰光武以再命復漢之祚

文選卷第五十

初五晨　侃閲

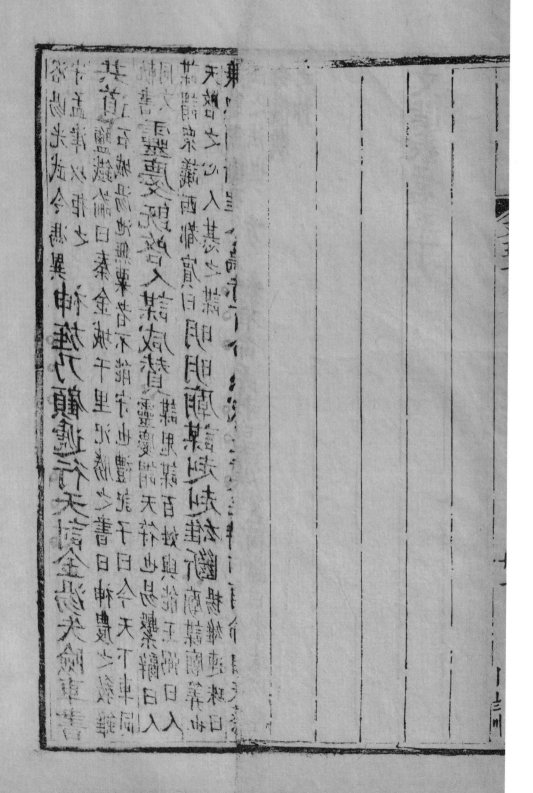

覆盡無窮
論字為後人所題吳志闞澤
付澤稱此篇為過秦論則
稱論舊矣文心詩子篇有賈
誼新書而論説篇但云陸
機辨亡效過秦而不及賈
氏之論過秦之詞則善和
亦不題之為論也

文選卷第五十一

梁昭明太子撰

文林郎守太子右內率府錄事參軍事崇賢館直學士臣李善注上

論一

過秦論一首 漢書應劭曰賈誼書第一篇名也言秦之過 賈誼

秦孝公據殽函之固擁雍州之地韋昭曰崤謂二殽函谷關也史記張良曰關中左殽函右隴蜀君臣固守以窺周室有席卷天下包舉宇

內。春秋握誠圖曰諸侯氷散席卷各爭恣妄囊括。四。海之。意并吞。八荒之。心。張晏曰括結囊也言能苞含天下也周易曰括囊無咎無譽當是時也商君佐之內立法度務耕織修守戰之具外連衡而鬭諸侯。戰國策蘇秦說秦王曰始將連橫高誘曰合關東從適之於秦故曰連橫文穎曰關西爲橫衡音橫於是秦人。拱手。而取。西。河之。外。李斯上書曰孝公用商鞅之法獲楚魏之師舉地千里孝公既沒惠文武昭史記曰孝公卒子惠文王立卒子武王立卒立異母弟是曰昭襄王也蒙故業因遺策南取漢中西舉巴蜀東割膏腴之地收要害之郡李斯上書曰惠王用張儀之計西并巴蜀南取漢中東據成皋之險割膏腴之壤諸侯。恐懼會盟而謀弱秦。不愛珍。器重寶肥饒之。地以致。天。下之。士合從。締交。相與爲。一。文穎曰關東爲從張晏曰締連結也徙帝切當此之時齊有孟嘗趙有平原楚有春申魏有信陵史記曰平原君趙勝者趙之諸公子也又曰孟嘗君者名文姓田氏又曰春申君者楚人也名歇姓黃氏又曰魏公子無忌者魏安釐王弟也爲信陵君此四君者皆明智而忠信寬厚而愛人尊賢而重士約從離橫言諸侯結約爲從欲以分離秦橫也兼韓魏燕趙宋衛中山之衆於是六國之士有甯越徐尚蘇秦杜赫之屬爲之謀呂氏春秋曰齊攻廩丘趙使孔青將而救之與齊人戰大敗齊人得尸二萬以爲二京甯越謂孔青曰惜矣不如歸尸以內攻之彼得尸而府庫盡於楚此之謂內攻之甯越趙人也徐尚未詳蘇秦已見上文呂氏春秋曰杜赫以安天下說周昭文君昭文君謂杜赫曰願學所以安周高誘曰杜赫周人也齊明周最陳軫召滑樓緩翟音的景蘇厲樂毅之徒通其意戰國策東周齊明謂東周君曰臣恐西周之與楚韓寶令之爲己求地於東周也高

誘曰齊明東周臣也戰國策曰齊令周最使鄭立韓擾而廢公叔周最患之高誘曰周最周君之子也仕於齊故齊使之也字林曰最才勾切戰國策秦王謂陳軫曰吾聞子欲去秦而之楚信乎軫曰然高誘曰陳軫夏人仕秦亦仕楚也韓子于象謂楚王曰前時王使召滑之越五年而能成之史記范蠉對楚王曰王前嘗用召滑而郡江東召音劭滑音依字戰國策曰秦王伐楚魏王不欲樓緩謂魏王曰不與秦攻楚楚且與秦攻王王不如令秦楚戰王交制之高誘曰樓緩魏相也翟景未詳史記曰蘇秦之弟厲因燕子而求見齊王齊王怨蘇秦欲囚蘇厲燕子爲謝遂委質爲齊臣又曰樂毅賢而好兵爲魏昭王使於燕燕昭王以客禮待之樂毅遂委質爲臣燕昭王以爲亞卿也

吳起孫臏帶佗兒良王廖田忌廉頗趙奢之倫制其兵

史記曰吳起衛人也聞魏文侯賢事魏文侯以爲將又曰孫臏生阿甄之間臏亦孫武之後也田忌進孫子於齊威王帶佗未詳佗徒何切呂氏春秋曰王廖貴先兒良貴後此二人者皆天下之豪士也兒五兮切廖力彫切戰國策曰韓魏之君朝田侯鄒忌爲齊相田忌爲將使田忌伐魏三戰三勝高誘

○臣謬正俗所見作逡遁（逡）然自潘岳用過秦已作遁逃未可輒改

陳外臻撥吳刊校郭曲文法引櫓作樐

曰田侯宣王也史記曰廉頗趙之良將也趙惠文王廉頗爲趙將伐齊大破之又曰趙奢者趙之田部吏也秦伐韓趙王令趙奢將而救之嘗以十倍之地百萬之衆叩關而攻秦孔安國論語注曰叩擊也叩或爲仰古秦地高故曰仰攻之秦人開關延敵九國之師逡逃而不敢進九國謂齊楚韓魏燕趙宋衛中山也史記曰逡巡遁逃秦無亡矢遺鏃之費而天下諸侯已困矣李巡爾雅注曰鏃以金爲箭鏃也於是從散約解爭割地而賂秦秦有餘力而制其弊追亡逐北伏尸百萬流血漂櫓音魯韋昭曰大楯曰櫓左氏傳曰狄虒彌建大車之輪以爲櫓因利乘便宰割天下分裂河山彊國請伏弱國入朝施及孝文王莊襄王享國之日淺國家無事史記曰昭襄王卒子孝文王立卒子莊襄王立公羊傳曰桓公之享國也長何休曰享食也及至始皇奮六世

之餘烈張晏曰孝公惠文王武王昭王孝文王莊襄王振長策而御宇內吞二
周而亡諸侯以馬喻前也說文曰振舉也史記曰始皇滅二周置三川郡履至尊而制
六合執敲扑浦木以鞭笞天下臣瓚以爲短曰敲長曰扑說文曰敲擊也祐交切
威振四海南取百越之地以爲桂林象郡漢書音義曰百越非一種若今
言百蠻也史記曰始皇略取陸梁地爲桂林象郡韋昭曰桂林今鬱林象郡今日南也百越之君俛
首係計頸委命下吏乃使蒙恬北築長城而守藩籬卻
匈奴七百餘里胡人不敢南下而牧馬士不敢彎弓而
報怨於是廢先王之道燔百家之言以愚黔首史記李斯曰請
廢博士官所職天下敢有藏詩書百家語者詣守尉雜燒之又曰秦更名民曰黔首墮名城殺豪
俊應劭曰壞城恐復阻以爲己害收天下之兵聚之咸陽銷鋒鍉鑄以爲

此中有漢高在所以漢時以史公取以入史爲檄文刺譏也

金人十二以弱天下之民如淳曰鍉箭足也鄧展曰鍉是扞頭鐵也史記曰始皇收天下兵聚之咸陽以銷鋒鍉爲鍾鐻金人十二重各千石置宮庭中鍉音的鍉或爲提鐻音巨然後踐華爲城因河爲池服虔曰斷華山爲城美大之也晉灼曰踐登也據億丈之城臨不測之谿以爲固良將勁弩守要害之處信臣精卒陳利兵而誰何誰何問之也漢書有誰何卒如淳曰何謂何官也廣雅曰何問也天下已定始皇之心自以爲關中之固金城千里金城言堅也史記張良曰關中所謂金城千里天府之國也子孫帝王萬世之業史記秦始皇曰朕爲始皇帝後世以計數二世三世至于萬世傳之無窮始皇既沒餘威震于殊俗然而陳涉甕牖繩樞之子陳涉已見鄒陽上書禮記曰儒有蓬戶甕牖韋昭曰繩樞以繩扃戶爲樞也甿隸之人如淳曰甿古甿字甿人也而遷徙之徒也材能不及

中庸方言曰庸賤稱也言不及中等庸人也非有仲尼墨翟之賢陶朱猗
頓之富史記曰范蠡之陶爲朱公以爲陶天下之中皆諸侯四通貨物所交易也乃治產積十九年之
閒三致千金孔叢子曰猗頓魯之窮士也耕則常飢桑則常寒聞朱公富往而問術焉公告之曰子欲速富當
畜五牸乃適河東大畜牛羊于猗氏之南其滋息不可計以與富猗氏故曰猗頓也躡足行伍之
閒俛起阡陌之中如淳曰躡音疊音義曰俛音免如淳曰時皆卑屈在阡陌之中率罷
散之卒將數百之衆轉而攻秦斬木爲兵揭竿爲旗埤蒼
曰揭高舉也巨列切莊子曰揭竿求諸海也天下雲集而響應贏糧而景從
莊子曰今使民曰某所有賢者贏糧而趣之方言曰贏擔也音盈山東豪俊遂竝起而
亡秦族矣且夫天下非小弱也雍州之地殽函之固自
若也陳涉之位非尊於齊楚燕趙韓魏宋衛中山之君

劉越石勸進表注引非作不

此文諷漢而託言過秦耳

也。鋤耰棘矜，矜巨巾非銛息鹽於鉤戟長鎩所介也。孟康曰耰鋤柄也張晏曰矜音槿爾雅曰棘戟也言鋤柄及戟槿也耰音憂槿巨巾切如淳曰鉤戟似矛刃下有鐵横上鉤曲也說文曰鎩鈹有鐔也謫戍之衆，非抗於九國之師也。通俗文曰罰罪曰謫丈厄切深謀遠慮，行軍用兵之道，非及曩時之士也。史記曰賢人深謀於廊廟論語曰人無遠慮必有近憂然而成敗異變，功業相反。試使山東之國與陳涉度長絜大，比權量力，則不可同年而語矣。莊子曰大樹其絜百圍司馬彪曰絜帀也丁結切然秦以區區之地，致萬乘之權，招八州而朝同列，百有餘年矣。鄧展曰招猶舉也蘇林曰招音翹然後以六合為家，殽函為宮。一夫作難而七廟隳，身死人手，為天下笑者，何也？春秋考異郵曰君殺渠誅為天下笑仁義不施，而攻

此文進武帝者也

守之勢異也

非有先生論　東方曼倩班固漢書東方朔字曼倩平原厭次人武帝即位言得失又設非有先生論

非有先生仕於吳進不能稱往古以廣主意退不能揚君美以顯其功默然無言者三年矣吳王怪而問之曰寡人獲先人之功寄于衆賢之上夙興夜寐未嘗敢怠也今先生率然高舉遠集吳地率然輕舉之皃將以輔治寡人誠竊嘉之體不安席食不甘味目不視靡曼之色耳不聽鐘鼓之音虛心定志欲聞流議者三年於茲矣呂氏春秋曰越王欲致必死於吳身不安枕席口不甘厚味目不視靡曼耳不聽鐘鼓三年苦身勞力高誘曰靡曼好色也流議猶餘論也今先生進無以輔治退不揚主譽竊爲先生

不敢也。蓋懷能而不見，是不忠也；見而不行，主不明也。意者寡人殆不明乎？非有先生伏而唯唯。吳王曰：可以談矣，寡人將竦意而聽焉。先生曰：於戲！可乎哉？可乎哉？於戲，歎辭也。於音烏，戲音呼。可乎哉，言不可也。談何容易！言談說之道，何容輕易乎。夫談者有悖蒲忽於目而佛於耳，謬於心而便於身者；韓子曰：聖人之救危國，以忠佛耳。字書曰：佛，違也。佛，扶勿切。或有說於目，順於耳，快於心而毀於行者。非有明王聖主，孰能聽之矣！吳王曰：何爲其然也？中人以上，可以語上也。論語孔子曰：中人以上，可以語上也；中人以下，不可以語上也。先生試言，寡人將覽焉。先生對曰：昔關龍逢深諫於桀，而王子比干直言於紂，尸子曰：義必利，雖桀殺關龍逢，紂殺王子比干，猶謂之必利也。

遂及句屬下讀

此二臣者皆極慮盡忠閔主澤不下流而萬民騷動故直言其失切諫其邪者將以爲君之榮除主之禍也今則不然反以爲誹方未謗君之行無人臣之禮如淳曰漢書注曰誹非上所行也果紛然傷於身蒙不辜之名戮及先人爲天下笑鄭玄禮記注曰戮猶辱也故曰談何容易是以輔弼之臣瓦解而邪諂之人並進春秋考異郵曰瓦解士崩遂及飛廉惡來革等史記曰中潏生蜚廉蜚廉生惡來惡來父子俱以材力事殷紂說苑子石曰費仲惡來革長鼻決目崇侯虎順紂之心欲以合於意武王伐紂四子身死牧之野三人皆詐僞巧言利口以進其身論語子曰巧言令色鮮矣仁又曰惡利口之覆邦家陰奉彫琢刻鏤之好以納其心務快耳目之欲以苟容爲度遂往不戒身沒被戮宗

此所以諷諫也

廟崩弛國家爲墟殺戮賢臣親近讒夫詩不云乎讒人罔極交亂四國此之謂也毛詩小雅文也鄭玄曰極猶已也故卑身賤體説色微辭愉愉逾呴呴況于終無益於主上之治即志士仁人不忍爲也愉愉呴呴和説之皃也孝經鈎命決曰驩忻憤懽嘔嘔喻喻呴呴與嘔同音吁論語子曰志士仁人無求生以害仁也將儼然作矜莊之色深言直諫上以拂人主之邪下以損百姓之害拂與弼同則忤於邪主之心歷於衰世之法故養壽命之士莫肯進也遂居深山之間積土爲室編蓬爲户彈琴其中以詠先王之風亦可以樂而忘死矣尚書大傳曰子夏曰弟子所授書於夫子者不敢忘雖退而窮居河濟之間深山之中作壤室編蓬户尚彈琴瑟其中以歌先王之風則可以發憤矣是以伯夷叔齊

懼 據音及漢書改

避周餓于首陽之下後世稱其仁論語子曰伯夷叔齊餓於首陽之下人到于今稱之如是邪主之行固足畏也故曰談何容易於是吳王懼然易容懼敬皃也居具切捐薦去几危坐而聽捐薦去几自貶損也管子曰少者之事先生危坐向師顏色無怍先生曰接輿避世箕子被髮佯狂此二子者皆避濁世以全其身者也論語曰楚狂接輿歌而過孔子尸子曰箕子胥餘漆體而爲厲被髮佯狂以此免也使遇明王聖主得賜清讌之閒寛和之色發憤畢誠圖畫安危揆度得失上以安主體下以便萬民則五帝三王之道可幾而見也故伊尹蒙恥辱負鼎俎和五味以干湯太公釣於渭之陽以見文王魯連子曰伊尹負鼎佩刀以干湯得意故尊宰舍六韜曰文王卜田史編爲卜曰于渭之陽將大得

焉非熊非羆非虎非狼兆得公侯天遺女師文王齋戒三日田于渭陽卒見呂望坐茅以漁心合意同謀無不成計無不從誠得其君也深念遠慮引義以正其身推恩以廣其下孟子曰推恩足以保四海本仁祖誼戰國策蘇代說齊王曰祖仁者王立義者霸褒有德祿賢能誅惡亂揔遠方壹統類美風俗此帝王所由昌也上不變天性下不奪人倫則天地和洽遠方懷之故號聖王臣子之職既加矣於是裂地定封爵爲公侯傳國子孫名顯後世民到于今稱之以遇湯與文王也太公伊尹以如此龍逢比干獨如彼豈不哀哉故曰談何容易於是吳王穆然俛而深惟仰而泣下交頤穆猶默靜思貌也孫子兵法曰令發之日士寢者涕交頤曰嗟乎余

○別本校語刪

○漢文作洽

國之不亡也綿綿連連殆哉世之不絕也說文曰綿聯微也爾雅曰殆危也於是正明堂之朝齊君臣之位舉賢才布德惠施仁義賞有功躬親節儉減後宮之費損車馬之用放鄭聲遠佞人論語顏回問爲邦子曰放鄭聲遠佞人鄭聲淫佞人殆省庖廚去侈靡卑宮館壞苑囿填池塹以與貧民無產業者開內藏振貧窮存耆老恤孤獨薄賦斂省刑罰行此三年海內晏然天下大洽陰陽和調萬物咸得其宜孫卿子曰萬物得宜事變得應國無災害之變民無飢寒之色家給人足畜積有餘囹圄空虛文子曰法寛刑緩囹圄空虛鳳皇來集麒麟在郊禮記曰鳳皇麒麟皆在郊藪甘露既降朱草萌芽禮記曰天降膏露鄭玄曰膏猶甘也尚書大傳曰德光地序則

此下對武帝言

據此是此文乃自作請使題曰論耳

朱草生遠方異俗之人鄉風慕義各奉其職而來朝賀故治亂之道存亡之端若此易見呂氏春秋曰治亂存而亡如可見如不可見而君人者莫肯為也臣愚竊以為過故詩曰王國克生惟周之貞濟濟多士文王以寧此之謂也毛詩小雅文也

四子講德論并序　王子淵

褒既為益州刺史王襄作中和樂職宣布之詩又作傳漢書曰益州刺史王襄欲宣風化於眾庶聞王褒有俊才使褒作中和樂職宣布詩選好事者令依鹿鳴之聲習而歌之褒既為刺史作頌又作傳如淳曰言王政中和在官者樂其職國語所謂宣布哲人之令德也名曰四子講德以明其意焉

微斯文學問於虛儀夫子曰蓋聞國有道貧且賤焉恥

也論語子曰邦有道貧且賤焉恥也今夫子閉門距躍專精趨學有日矣距躍不行也應劭風俗通曰涉始於足足率長十寸十寸則尺一單三尺法天地人再躍則涉幸遭聖主平世而久懷寶論語陽貨謂孔子曰懷其寶而迷其邦可謂仁乎是伯牙去鍾期而舜禹遁帝堯也廣雅曰遁逃也於是欲顯名號建功業不亦難乎夫子曰然有是言也夫蟁蝱終日經營不能越階序說文曰蟁蝱齧人飛蟲也莊子曰蚉蝱噆膚蟁亡云切蝱莫衡切爾雅曰東西牆謂之序附驥尾則涉千里攀鴻翮則翔四海文子曰蝱與驥致千里而不飛僕雖嚚頑願從足下雖然何由而自達哉文學曰陳懇誠於本朝之上行話談於公卿之門春秋說題辭曰秉懿誠之義思至忠之功高誘淮南子注曰本朝國朝也夫子曰無介紹之道安從行乎公卿禮記

曰介紹而傳命文學曰何爲其然也昔甯戚商歌以干齊桓呂氏春秋曰甯戚飯牛車下望桓公而悲擊牛角疾歌淮南子曰甯越商歌車下而桓公慨然而悟許慎曰商秋聲也越石負芻而寤晏嬰晏子春秋曰晏子之晉至於中牟睹弊冠皮裘負芻息於途側者晏子曰吾子何爲者對曰我越石父者也晏子曰何爲此曰吾爲人臣僕於中牟見使將歸晏子曰何爲爲僕對曰吾身不免凍餓之地吾是以爲僕也晏子曰可得而贖乎對曰可遂解左驂而贖之因載而與之俱歸至舍不辭而入越石父立而請絕晏子使人應之子何絕我之暴也越石父對曰臣聞之士者詘乎不知己而申乎知已吾三年爲人臣而莫吾知也今子贖我吾以子爲知我矣今不辭而入是與臣僕者同矣晏子出見之曰嚮也見客之容而今也見客之意非有積素累舊之歡皆塗覯卒遇而以爲親者也故毛嬙西施善毀者不能蔽其好慎子曰毛嬙先施天下之姣也衣之以皮倛則見之者皆走易之玄錫則行者皆止先施西施一也嫫暮姆母

○已上子淵自敍其意

倭傀善譽者不能掩其醜（孫卿子曰閭娵子奢莫之媒也嫫姆力父是之喜也倭傀醜女未詳所見倭於爲切傀古回切）苟有至道何必介紹夫子曰咨夫特達而相知者千載之一遇也招賢而處友者衆士之常路也是以空柯無刃公輸不能以斲但懸曼矰蒲苴不能以射（聲類曰但徒也薛君韓詩章句曰曼長也鄭玄周禮注曰結繳於矢謂之矰矰高也列子曰蒲苴子弋弱弓纖繳乘風而振之連雙鶬於青雲）故膺騰撇波而濟水不如乘舟之逸也（說文曰擎擊也擎與撇同也疋設切）衝蒙涉田而能致遠未若遵塗之疾也才蔽於無人行衰於寡黨此古今之患唯文學慮之文學曰唯唯敬聞命矣於是相與結侶攜手俱遊求賢索友歷于西州有二人焉乘輅而歌倚輗（五雞）而

聽之 輅車也白虎通曰名車爲輅者何言所以步之於路也包咸論語注曰輗者轅端横木以縛軛也 詠歎中雅轉運中律嘽 闡 緩舒繹曲折不失節 禮記曰嘽諧慢易繁文簡節之音作而民康樂 問歌者爲誰則所謂浮遊先生陳丘子者也於是以士相見之禮友焉 儀禮曰士相見之禮贄冬用雉夏用腒左頭奉之 禮文既集 韓子曰禮有文禮者義之文 文學夫子降席而稱曰俚力紀人不識寡見尠聞 劉德漢書注曰俚鄙也 曩從末路望聽玉音竊動心焉 尚書大傳曰天下諸侯莫不玉音金聲 敢問所歌何詩請聞其說浮遊先生陳丘子曰所謂中和樂職宣布之詩益州刺史之所作也刺史見太上聖明股肱竭力 如湻漢書注曰太上天子也尚書大傳曰股肱臣也 德澤洪茂黎庶和睦天人並應屢降瑞

福。故作三篇之詩以歌詠之也。文學曰君子動作有應從容得度南容三復白珪孔子睹其慎戒。論語曰南容三復白珪孔子以其兄之子妻之太子擊誦晨風文侯諭其指意。韓詩外傳曰魏文侯有子曰擊次曰訢訢少而立之以爲嗣封擊中山三年莫往來其傳趙倉唐諫曰何不遣使乎則臣請使擊曰諾於是遂求北犬晨鴈齎行倉唐至曰北蕃中山之君再拜獻之文侯曰嘻擊知吾好北犬嗜晨鴈也即見使者文侯曰中山之君亦何好乎對曰好詩文侯曰於詩何好曰好晨風文侯曰晨風謂何對曰詩云鴥彼晨風鬱彼北林未見君子憂心欽欽如何如何忘我實多此自以忘我者也於是文侯大悅曰欲知其君視其所使中山君不賢惡能得賢傳遂廢太子訢召中山君以爲嗣今吾子何樂此詩而詠之也。先生曰夫樂者感人密深而風移俗易。禮記曰樂者聖人所作也其感人深又曰樂者所以移風易俗也吾所以詠歌之者。美其君。術明而臣。

武夫注

道得也。君者中心，臣者外體。外體作然後知心之好惡，臣下動然後知君之節趨。子思子曰：民以君爲心，君以民爲體。心正則體修，心肅則身敬也。好惡不形則是非不分，節趨不立則功名不宣。故美玉蘊於碔砆，武夫。凡人視之怢焉。馬融論語注曰：蘊，藏也。戰國策曰：白骨疑象，武夫類玉。張揖漢書注曰：武夫，石之次玉者。廣蒼曰：怢，忽忘也。怢，他没切。良工砥之，然後知其和寶也。精練藏於鑛朴，庸人視之忽焉。精練，金也。金百練不耗，故曰精練也。說文曰：鑛，銅鐵璞也。礦與鑛同，瓜並切。巧冶鑄之，然後知其幹也。況乎聖德巍巍蕩蕩，民氓所不能命哉。論語子曰：大哉堯之爲君也！蕩蕩乎民無能名焉。巍巍乎其有成功。廣雅曰：命，名也。是以刺史推而詠之，揚君德美，深乎洋洋，罔不覆載，紛紜天地，寂寥宇宙。言所覆者廣也。

子淵所引乃今文尚書之注不當引孔安國說太誓孔亦有注豈於文則有今文尚書之注乎此疑不可解也

紛紜衆多之貌也寂寥曠遠之貌也明君之惠顯忠臣之節究爾雅曰究窮也郭璞曰謂窮盡也皇唐之世何以加茲是以每歌之不知老之將至也論語子曰發憤忘食樂以忘憂不知老之將至也文學曰書云迪一人使四方若卜筮尚書曰故一人有事于四方若卜筮無罔不是孚孔安國曰迪道也孚信也夫忠賢之臣道主志承君惠攄盛德而化洪天下安瀾比屋可封瀾水波安瀾以喻太平也尚書大傳曰周民可比屋而封何必歌詠詩賦可以揚君哉愚竊惑焉浮遊先生色勃眥溢曰是何言與論語子曰君召使擯色勃如也孝經子曰是何言與昔周公詠文王之德而作清廟建爲頌首吉甫歎宣王穆如清風列于大雅毛詩周頌曰清廟祀文王也周公既成雒邑朝諸侯率以祀文王焉毛詩大雅序曰烝民尹吉甫美宣王也詩曰吉甫作誦穆

且聊且也

(如清風)夫世衰道微，僞臣虛稱者，殆也。世平道明，臣子不宣者，鄙也。鄙殆之累，傷乎王道。故自刺史之來也，宣布詔書，勞來不怠，令百姓徧曉聖德，莫不霑濡。厖(邈江)眉耇者之老(厖，雜也。謂眉有白黑雜色)，咸愛惜朝夕，願濟須臾，且觀大化之淳流。於是皇澤豐沛，主恩滿溢，百姓歡欣，中和感發，是以作歌而詠之也(感發，謂情感於中，發言爲詩也)。傳曰：詩人感而後思，思而後積，積而後滿，滿而後作。言之不足，故嗟歎之；嗟歎之不足，故詠歌之；詠歌之不厭，不知手之舞之，足之蹈之也(樂動聲儀文也)。此臣子於君父之常義，古今一也。今子執分寸而罔億度(億度之言無限也。韓子曰：有尺寸而無億度。又曰：前識無緣而妄億

度也馬融論語注曰罔誣也處把握而却寥廓乃欲圖大人之樞機

道方伯之失得不亦遠乎大人謂天子也周易曰利見大人又曰言行君子之樞機

陳丘子見先生言切恐二客慙膝步而前曰先生詳之

戰國策曰荊軻見太子太子再拜而跽膝行流涕行潦老暴集江海不以爲多

左氏傳曰君子曰潢汙行潦之水杜預曰行潦流潦也莊子海若曰天下之水莫大於海百川歸之而不盈

鰌鱓善並逃九罭域不以爲虛爾雅曰鰼鰌郭璞曰今泥鰌也鰼似立切鰌且由切

郭璞山海經注曰鱓魚似蛇時闕切毛詩曰九罭之魚鱒魴爾雅曰九罭魚網也是以許由匿

堯而深隱唐氏不以衰呂氏春秋曰昔堯朝許由於沛澤之中請屬天下於夫子許由

遂之箕山之下夷齊恥周而遠餓文武不以卑夷齊已見上文夫青蠅

不能穢垂棘毛詩曰營營青蠅止於樊鄭玄曰蠅之爲蟲汙白使黑汙黑使白左氏傳曰晉荀息

巨大也

請以垂棘之璧假道於虞以伐虢邪論不能惑孔墨今刺史質敏以流惠舒化以揚名采詩以顯至德歌詠以董其文爾雅曰董正也受命如絲明之如緡禮記曰王言如絲其出如綸王言如綸其出如綍音弗鄭玄曰言出彌大也甘棠之風可倚而俟也毛詩序曰甘棠美召伯也召伯之教明於南國二客雖窒計沮孽與議何傷言二客雖於計窒塞於議沮敗何傷於理乎言未傷也爾雅曰窒塞也顱謂文學夫子曰先生微矜於談道又不讓乎當仁論語子曰當仁不讓於師亦未巨過也顱二子措意焉夫子曰否夫雷霆必發而潛底震動呂氏春秋曰開春始雷則蟄蟲動矣枹孚鼓鏗苦耕鏘七羊而介士奮竦左氏傳曰郤克援枹而鼓鄭玄周禮注曰介被甲也故物不震不發士不激不勇今文學之言欲以議愚感敵舒先生之

子淵自用其經乃聖主得賢臣頌可知其為淺經營之作

憒顛二生亦勿疑言議前敵之愚以感動之於是文繹復集乃始講德馬融論語注曰繹尋繹也文學夫子曰昔成康之世君之德與臣之力也韓子曰晉平公問叔向曰齊桓公九合諸侯臣之力耶君之力耶與音余先生曰非有聖智之君惡烏有甘棠之臣故虎嘯而風寥戾龍起而致雲氣周易曰雲從龍風從虎聖人作而萬物覩蟋蟀俟秋吟蜉浮蝣由出以陰易通卦驗曰立秋蜻蛚鳴蔡邕月令章句曰蟋蟀蟲也謂之蜻蛚也易曰飛龍在天利見大人鳴聲相應仇偶相從周易曰同聲相應同氣相求水流濕火就燥人由意合物以類同是以聖主不徧窺望而視以明不殫傾耳而聽以聰何則淑人君子人就者衆也毛詩曰淑人君子其儀不忒故千金之裘非一狐之腋亦大厦之材非一

丘之木太平之功非一人之略也慎子曰廊廟之材蓋非一木之枝狐白之裘非一狐之皮也治亂安危存亡榮辱之施非一人之力也蓋君爲元首臣爲股肱明其一體相待而成有君而無臣春秋刺焉公羊傳曰宋公與楚人期戰于泓之陽宋師大敗故君子大其不鼓不成列臨大事而不忘大禮有君而無臣以爲難雖文王之戰亦不過此也何休曰惜其有王德而無王佐也三代以上皆有師傅五伯以下各自取友說苑郭隗曰帝者之臣其名臣也其實師也王者之臣其名臣也其實友也伯者之臣其名臣也其實僕也齊桓有管鮑隰甯九合諸侯一匡天下左氏傳曰鮑叔牙奉公子小白又曰齊桓衛姬之子有鮑叔牙隰朋以爲輔佐說苑鄒子曰甯戚叩轅行歌桓公任之以國政論語子曰桓公九合諸侯不以兵車管仲之力也又曰管仲相桓公一匡天下民到于今受其賜晉文公有咎犯趙衰楚危取威定霸以尊天子左氏傳曰晉公子重耳奔

注及別本

狄從者狐偃趙衰顛頡魏武子司空季子杜預曰狐偃子犯也司空季子胥臣臼季也左氏傳曰先軫謂晉侯曰報施救患取威定霸於是乎在矣

秦穆有王由五羖攘郤西戎始開帝緒韓詩外傳曰昔戎將由余使秦秦繆公問得失之要對曰古之有國者未嘗不以恭儉也失國者未嘗不以驕奢也繆公然之於是告內史王廖曰隣國有聖人敵國之憂也由余聖人也將奈之何王廖曰君其遺之女樂以婬其志然後可圖繆公曰善乃使王廖以其女樂二列遺戎王史記曰百里奚亡秦走宛秦繆公聞百里奚故重贖之恐楚不予請以五羖羊皮贖之楚人曰予之繆公與語國事大悅又曰秦用由余謀伐戎王并國十二遂霸西戎春秋保乾圖曰五帝異緒宋衷曰緒業也

楚莊有叔孫子反兼定江淮威震諸夏韓詩外傳曰沈令尹進孫叔敖於莊王叔敖治楚三年而楚國霸左氏傳曰楚子圍鄭子反將右晉師救鄭及楚師戰于邲晉師敗績邲步必切

勾踐有種蠡渫庸剋滅彊吳雪會稽之恥漢書曰江都王問董仲舒曰越王勾踐與大夫渫庸種蠡謀伐吳遂

滅之孔子稱殷有三仁寡人亦以爲越有三仁史記曰吳王夫差伐越敗之越王勾踐乃以甲兵五千人棲於會稽又曰勾踐自會稽歸拊循其士民伐吳大破之吳王自殺也魏文有段干田翟秦人寢兵折衝萬里呂氏春秋曰孟嘗君問白圭曰魏文侯名過桓公而功不及五伯何也白圭對曰文侯師子夏友田子方敬段干木此名之所以過桓公也而名號顯榮者三士羽翼之也史記魏文侯謂李克曰寡人之相非成則璜璜翟璜也成成魏文侯弟名也呂氏春秋曰段干木者魏文敬之過其廬而軾秦欲攻魏而司馬康諫曰段于木賢者而魏禮之天下皆聞無乃不可加兵乎秦君以爲然乃止燕昭有郭隗樂毅夷破彊齊困閔於莒史記曰燕昭王以子之之亂而齊大破燕燕昭王怨齊於是詘身下士先禮郭隗以招賢者樂毅爲魏使於燕燕昭王以爲亞卿使樂毅伐齊破之追至于臨菑齊湣王走保於莒湣與閔同夫以諸侯之細功名猶尚若此而況帝王選於四海羽翼百姓哉高誘呂氏春秋注曰羽翼輔佐也故有賢聖

能与域為韻

匍匐二字別本無當刪

此下亦諷諫也

之君必有明智之臣欲以積德則天下不足平也欲以
立威則百蠻不足攘也毛萇詩傳曰攘除也今聖主冠道德履純仁
被六藝佩禮文屢下明詔舉賢良求術士招異倫拔俊
茂是以海內歡慕莫不風馳雨集襲雜並至填庭溢闕
含淯詠德之聲盈耳登降揖讓之禮極目進者樂其條
暢怠者欲罷不能條猶理也漢書音義曰暢通也偃息匍匐乎詩書之
門遊觀乎道德之域咸絜身修思吐情素而披心腹各
悉精銳以貢忠誠允願推主上弘風俗而騁太平濟濟
乎多士文王所以寧也濟濟多士已見上文若乃美政所施洪恩
所潤不可究陳舉孝以篤行崇能以招賢去煩蠲苛以

別本

綏百姓祿勤增奉以厲貞廉漢書宣紀曰律令有可蠲除以安百姓條奏又曰吏不廉平則治道衰今小吏皆勤事祿薄其益吏奉什五也減膳食卑宮觀宣紀曰令太官損膳省宰又曰郡國宮觀勿復修理省田官損諸苑宣紀曰池籞未御幸者假與貧人踈繇役振乏困宣紀曰流人還歸勿筭繇事又曰遣使者振貸乏困恤民災害不遑遊宴宣紀曰今天下頗被疾疫之災朕甚愍之閔耄老之逢辜憐縗絰之服事宣紀曰朕惟耆老之人髮齒墮落亦無暴虐之心諸年八十以上非誣告人殺傷人他皆勿坐又曰百姓遭縗經凶災而吏繇事傷孝子之心自今有大父母父母喪者勿繇事惻隱身死之腐人悽愴子弟之縲匿宣紀曰今繫者或以掠辜若飢寒死獄中朕甚痛之又曰自今子首匿父母孫匿大父母皆勿坐恩及飛鳥惠加走獸胎卵得以成育草木遂其零茂尸子曰湯之德及鳥獸矣莊子曰至德之世禽獸成群草木遂長愷悌君子民

此下並諷在官

之父母豈不然哉毛詩大雅文先生獨不聞秦之時耶違三王背五帝滅詩書壞禮義信任群小憎惡仁智詐僞者進達佞諂者容入宰相刻峭大理峻法廣雅曰峭急也謂嚴急也峻與峭同處位而任政者皆短於仁義長於酷虐狼摯虎攫懷殘秉賊孟子曰賊仁者謂之賊賊義者謂之殘其所臨莅莫不肌栗慴伏吹毛求疵並施螫毒百姓征彸無所措其手足韓子曰古之人君大體者不吹毛而求小疵不洒垢而察難知方言曰征彸惶遽也論語子曰刑罰不中則民無所措手足彸章容切嗷嗷愁怨遂亡秦族是以養雞者不畜貍牧獸者不育豺樹木者憂其蠹保民者除其賊文子曰乳犬噬虎伏雞搏貍又曰所爲立君者以禁暴亂也夫養禽獸者必除豺狼又況牧民乎又曰木林生蠹還自食人生事因自賊故

大漢之爲政也，崇簡易，尚寛柔，進湻仁，舉賢才，上下無怨，民用和睦。孝經曰民用和睦上下無怨今海内樂業，朝廷淑清，天符既章，人瑞又明，品物咸亨，山川降靈。周易曰雲行雨施品物咸亨鳳皇來儀，翼翼邕邕，群鳥並從，舞德垂容。宣紀曰鳳皇集魯群鳥從之尚書曰鳳皇來儀爾雅曰翼翼恭也邕邕和也又曰邕邕者聲和也山海經曰鳳首文曰德神雀仍集，麒麟自至。宣紀神雀仍集九真獻奇獸甘露滋液，嘉禾櫛比。宣紀曰甘露降未央宫又曰嘉穀玄稷降于郡國大化隆洽，男女條暢，家給年豐，咸則三壤，豈不盛哉！尚書曰咸則三壤成賦中邦昔文王應九尾狐而東夷歸周，春秋元命苞曰天命文王以九尾狐武王獲白魚而諸侯同辭。尚書琁璣鈐曰

神光燿暉，洪洞朗天。宣紀曰薦鬯之夕神光交錯或降于天或登于地

周公受秬鬯見洛誥

武王得兵鈐謀東觀白魚入舟俯取以燎入百諸侯順同不謀魚者視用無足翼從欲紂如魚乃誅 周公受秬鬯而鬼方臣 周公受秬鬯未詳鄭玄詩箋曰鬼方遠方也 宣王得白狼而夷狄賓 史記曰穆王征犬戎得四白狼以歸今云宣王未詳 夫名自正而事自定也 論語曰名不正則言不順言不順則事不成 今南鄙獲白虎亦偃武興文之應也獲之者張武武張而猛服也是以北狄賓洽邊不恤寇甲士寢而旍旗仆也文學夫子曰天符既聞命矣敢問人瑞先生曰夫匈奴者百蠻之最彊者也 毛詩曰因時百蠻 天性憍蹇習俗傑暴 左氏傳曰彼皆偃蹇杜預曰偃蹇憍傲也 賤老貴壯氣力相高 史記曰匈奴貴壯健賤老弱也 業在攻伐事在獵射 史記曰匈奴因射獵爲生業習戰攻以侵伐 兒能騎羊走箭飛鏃 史記曰匈奴兒能騎

抗　能改齋漫録引作旋　並作抗　未必非抗

周書王會解有嬙國北印黑齒也

羊引弓射鳥鼠也逐水隨畜都無常處史記曰匈奴逐水草遷徙無城郭常處鳥集獸散往來馳騖周流曠野以濟嗜欲其耒耜則弓矢鞬馬播種則打弦掌拊禮記曰左佩決扞鄭玄曰扞拾也言所以拾弦也何旦切鄭玄禮記注曰拊弓把也音夫收秋則奔狐馳兔穫胡郭刈則顛倒殪伊計仆史記曰匈奴射狐兔用爲食追之則奔遁釋之則爲寇史記曰匈奴利則進不利則退不羞遁走是以三王不能懷五伯不能綏蠹邊抗士屢犯玁狁詩人所歌自古患之毛詩曰六月棲棲戎車既飭四牡騤騤載是常服玁狁孔熾我是用急今聖德隆盛威靈外覆日逐舉國而歸德單于稱臣而朝賀宣王曰日逐王先賢撣將人衆來降鄭氏曰撣音纏束之纏又曰單于稱臣使弟奉珍朝賀正月乾坤之所開陰陽之所接編蒲典結詰沮顏燋齒

梟瞯言其目似梟々
歐蘇也人種皆如此

竟
別本

梟瞯閑翦髮黥首文身裸力果袒徒旦之國編結即編髮也漢書終軍曰解辮髮削左衽又曰匈奴有罪小者軋音義曰刀刻其面蓋沮顔也燋齒未詳又曰大宛深目多髯鬚蓋梟瞯也黥首蓋雕題也山海經曰雕題國在鬱林南靡不奔走貢獻懽忻來附婆嘔吟鼓掖而笑夫鴻均之世何物不樂孔安國尚書傳曰洪大也鴻與洪古字通毛萇詩傳曰均平也飛鳥翕翼泉魚奮躍毛詩曰鴛鴦在梁戢其左翼鄭玄曰明王之時人不驚駭也韓詩曰鳶飛戾天魚躍于泉薛君曰魚喜樂則踴躍於泉中是以刺史感懣莫本舒音而詠至德鄙人黯淺不能究識黯不明也烏感切敬遵所聞未逮殫焉於是二客醉于仁義飽于盛德毛詩曰既醉以酒既飽以德終日仰歎怡懌而悅服

文選卷第五十一

壬戌七月初五禺中　侃温尋及此卷

文則浩浩洋洋風骨遒上
楊嗣復對唐文宗以爲此文矯
言以正賊亂符讖非其所
重信也
此說貫從漢之辭貫亦英
傑故往而以天命嚇之

文選卷第五十二

梁昭明太子撰

文林郎守太子右內率府録事參軍事崇賢館直學士臣李善注上

論二

王命論一首　班叔皮

善曰王命帝王受命也漢書曰彪遭王莽敗光武即位於冀州時隗囂據隴擁衆囂問彪曰往者周亡戰國並爭天下分裂意者從横之事復起於今乎

昔在帝堯之禪曰咨爾舜天之歷數在爾躬舜亦以命

袁彥伯三國名臣序贊
注引代作伐

禹善曰論語文也尚書帝曰來禹予懋乃德嘉乃丕績天之歷數在汝躬汝終陟元后孔安國曰歷數謂天道也元后天子也爾雅曰命告也曁于稷契咸佐唐虞光濟四海奕世載德至于湯武而有天下善曰稷武王之祖也契成湯之祖也杜預左氏傳注曰曁至也國語祭公謀父曰奕世載德孔安國尚書傳曰載行也雖其遭遇異時禪代不同至于應天順人其揆一焉善曰周易曰湯武革命順乎天應乎人孟子曰先聖後聖其揆一也是故劉氏承堯之祚氏族之世著于春秋善曰漢書贊曰春秋晉史蔡墨有言陶唐氏既衰其後有劉累范氏其後也范氏爲晉士師魯文公世出奔秦後歸于晉其處者爲劉氏唐據火德而漢紹之善曰帝系曰帝堯封于唐爲火德漢書贊曰漢承堯運德祚已盛斷蛇著符旗幟尚赤協于火德自然之應得天統矣始起沛澤則神母夜號以彰赤帝之符善曰漢書曰高祖夜徑澤中有大蛇當徑高祖乃拔劍斬蛇後人來至蛇所

凡在華夏孰不姓帝嚳哉自曹馬以來有何德而登天位趙朱之世亦復久長至於佛貍辮髮之流亦據赤縣和羹之地又曰有命一何謬乎

有一老嫗夜哭曰吾子白帝子也化爲蛇當道今者赤帝子斬之又曰高祖立爲沛公旗幟皆赤由是知所殺蛇白帝子殺者赤帝子故也由是言之帝王之祚必有明聖顯懿之德善曰春秋河圖揆命篇曰倉戲農黄三陽翼天德聖明法言曰昔在有熊高陽高辛唐虞三代咸有顯懿故天因而祚之豐功厚利積累之業善曰史記崇侯虎曰西伯積善累德諸侯皆嚮之然後精誠通于神明流澤加於生民善曰孝經子曰孝悌之至通於神明尚書周公曰道洽政治澤潤生民故能爲鬼神所福饗天下所歸往善曰孟子萬章曰堯薦舜如何曰使之主祭百神亨之使之主事事治而百姓安之易乾鑿度曰王者天下所歸韓詩外傳曰王者往也天下往之謂之王也未見運世無本功德不紀而得倔起在此位者也善曰世運五行更運相次之世也不紀不爲人所記也春秋元命苞曰五德之運應録次相代埤蒼曰崛特起也崛與倔同世俗見高祖興於布衣不達其故

此言得之矣

褻據引說文及字林音段傳本乃作襲則褻之誤也

善曰漢書曰高祖曰吾以布衣取天下
家語孔子曰舜起布衣而終以帝也以爲適遭暴亂
得奮其劔善曰適猶遇也漢書高祖曰吾提三尺劔取天下遊說之士至比天
下於逐鹿幸捷而得之善曰漢書隗囂曰秦失其鹿劉季逐而掎之時人復知漢乎太
公六韜曰取天下若逐野鹿得鹿天下共分其肉不知神器有命不可以智力
求韋昭曰神器天子璽符服御之物善曰老子曰天下神器不可爲也爲者敗之也悲夫此世
之所以多亂臣賊子者也善曰孟子曰孔子成春秋而亂臣賊子懼若然者
豈徒闘於天道哉又不覩之於人事矣夫餓饉流隷飢
寒道路善曰說文曰餓飢也穀梁傳曰五穀不升謂之饉流隷流移賤隷也左氏傳曰人有十等輿臣
隷也饉或爲殣荀悅曰道瘞謂之殣也思有短褐之襲（褻）檐石之蓄韋昭曰短爲裋
裋襦也毛布曰褐善曰裋丁管切說文曰襲重衣也字林曰襲衣大篋也晉灼曰無一檐與一斛之餘所願

此等不緣它害必屬無能或自損其生或羣丿無善制歸之於命毋乃顢頇

此直指隗王
麼漢書作麼說文無麼字㧗當爲麻之後出字麻与𣏟同𣏟之爲言微也麼䃺麼䊳亦同聲義

不過一金終於轉死溝壑韋昭曰一斤爲一金善曰孟子謂滕文公曰爲人父母使老稚轉乎溝壑惡在爲人父母也何則貧窮亦有命也善曰墨子曰貧富治亂固有天命不可損益也況乎天子之貴四海之富神明之祚可得而妄處哉善曰禮記孔子曰舜其大孝也與尊爲天子富有四海之內宗廟饗之子孫保之法言曰天因祚之爲神明主也故雖遭罹阨會竊其權柄勇如信布強如梁籍成如王莽然卒潤鑊伏鑕烹醢分裂善曰史記曰項籍其季父項梁陳勝等起梁爲楚上柱國軍下邳自號武信君北至定陶再破秦軍後秦大破之項梁死又況幺麽不及數子而欲闇干天位者也善曰鶡冠子曰無道之君任用幺麽動則煩濁有道之君任用俊雄動則明白通俗文曰不長曰幺細小曰麽莫可切爾雅曰干求也是故駑蹇之乘不騁千里之塗善曰廣雅曰駑駘也今謂馬之下者爲駑王逸楚辭注曰蹇跛也呂氏春

少受其利猶言勞受其利

秋曰所爲貴驥者爲其一日千里也鷰雀之疇不奮六翮之用善曰史記陳涉曰鷰雀安知鴻鵠之志哉韓詩外傳蓋胥曰夫鴻鵠一舉千里所恃者六翮耳楶梲之材不荷棟梁之任應劭曰爾雅曰楣謂之楶梲朱儒柱善曰說文曰楣枅上標周易曰棟隆之吉不橈乎下也楶音節梲之劣切斗筲之子不秉帝王之重音義曰筲竹筥也受一斗善曰論語子曰斗筲之人何足筭也易曰鼎折足覆公餗不勝其任也善曰周易鼎卦之辭也說文曰鬻鼎實也鬻與餗同音速當秦之末豪桀共推陳嬰而王之嬰母止之曰自吾爲子家婦而世貧賤卒富貴不祥不如以兵屬人事成少受其利不成禍有所歸嬰從其言而陳氏以寧善曰史記文王陵之母亦見項氏之必亡而劉氏之將興也是時陵爲漢將而母獲於楚有漢使來陵母

二者謂天道人事

唯後二者是為興徵耳

見之謂曰願告吾子漢王長者必得天下子謹事之無有二心遂對漢使伏劒而死以固勉陵其後果定於漢陵爲宰相封侯（善曰史記文）夫以匹婦之明猶能推事理之致探禍福之機（善曰白虎通曰庶人稱匹夫何言其夫妻爲偶也鄭玄周禮注曰致猶會也）全宗祀於無窮垂冊書於春秋而況大丈夫之事乎（張晏曰冊書史記也晉灼曰至周名春秋考紀也善曰孟子曰富貴不能淫貧賤不能移此之謂大丈夫也）是故窮達有命吉凶由人（善曰呂氏春秋曰道德於此窮達一也左氏傳周内史叔興曰吉凶由人）嬰母知廢陵母知興審此二者帝王之分決矣蓋在高祖其興也有五一曰帝堯之苗裔二曰體貌多奇異（善曰漢書曰高祖爲人隆準而龍顏美鬚髯左股有七十二黑子）三曰神武有徵應（善曰

惟後二善足以興徵耳

此段即知人善任詳言之耳

此則帝業所由成也非無敘何必寫言命哉

王仲寶褚淵碑文注引由

己作用己

徵應謂下衆瑞也四曰寬明而仁恕善曰漢書曰高祖寬仁愛人意豁如也五曰知人善任使善曰高祖任張良以運籌委蕭何以關內是也加之以信誠好謀達於聽受見善如不及用人如由己善曰論語子曰見善如不及從諫如順流趣時如響起善曰左氏傳叔向曰齊桓公從善如流周易曰變通者趣時者也當食吐哺納子房之策善曰漢書酈食其欲立六國後漢王以問張良良發八難漢王輟食吐哺曰豎儒幾敗乃公事拔足揮洗揖酈生之說善曰漢書曰酈食其求見沛公方踞牀使兩女子洗足酈生不拜長揖曰足下必欲誅無道秦不宜踞見長者沛公起攝衣謝之延上坐食其說沛公襲陳留悟戍卒之言斷懷土之情善曰漢書曰高祖西都洛陽戍卒婁敬說上曰陛下都洛陽不便不如入關據秦之固是日車駕西都長安高四皓之名割肌膚之愛善曰漢書曰上欲廢太子立戚夫人子趙王如意呂后不知所爲張良曰顧上有所不能致四

略謀略之略

人令太子爲書卑辭安車請以爲客令上見之則一助也於是太子迎四人至上破黥布歸愈欲易太子及置酒太子侍四人者從上乃驚曰吾求公公逃避我今公何自從吾兒遊煩公幸卒調護太子竟不易太子者良本招此四人之力也舉韓信於行陣收陳平於亡命善曰漢書曰蕭何薦韓信於漢王於是漢王齋戒設壇場拜信爲大將軍又曰陳平亡楚來降漢王與語說之使驂乘監諸將英雄陳力羣策畢舉此高祖之大略所以成帝業也善曰莊子許由曰我爲汝言其大略廣雅曰略法也若乃靈瑞符應又可略聞矣善曰略粗略也初劉媼妊高祖而夢與神遇震電晦冥有龍蛇之怪善曰漢書曰高祖母媼嘗息大澤之陂夢與神遇是時雷電晦冥父往視則見蛟龍於其上已而有娠遂產高祖說文曰妊孕也如蔭切及長而多靈有異於衆是以王武感物而折契呂公覩形而進女善曰漢書曰高祖常從王媼武負貰酒時飲醉臥武負王媼見其上常

此直指隗王

有怪歲竟此兩家常折券棄債貰食夜切又曰呂公見高祖曰臣少好相人相人多矣無如季相臣有息女願爲箕箒妾也秦皇東遊以厭其氣呂后望雲而知所處善曰漢書曰秦始皇帝曰東南有天子氣於是東遊以厭當之高祖隱於芒碭山澤間呂后與人俱求常得之高祖怪問呂后曰季所居上常有雲氣故從往常得季說文曰厭塞也於冉切始受命則白蛇分西入關則五星聚善曰白蛇分已見上文漢書曰元年冬十月五星聚於東井沛公至霸上也故淮陰留侯謂之天授非人力也善曰漢書韓信謂高祖曰且陛下天授非人力也又曰張良數以太公兵法說沛公沛公喜常用其策爲他人言皆不省良曰沛公殆天授故遂從之歷古今之得失驗行事之成敗稽帝王之世運考五者之所謂取舍不厭斯位符瑞不同斯度韋昭曰厭合也善曰一艷切而苟昧權利越次妄據外不量力內不知命善曰左氏傳曰息侯

若以此也

依漢書之乙　彼本作毋

伐鄭君子曰不量力論語孔子曰不知命無以爲君子則必喪保家之主失天年之壽善曰左氏傳曰趙孟過鄭印段賦蟋蟀趙孟曰保家之主也莊子弟子問於莊子曰山中之木以不材得終其天年也遇折足之凶伏斧鉞之誅英雄誠知覺寤畏若禍戒超然遠覽淵然深識收陵嬰之明分絕信布之覬覦善曰左氏傳師服曰下無覬覦杜預曰下不敢望上位也說文曰覬幸也覦欲也距逐鹿之嚮慕審神器之有授貪不可冀無爲二母之所笑韋昭曰幾望也今本作冀則福祚流于子孫天祿其永終矣善曰尚書曰四海困窮天祿永終

典論論文一首　魏文帝

文人相輕自古而然傅毅之於班固伯仲之間耳而固

言其喜於以官益奮於文也非識其文多

享 注作亨是言敝帚之直通于千金極言重視己物耳作享無義然亨享古皆作亯特當訓爲通而不當就享字立訓耳

三國志注

小之與弟超書曰武仲以能屬文爲蘭臺令史下筆不能自休伯仲喻兄弟之次也言勝負在兄弟之間不甚相踰也范曄後漢書曰班超字仲升徐令彪之少子也夫人善於自見而文非一體鮮能備善是以各以所長相輕所短里語曰家有弊帚享之千金斯不自見之患也東觀漢記曰吴漢入蜀都縱兵大掠上詔讓漢曰城降孩兒老母口萬數一旦放兵縱火聞之可爲酸鼻家有弊帚享之千金禹宗室子孫故嘗更職何忍行此杜預左氏傳注曰享通也享或爲亨今之文人魯國孔融文舉廣陵陳琳孔璋山陽王粲仲宣北海徐幹偉長陳留阮瑀元瑜汝南應瑒德璉東平劉楨公幹斯七子者於學無所遺於辭無所假咸以自騁驥騄於千里仰齊足而並馳以此相服亦良難矣千里已見

而作論文當層上文帝自
言能審己度人故能作
論文不失其實
文帝論文主於遒健
故以齊氣爲嫌

壯即遒密即麗

不能持論即遒而不麗
詞多則失矣

以字係志注及劉朱刪
拔丁全盜牛等言妲己獨
周公皆嘲戲之善者

上文毛萇詩傳曰田獮齊足尚疾也蓋君子審己以度人故能免於斯累
呂氏春秋曰君子必審諸己然後任人楚辭曰羌內恕己以量人王逸曰量度也而作論文。王
粲長於辭賦。徐幹時有齊氣。然粲之匹也。言齊俗文體舒緩而徐幹
亦有斯累漢書地理志曰故齊詩曰子之還兮遭我乎狃之間兮此亦舒緩之體也如粲之初征
登樓槐賦征思。幹之玄猿漏卮圓扇橘賦。雖張蔡不過
也。然於他文未能稱是。琳瑀之章表書記。今之雋也。應
瑒和而不壯。劉楨壯而不密。孔融體氣高妙。有過人者。
然不能持論。理不勝詞。漢書東方朔枚皋不根持論孔叢子平原君謂公孫龍曰公無
復與孔子高辯事也其理勝於辭公辭勝於理以至乎雜以嘲戲。及其所善。揚
班儔也。常人貴遠賤近。向聲背實。又患闇於自見。謂己

銘誄尚實可以補文然彼于碑下見此義

麗辭亦寄綴也

沈休文曰子建仲宣以氣質爲體此與子桓笙磬同聲

使人致之悽惻

隱約不廢者世有之矣康樂不蕪者誠難能也

爲賢夫文本同而末異蓋奏議宜雅書論宜理銘誄尚實詩賦欲麗此四科不同故能之者偏也唯通才能備其體文以氣爲主氣之清濁有體不可力强而致譬諸音樂曲度雖均節奏同檢蒼頡篇曰檢法度也至於引氣不齊巧拙有素雖在父兄不能以移子弟桓子新論曰惟人心之所獨曉父不能以禪子兄不能以教弟也蓋文章經國之大業不朽之盛事年壽有時而盡榮樂止乎其身二者必至之常期未若文章之無窮是以古之作者寄身於翰墨見意於篇籍不假良史之辭不託飛馳之勢而聲名自傳於後故西伯幽而演易周旦顯而制禮司馬遷書曰西伯拘而演周易不以隱約而弗務不以

此文最善致過秦頌邪子建不辯何曹氏之多才乎據晉書曹志對晉武且疑其爲子建之作由元首自託於子建也
魏氏春秋載此論前有上書

康樂而加思。周易曰隱約者觀其不懾懼夫然則古人賤尺璧而重寸陰懼乎時之過已。淮南子曰聖人不貴尺之璧而重寸之陰時難得而易失孔叢子孔子曰不讀易則不知聖人之心必不使時過已也而人多不強力貧賤則懾於飢寒富貴則流於逸樂鄭玄禮記注曰懾恐懼也賈逵國語注曰流放也遂營目前之務而遺千載之功日月逝於上體貌衰於下忽然與萬物遷化斯志士之大痛也古詩曰奄忽隨物化榮名以爲寶融等已逝唯幹著論成一家言

六代論一首

論夏殷周秦漢魏也

曹元首

魏氏春秋曰曹冏字元首少帝族祖也是時天子幼稚冏冀以此論感悟曹爽爽不能納爲弘農太守少帝齊王芳也

何焯云此篇反覆痛切其才
不減過秦
段成式語資篇載元魏尉
瑾曰九錫或言王粲六代
或言曹植按元首不以文
章名世安得宏偉至此意
者陳王感愴孤立言著
論欲上以身居親藩嫌
爲己地至身殁而元首以
貽曹爽歟

昔夏殷周之歷世數十而秦二世而亡紀年曰凡夏自禹以至于桀十
七王殷自成湯滅夏以至于受二十九王大戴禮曰殷爲天子二十餘世而周受之周爲天子三十餘世而秦
受之秦爲天子二世而亡何殷周有道而長秦無道而暴也何則三代之君與天下
共其民故天下同其憂秦王獨制其民故傾危而莫救
夫與人共其樂者人必憂其憂與人同其安者人必拯其
危先王知獨治之不能久也故與人共治之班固漢書贊曰孝宣
帝稱曰與我共此者其唯良二千石乎知獨守之不能固也故與人共守
之班固漢書贊曰昔周盛則周召相其治致刑措衰則五伯扶其弱與共守之兼親疎而兩
用叅同異而並進是以輕重足以相鎮親疎足以相衛
并兼路塞逆節不生賈誼過秦曰秦并兼諸侯山東三十郡漢書主父偃說上曰今以法

割削諸侯則逆節萌起及其衰也桓文帥禮齊桓晉文苞茅不貢齊師伐楚宋不城周晉戮其宰左氏傳曰齊侯伐楚楚子使與師言曰不虞君之涉吾地何故管仲對曰爾貢苞茅不入王祭不共無以縮酒寡人是徵又曰晉魏舒合諸侯之大夫于翟泉將以城成周宋仲幾不受功曰滕薛郳吾役也爲宋役亦職也士伯怒曰必以仲幾爲戮乃執仲幾歸諸京師王綱弛而復張諸侯傲而復肅二霸之後寖以陵遲漢書曰二霸之後寖以陵遲吳楚憑江負固方城雖心希九鼎而畏迫宗姬左氏傳屈完對齊侯曰楚國方城以爲城漢水以爲池又曰楚子觀兵于周疆問鼎之大小輕重焉王孫滿對曰周德雖衰天命未改鼎之輕重未可問也姦情散於胷懷逆謀消於脣吻亡粉反斯豈非信重親戚任用賢能枝葉碩茂本根賴之與班固漢書述曰公族蕃滋枝葉碩茂自此之後轉相攻伐吳并於越晉分

三晉據漢之原文改

秦自用范雎遠交近攻之策二十年不加兵於楚四十年不加兵於齊

爲三晉滅於楚鄭蕪於韓史記曰越王勾踐自會稽歸拊循其上氏伐吳大破之吳王自殺又曰魏武侯韓哀侯趙敬侯滅晉後而三分其地又曰楚考烈王伐滅魯又曰韓哀滅鄭并其國暨乎戰國諸姬微矣唯燕衛獨存然皆弱小西迫強秦南畏齊楚救於滅亡匪遑相卹至於王赧匿簡降爲庶人猶枝幹相持得居虛位海内無主四十餘年班固漢書贊曰暨于王赧降爲庶人用天年終號位已絶於天下尚猶枝葉相持莫得居其虛位海内無主四十餘年也秦據勢勝之地騁譎詐之術征伐關東蠶食九國班固漢書贊曰秦據勢勝之地騁狙詐之兵蠶食山東一切取勝賈誼過秦曰九國之師遁逃而不敢進至於始皇乃定天位尚書曰天位艱哉曠日若彼用力若此班固漢書贊曰至始皇乃并天下以德若彼用力如此其艱難也豈非深根固蔕不拔之道乎老子曰有國之母可

姚姬傳郡縣考云郡之稱蓋始於秦晉以所得戎翟地遠使人守之爲戎翟民君長故名曰郡趙簡子之誓曰上大夫受縣下大夫受郡郡遠而縣近縣成聚富庶而郡荒陋故以美惡異等而非郡與縣相統屬也

以長久是謂深根固蔕長生久視之道班固漢書贊曰所以親親賢賢褒表功德深根固本爲不可拔者也易曰其亡其亡繫于苞桑周德其可謂當之矣周易否卦之辭也鄭玄曰苞植也否世之人不知聖人有命咸云其將亡矣其將亡矣而聖乃自繫於植桑不亡也王弼曰心存將危乃得固也秦觀周之弊將以爲以弱見奪於是廢五等之爵立郡縣之官班固漢書贊曰秦既稱帝患周之敗以爲諸侯力爭四夷交侵以弱見奪於是削去五等史記李斯奏曰置諸侯不便始皇於是分天下以爲三十六郡置守尉監也棄禮樂之教任苛刻之政子弟無尺寸之封功臣無立錐之土內無宗子以自毗輔外無諸侯以爲蕃衛班固漢書贊曰秦竊自號謂皇帝而子弟爲匹夫內亡骨肉本根之輔外亡尺土蕃翼之衛莊子曰堯舜有天下子孫無置錐之地仁心不加於親戚惠澤不流於枝葉譬猶芟刈股肱獨任

胷腹浮舟江海捐棄楫櫂法言曰灝灝之海濟樓航之力也航人無楫如航何通俗文櫂謂檝也觀者爲之寒心而始皇晏然自以爲關中之固金城千里子孫帝王萬世之業也豈不悖哉賈誼過秦曰天下已定始皇之心以爲關中之固金城千里子孫帝王萬世之業也是時淳于越諫曰臣聞殷周之王封子弟功臣千有餘歲今陛下君有海內而子弟爲匹夫卒有田常六卿之臣而無輔弼何以相救事不師古而能長久者非所聞也史記曰齊簡公立田常監止爲左右相田氏殺監止簡公出奔田氏執簡公于徐州遂殺之又曰晉昭公卒六卿强公室卑六卿謂范氏中行氏智氏及趙韓魏也論語糺滑讖曰陳滅齊六卿分晉尚書曰事不師古以克永代匪說攸聞始皇聽李斯偏說而絀其義至身死之日無所寄付委天下之重於凡

此直見司馬仲達之為矣

刻 生及三國志注

夫之手，託廢立之命於姦臣之口，史記曰：始皇崩，趙高乃與胡亥、丞相李斯陰破去始皇所封書賜公子扶蘇者，而更詐爲丞相受始皇遺詔，立子胡亥爲太子，更爲書賜公子扶蘇死。至令趙高之徒，誅鉏宗室。史記曰：二世尊用趙高，申法令，乃行誅大臣及諸公子。春秋合誠圖曰：誅鉏民害。胡亥少習剋薄之教，長遵凶父之業，史記曰：趙高故常教胡亥書及獄律令法事。史記：太史公曰：商君，其天資刻薄人也。不能改制易法，寵任兄弟，而乃師謨申商，諮謀趙高，自幽深宮，委政讒賊，史記李斯上書二世曰：能明申韓之術，而修商君之法，法修術明而天下亂者，未之聞也。應劭漢書注曰：申不害，韓昭侯相；衛公孫鞅，秦孝公相。李奇曰：法皆深刻無恩。史記曰：二世常居禁中，與趙高決事，事無大小，輒決於高。蒼頡篇曰：委，任之也。身殘望夷，求爲黔首，豈可得哉？史記曰：二世齋望夷宮，欲祠涇，使使責讓趙高以盗事。高懼，乃陰與其女壻咸陽令閻樂謀易上。樂前即謂二世曰：足下其自爲計。

士 三國志注及别本

二世曰願得妻子爲黔首閻樂麾其兵進二世自殺也遂乃郡國離心衆庶潰叛尚書曰受有億兆夷人離心離德左氏傳曰人逃其上曰潰勝廣唱之於前劉項斃之於後史記曰吳廣爲假王擊秦班固漢書贊曰秦竊自號謂皇帝而子弟爲匹夫吳陳奮其白挺劉項隨而斃之向使始皇納淳于之策抑李斯之論割裂州國分王子弟封三代之後報功臣之勞士有常君民有定主枝葉相扶首尾爲用雖使子孫有失道之行時人無湯武之賢姦謀未發而身已屠戮何區區之陳項而復得措其手足哉故漢祖奮三尺之劍驅烏集之衆曾子曰烏合之衆初雖相歡後必相咋也五年之中而成帝業漢書曰高祖五年斬羽東城即皇帝位於汜水之陽自開闢以來其興功立勳未有若漢祖之易者也

據國志注及別本刪

夫伐深根者難爲功，摧枯朽者易爲力，理勢然也。班固漢書贊曰：漢無尺土之階，繇一劒之任，五年而成帝業，書傳所未嘗有焉。何則？古代相革，皆承聖王之烈，今漢獨收孤秦之弊，鐫金石者難爲功，摧枯朽者易爲力，其勢然也。漢鑒秦之失，封植子弟，及諸吕擅權，圖危劉氏。漢書：太后崩，上將軍吕禄、相國吕産專兵秉政，謀作亂。賈逵國語注曰：權秉，即柄字也。而天下所以不能傾動，百姓所以不易心者，徒以諸侯强大，盤石膠固。漢書：宋昌曰：高帝王子弟，所謂盤石之宗也。莊子曰：待膠漆而固者，是侵其德者也。范曄後漢書曰：鄭泰曰：以膠固之衆，當解合之勢。東牟朱虚授命於内，齊代吴楚作衛於外，故也。漢書：宋昌曰：諸吕擅權專制，太尉卒以滅之，内有朱虚東牟之親，外畏吴楚齊代之强。又曰：齊悼惠王肥，高祖六年立。又曰：齊悼惠王子章，高后封爲朱虚侯；章弟興居爲東牟侯。向使高祖踵亡秦之法，王逸楚辭注曰：踵，繼也。忽先王之制則天下已傳非劉氏有也然高祖封建地過古制大者跨州兼域小者連城數十上下無別權侔京室故有吳楚七國之患班固漢書贊曰漢興懲戒亡秦孤立之敗於是封王子弟大者跨州兼郡小者連城數十宮室百官制同京師賈誼曰諸侯強盛長亂起姦夫欲天下之治安莫若衆建諸侯而少其力令海內之勢若身之使臂臂之使指則下無背叛之心上無誅伐之事文帝不從漢書賈誼上疏之文至於孝景猥用朝錯之計削黜諸侯親者怨恨疏者震恐吳楚唱謀五國從風兆發高祖釁成文景由寬之過制急之不漸故也漢書曰朝錯數言吳過可削文帝寬不忍罰及景帝即位錯曰高帝初定天下諸子弱故大封同姓今吳謀作亂逆削之亦反不削亦反於是方議削吳

吳王恐因欲發謀舉事諸侯既新削罰震恐多怨錯及吳先起兵膠西膠東淄川濟南楚趙亦皆反猥曲也所謂末大必折尾大難掉左氏傳楚子問於申無宇曰國有大城何如對曰末大必折尾大不掉君所知也杜預曰折折其本也尾同於體猶或不從況乎非體之尾其可掉哉武帝從主父之策下推恩之命自是之後齊分爲七趙分爲六淮南三割梁代五分漢書主父偃說上曰今諸侯或連城數十願陛下令諸侯得推恩分子弟以地侯之彼人人喜得所願上以德施實分其國必稍自銷弱矣上從其計又班固贊曰武帝施主父之策下推恩之令使諸侯得分戶邑以封子弟不行黜陟而國自析自是齊分爲七趙分爲六梁分爲五淮南分爲三也遂以陵遲子孫微弱衣食租稅不豫政事班固漢書贊曰景帝遭七國之難抑損諸侯諸侯唯得衣食租稅不與政事或以酎金免削或以無後國除漢書曰列侯坐獻黃金酎祭宗廟不如法奪爵

者百六人漢儀注王子爲侯侯歲以戶口酎黃金於漢廟皇帝臨受獻金助祭大祀曰飲酎飲酎受金小不如斤兩色惡者王削縣侯免國漢書曰趙哀王福薨無子國除至於成帝王氏擅朝劉向諫曰臣聞公族者國之枝葉枝葉落則本根無所庇蔭方今同姓疏遠母黨專政排擯宗室孤弱公族非所以保守社稷安固國嗣也漢書劉向上疏之文其言深切多所稱引成帝雖悲傷歎息而不能用漢書曰成帝即位向數上疏言得失陳法戒書數十上以助觀覽補遺闕上雖不能盡用然嘉其言常嗟歎之至乎哀平異姓秉權假周公之事而爲田常之亂高拱而竊天位一朝而臣四海漢宗室王侯解印釋綬貢奉社稷猶懼不得爲臣妾或乃爲之符命頌莽恩德豈不哀哉班固漢書贊曰至哀平之際王莽知

莽侍田居攝之薊出於泉陵侯劉慶

中外殫微因母后之權假伊周之稱詐謀既成遂據南面之尊漢諸侯王厥角稽首奉上璽韍唯恐在後或乃稱美頌德以求容媚豈不哀哉田常篡齊已見上文漢書曰王莽廢漢藩王廣陵王嘉獻符命封扶策侯又曰郚鄉侯閔以莽篡位獻神書言莽得封列侯郚音吾由斯言之非宗子獨忠孝於惠文之間而叛逆於哀平之際也徒以權輕勢弱不能有定耳賴光武皇帝挺不世之姿杜篤論都賦曰于時聖帝兼不世之姿禽王莽於已成紹漢祀於既絕斯豈非宗子之力耶而曾不鑒秦之失策襲周之舊制踵亡國之法而僥倖無疆之期至於桓靈奄豎執衡范曄後漢書曰桓帝立曹騰以定策功遷大長秋又曰靈帝時大將軍竇武謀誅中官曹節矯詔誅武等鄭玄尚書注曰稱上曰衡朝無死難之臣外無同憂之國君孤立於上臣弄權於下班固漢書序曰漢興懲戒

何焯云當正始四年上此文

云秦孤立之敗本末不能相御身手不能相使由是天下鼎沸姦凶並爭張超牋曰中外雲擾萬夫鼎沸宗廟焚爲灰燼宮室變爲蓁藪杜預左氏傳注曰燼火餘木也居九州之地而身無所安處悲夫魏太祖武皇帝躬聖明之資兼神武之略晉灼漢書注曰資材量也恥王綱之廢絶愍漢室之傾覆龍飛譙沛鳳翔兗豫魏志曰太祖武皇帝沛國譙人爲兗州牧後太祖遷都於許許屬豫州東京賦曰龍飛白水鳳翔參墟掃除凶逆翦滅鯨鯢左氏傳曰楚子曰古者明王伐不敬取其鯨鯢而封以爲大戮杜預曰鯨鯢大魚以喻不義之人也迎帝西京定都潁邑魏志曰天子東遷敗於曹陽太祖乃遣曹洪將兵西迎天子還雒董昭勸太祖都許漢書潁川郡有許縣德動天地義感人神漢氏奉天禪位大魏大魏之興于今二十有四年矣觀五代之

史記樊噲傳賜爵封號賢成君傅寬傳賜寬封號共德君皆虛封也

存亡而不用其長策（參新）覩前車之傾覆而不改其轍迹（前訓）（晏子曰諺曰前車覆後車戒也）子弟王空虛之地君有不使之民宗室竄於閭閻不聞邦國之政權均匹夫勢齊凡庶內無深根不拔之固外無盤石宗盟之助非所以安社稷爲萬代之業也（左氏傳曰周之宗盟異姓爲後）且今之州牧郡守古之方伯諸侯皆跨有千里之土兼軍武之任或比國數人或兄弟並據而宗室子弟曾無一人間厠其間與相維持非所以強榦弱枝備萬一之虞也（班固漢書贊曰徙吏二千石於諸陵蓋亦強榦弱枝也）今之用賢或超爲名都之主或爲偏師之帥而宗室有文者必限以小縣之宰有武者必置於百人之上使

參廿四同用

夫廱高之士畢志於衡軛之內衡軛車之衡軛也言王者之御群臣猶人之御牛馬故以衡軛諭焉畢志其內未得騁其駿足也才能之人恥與非類爲伍非
所以勸進賢能褒異宗族之禮也夫泉竭則流涸根朽
則葉枯枝繁者蔭根條落者本孤故語曰百足之蟲至
死不僵扶之者衆也魯連子曰百足之蟲至斷不蹶者持之者衆也此言雖小
可以譬太司馬相如諫獵書曰此言雖小可以喻大且墉基不可倉卒而成
威名不可一朝而立文子曰人主之有人猶城之有基木之有根根深即本固基厚即上安也皆爲之有漸建之有素譬之種樹久則深固其根本
茂盛其枝葉若造次徙於山林之中植於宮闕之下雖
壅之以黑墳暖之以春日尚書曰厥土惟黑墳孔安國曰色黑而墳起也猶不

三國志注及別本

救於枯槁何暇繁育哉夫樹猶親戚土猶士民建置不久則輕下慢上平居猶懼其離叛危急將如之何是聖以王安而不逸以慮危也存而設備以懼亡也故疾風卒至而無摧拔之憂天下有變而無傾危之患矣

博弈論一首系本曰烏曹作博許慎說文曰博局戲也六箸十二棊也揚雄方言曰圍棊自關而東齊魯之間謂之弈　韋弘嗣吳志曰韋曜字弘嗣吳郡人爲太子中庶子時蔡穎亦在東宮性好博弈太子和以爲無益令曜論之後爲中書僕射孫皓誅之裴松之曰曜本名昭史爲晉諱改之也

蓋君子恥當年而功不立疾沒世而名不稱論語子曰君子疾沒世而名不稱焉故曰學如不及猶恐失之論語孔子之辭是以古之志

士悼年齒之流邁而懼名稱之不建也勉精厲操晨興夜寐不遑寧息經之以歲月累之以日力若甯越之勤董生之篤漸漬德義之淵棲遲道藝之域呂氏春秋曰甯越中牟之鄙人也苦耕稼之勞謂其友曰何爲而可以免此苦耕也其友曰莫如學學三十歲則可達矣甯越曰請以十五歲人將休吾將不休人將臥吾將不敢臥十五歲而周威王師之漢書曰董仲舒修春秋三年不窺園圃其精如此且以西伯之聖姬公之才猶有日昃待旦之勞尚書周公曰文王自朝至於日中昃不遑暇食用咸和萬民孟子曰周公思兼三王其有不合者仰而思之夜以繼日幸而得之坐以待旦故能隆興周道垂名億載況在臣庶而可以已乎歷觀古今功名之士皆有積累殊異之迹勞神苦體契闊勤思平居不惰其業窮困不易其素是以卜

式立志於耕牧而黃霸受道於囹圄終有榮顯之福以成不朽之名。漢書曰卜式河南人以田畜爲事入山牧羊十餘年羊致千餘頭又曰黃霸字次公淮陽人遷丞相長史宣帝欲褒先帝夏侯勝曰武帝不宜爲立廟繇勝坐非議詔書霸坐阿縱勝不舉劾皆下獄勝霸既久繫霸欲從勝受經勝辭以罪死霸曰朝聞道夕死可矣勝賢其言遂授之繫更再冬講論不怠故山甫勤於夙夜而吳漢不離公門豈有遊惰哉。毛詩曰肅肅王命仲山甫將之夙夜匪懈以事一人東觀漢記曰吳漢字子顏南陽人鄧禹及諸將多漢舉者再三召見其後勤勤不離公門上亦以其南陽人漸親之今世之人多不務經術好翫博弈廢事棄業忘寢與食窮日盡明繼以脂燭當其臨局交爭雌雄未決專精銳意神迷體倦人事曠而不脩賓旅闕而不接雖有太牢之饌韶夏之樂不暇存也至

賭之大要在其心皆欲屈人以伸己損人以利己耳故曰廉恥之意弛

或賭及衣物徙棊易行埤蒼賭䝉也賭丁古切䝉記彼切廉恥之意弛而忿戾之色發然其所志不出一枰之上所務不過方罫古買之閒方言曰投博謂之枰皮兵切桓譚新論曰俗有圍棊或言是兵法之類也及爲之上者張置疏遠多得道而爲勝中者務相絕遮要以爭便利下者守邊趍作罫自生於小地猶薛公之言黥布反也上計取吳楚廣道者也中計塞城皐遮要爭利者也下計據長沙以臨越此守邊隅趍作罫者也更始帝將相不能防衛而令罫中死棊皆生勝敵無封爵之賞獲地無兼土之實技非六藝用非經國立身者不階其術徵選者不由其道廣雅曰階因也求之於戰陣則非孫吳之倫也劉向圍棊賦曰略觀圍棊法於用兵怯者無功貪者先亡漢書曰孫子兵法八十二篇吳起二十八篇考之於道藝則非孔氏之門也以變詐爲務則非忠信之事也以劫殺爲

名則非仁者之意也尹文子曰以智力求者喻如弈弈進退取與攻劫殺舍在我者也而空妨日廢業終無補益是何異設木而擊之置石而投之哉且君子之居室也勤身以致養其在朝也竭命以納忠臨事且猶旰食而何暇博弈之足耽左氏傳伍奢曰楚君大夫其旰食乎班固漢書述曰媚茲一人日旰忘食夫然故孝友之行立貞純之名彰也方今大吳受命海內未平聖朝乾乾務在得人周易曰君子終日乾乾班固公孫弘贊曰漢之得人於茲爲盛勇略之士則受熊虎之任儒雅之徒則處龍鳳之署熊虎猛捷故以譬武龍鳳五彩故以喻文尚書曰如虎如貔如熊如羆于商郊蘇武荅李陵書曰其於學人皆如鳳如龍百行兼苞文武並騖孝經鉤命決曰引興摘暴一字管百行博選良才旌簡髦俊賈逵國語注曰旌表也設

程試之科垂金爵之賞說文曰程品也廣雅曰科條也誠千載之嘉會百世之良遇也桓子新論曰夫聖人乃千載一出周易曰亨者嘉之會也當世之士宜勉思至道愛功惜力以佐明時廣雅曰惜愛也使名書史籍勳在盟府左氏傳宮之竒曰虢叔爲文王卿士勳在王室藏於盟府乃君子之上務當今之先急也夫一木之枰孰與方國之封枯棊三百孰與萬人之將邯鄲湻藝經曰棊局縱橫各十七道合二百八十九道白黑棊子各一百五十枚衮龍之服金石之樂足以兼棊局而貿博弈矣周禮曰三公自衮冕而下鄭玄曰衮龍九章文也東都賦曰修衮龍之法服左氏傳曰晉侯以樂之半賜魏絳始有金石之樂廣雅曰貿易之也假令世士移博弈之力用之於詩書是有顏閔之志也用之於智計是有良平之思也用之於資貨

貨是有猗頓之富也猗頓已見賈誼過秦論用之於射御是有將帥之備也如此則功名立而鄙賤遠矣

文選卷第五十二

初五日　佩诵

養生論此文驟觀覺其漫羨細按之條理仍自井然錄其氣體宏壯天機駿利故詞雖多而不覺繁但未可輕於放效耳
服藥求仙數語
叔夜性存老莊其養生之說實與莊生微異莊生所云養生非服食之謂其要在於恬養知以知養恬知世途之多患故無以為相待知萬事
之靡它故無為而自得唱
雁散不之喻單豹張毅之
事皆足以推陷服食仙道
之說使之不得成立又況叔
夜尚奇任俠性烈才儁以
處衰世所謂游于羿之彀
中縱朝餌五石久餐久
芝欲除幽憤之詩無救嶧
琴之痛每讀此論良為惆
悵然

壽有仙無生原有養之如
謂仙非學致又云可過常
期皆為野理未精獨言
養生之理是耳

文選卷第五十三
梁昭明太子撰
文林郎守太子右內率府錄事參軍事崇賢館直學士臣李善注上

論三
嵇叔夜養生論一首　李蕭遠運命論一首
陸士衡辯亡論上下二首

養生論一首 嵇喜爲康傳曰康性好服食常采御上藥以爲神仙禀之自然非積學所致至於導養得理以盡性命若安期彭祖之倫可以善求而得也著養生篇

嵇叔夜

世或有謂神仙可以學得不死可以力致者 王逸楚辭注曰謂說

服藥求汗數語設譬至切符采可觀

也鄭玄禮記注曰致之猶言至也或云上壽百二十古今所同過此以往莫非妖妄者養生經黃帝問天老曰人生上壽一百二十年中壽百年下壽八十年而竟不然者皆天耳此皆兩失其情請試粗論之鄭玄禮記注曰粗麤也說文曰粗疏也徂古切夫神仙雖不目見然記籍所載前史所傳較角而論之其有必矣廣雅曰較明也似特受異氣稟之自然非積學所能致也孔安國尚書傳曰稟受也夫自然者不知其然而然老子曰道法自然至於導養得理以盡性命上獲千餘歲下可數百年可有之耳天老養生經老子曰人生大期以百二十年爲限節度護之可至千歲而世皆不精故莫能得之何以言之夫服藥求汗或有弗獲而愧情一集渙然流離漢書曰上問右丞相周勃曰天下一歲決獄幾何勃謝不知問天下錢穀一歲出幾何勃又謝

不知汗出洽背媿不能對顔師古曰洽霑也周易曰渙汗其大號終朝未餐則囂然思食而曾子銜哀七日不飢毛詩曰終朝采綠終朝謂從旦至食時囂然飢意也禮記曾子謂子思曰伋吾執親之喪也水漿不入於口者七日夜分而坐則低迷思寢內懷殷憂則達旦不瞑古眠字韓子曰衛靈公至濮水之上夜分而聞有鼓新聲者韓詩曰耿耿不寐如有殷憂漢書劉向曰夜觀星宿或不寐達旦勁刷理鬢醇醴發顔僅乃得之也通俗文曰所以理髮謂之刷何休公羊傳注曰僅劣也壯士之怒赫然殊觀植髮衝冠淮南子曰荊軻爲燕太子丹刺秦王高漸離宋如意爲擊筑而歌於易水之上荊軻瞋目裂眥髮植衝冠由此言之精神之於形骸猶國之有君也神躁於中而形喪於外猶君昏於上國亂於下也夫爲稼於湯之世偏有一溉之功者雖終歸燋爛必一溉者後枯

亦當知有形失其養而神為之瘁飢寒迫身而之身神不病未之有也

然則一溉之益固不可誣也種曰稼言種穀於湯之世值七年之旱終歸是死而
彼一溉之苗則在後枯亦猶人處於俗同皆有死能攝
生者則後終也孫卿子曰禹十年水湯七年旱說文曰
溉灌也而世常謂一怒不足以侵性一哀不足以傷身輕
而肆之淮南子曰大怒破陰大喜墜陽養生要彭祖曰憂恚悲哀傷人喜樂過差傷人賈逵國語注曰
肆恣也是猶不識一溉之益而望嘉穀於旱苗者也國語子餘
謂秦伯曰使能成嘉穀君之力也是以君子知形恃神以立神須形以
存悟生理之易失知一過之害生淮南子曰形者生之舍也氣者生之元也
神者生之制也一失位則二者傷矣故脩性以保神安心以全身愛憎不
棲於情憂喜不留於意泊然無感而體氣和平老子曰我獨泊
然而未兆說文曰泊無爲也禮記曰樂行血氣和平又呼吸吐納服食養身使形

漢書食貨志云治田勤則畝益三升与此文所云増加之数大相懸絶案漢隸書斗為斗絶似升字漢史書斗為斛又近於斛字誤皆傳寫之誤此文當作區種可百餘斗又斛与觳音同考工記先鄭注觳受三斗此文或用斛為觳

神相親表裏俱濟也。莊子曰吹呴呼吸吐故納新爲壽而已矣古詩曰服食求神仙夫田種者一畝十斛謂之良田此天下之通稱也不知區種可百餘斛氾勝之田農書曰上農區田大區方深各六寸相去七寸一畝三千七百區丁男女治十畝至秋收區三升粟畝得百斛也區音鄔侯切一曰謂區隴而種非漫田也田種一也至於樹養不同則功收相懸謂商無十倍之價農無百斛之望此守常而不變者也且豆令人重榆令人瞑經方小品倉公對黃帝曰大豆多食令人身重博物志云食豆三年則身重行止難又曰啖榆則瞑不欲覺也合歡蠲忿萱草忘憂愚智所共知也神農本草曰合歡蠲忿萱草忘憂崔豹古今注曰合歡樹似梧桐枝葉繁互相交結每一風來輙自相離了不相牽綴樹之堦庭使人不忿毛詩曰焉得萱草言樹之背毛萇詩傳曰萱草令人忘憂名醫別錄曰萱草是今之鹿葱也薰辛害目豚魚不

服食有益言食無以易也

豈惟四句以承上葷辛齒麝言 四語殊無校以文律但云豈惟如上所云而已其意已明

延當爲脠生肉醬也 蓋用以爲羶耳 注非

養常世所識也養生要曰大蒜勿食葷辛害目又神農曰豬肉虛人不可久食又曰㹠肉損人與豬同說文曰蒜葷菜也薰與葷同豚魚無血食之皆不利人也山乙蝨處頭而黑麝食柏而香抱朴子曰今頭虱著身皆稍變而白身虱處頭皆漸化而黑則是玄素果無定質移易存乎所漸本草名醫云麝形似麞常食柏葉五月得香又夏月食蛇多至寒香滿入春患急痛以脚剔去著矢溺中覆之皆有常處人有遇得乃勝殺取頸處險而癭於井齒居晉而黃淮南子曰險阻之氣多癭謂人居於山險樹木瘤臨其水上飲此水則患癭齒黃未詳推此而言凡所食之氣蒸性染身莫不相應豈惟蒸之使重而無使輕害之使闇而無使明薰之使黃而無使堅芬之使香而無使延哉方言曰延年長也故神農曰上藥養命中藥養性者本草曰上藥一百二十種爲君主養命以應天無毒久服不傷人輕身益氣不老延年中藥一百二十種爲臣主養

性以應人養生經曰上藥養命五石練形六芝延年中藥養性合歡蠲忿萱草忘憂也誠知性命之理因輔養以通也而世人不察惟五穀是見聲色是耽目惑玄黄耳務淫哇法言曰哇則鄭李軌曰哇邪也周禮鄭玄注曰五穀麻黍稷麥豆也滋味煎其府藏醴醪鬻其腸胃莊子曰聲色滋味之於人心不待學而樂之漢書曰五藏六腑周禮曰凡齊事鬻盬以待戒令鄭玄曰鬻盬謂練化之鬻盬今之煑字也香芳腐其骨髓喜怒悖其正氣廣雅曰悖亂也文子曰循理而動者正氣思慮銷其精神哀樂殃其平粹文子曰人之性欲平又曰真人純粹應劭漢書注曰粹湻也夫以蕞爾之軀攻之者非一塗左氏傳子産曰蕞爾小國杜預注曰蕞爾小貌也易竭之身而外内受敵身非木石其能久乎其自用甚者飲食不節以生百病好色不倦以致乏絕素問黄帝曰有病心

腹滿此何病岐伯曰此飲食不節故時病七發曰百病咸生漢書杜欽上疏曰佩玉晏鳴關雎歎之知好色之
伐性短年也風寒所災百毒所傷中道夭於衆難莊子曰終天年不中
道夭者是智之盛世皆知笑悼謂之不善持生也方言曰悼哀也笑悼謂笑
其不善養生而又哀其保齡也至于措身失理亡之於微積微成損積莊子曰藏
損成衰從衰得白從白得老從老得終悶若無端
平無端之紀中智以下謂之自然穀梁傳荀息曰中智以上乃能慮之臣料虞君中智
以下也縱少覺悟咸歎恨於所遇之初而不知慎衆險於
未兆老子曰未兆易謀是由桓侯抱將死之疾而怒扁鵲之先
見以覺痛之日爲受病之始也韓子曰扁鵲謂桓侯曰君有疾在腠理猶可湯
熨桓侯不信後病迎扁鵲鵲逃之桓侯遂死史記曰扁鵲療簡子東過齊見桓侯東晳曰齊桓在簡子前且二百

一切權時也此稱言不寃耳宣

歲小白後無齊桓侯即和子有桓公午去簡子首末相
距二百八年史記自爲舛錯韋昭曰魏無桓侯臣瓚曰
魏桓侯新序曰扁鵲見晉桓
侯然此桓侯竟不知何國也害成於微而救之於著故
有無功之治馳騁常人之域故有一切之壽仰觀俯察
莫不皆然以多自證以同自慰謂天地之理盡此而已
矣縱聞養生之事則斷以所見謂之不然其次狐疑雖
少庶幾莫知所由其次自力服藥半年一年勞而未驗
志以厭衰中路復廢或益之以畎古犬澮古外而泄之以尾
閭尚書曰濬畎澮距川孔安國曰一畝之間廣尺深尺
曰畎廣二尋深二仞曰澮畎澮深之亦入海也莊子
海若曰天下之水莫大於海萬川歸之不知何時止而
不盈尾閭泄之不知何時已而不虛司馬彪曰尾閭水
之從海水出者也一名沃燋在東大海之中尾者在百
川之下故稱尾閭者聚也水聚族之處故稱閭也在扶

猶豫說文作冘豫　又㑋
聲字注引

麐

桑之東有一石方圓四萬里厚四萬里海水注者無不燋盡故名沃燋欲坐望顯報者或抑情忍欲割棄榮顯而嗜好常在耳目之前所希在數十年之後說文云希望也穀梁傳荀息曰夫人玩好在耳目之前而患在一國之後又恐兩失內懷猶豫楚辭曰心猶豫而狐疑尸子曰五尺大犬爲豫說文云隴西謂犬子爲猶顏師古以爲人將犬行豫在人前待人不得又來迎候如此往還至于終日斯乃豫之所以爲未定也故稱猶豫或以爾雅云猶如麂善登木猶獸名聞人聲乃猶豫緣木如此上下故稱猶豫心戰於內物誘於外交睽相傾如此復敗者夫至物微妙可以理知難以目識譬猶豫章生七年然後可覺耳淮南子曰豫章之生七年可知延叔堅曰豫章與枕木相似須七年乃可別耳枕音尤今以躁競之心涉希靜之塗老子道經曰聽之不聞名曰希王逸楚辭注曰無聲曰靜意速而事遲望近而應遠

欲而彊禁貪而後抑則為狀尤苦故必先淨其心先滌其識先定其意

故莫能相終。夫悠悠者既以未效不求。論語桀溺曰滔滔者天下皆是也而求者以不專喪業。偏恃者以不兼無功。追術者以小道自溺。凡若此類。故欲之者萬無一能成也。善養生者則不然矣。清虛靜泰。少私寡欲。莊子曰廣成子謂黃帝曰必靜必清無勞汝形無摇汝精乃可以長生老子曰少私寡欲知名位之傷德故忽而不營非欲而彊禁也。左氏傳曰名位不同禮亦異數識厚味之害性故棄而弗顧非貪而後抑也。國語單襄公曰厚味實腊毒也外物以累心不存神氣以醇白獨著。慎子曰夫德精微而不見聰明而不發是故外物不累其内莊子曰外物不可必司馬彪曰物事也忠孝内也而外事咸不信愛也淮南子曰古之人神氣不蕩乎外莊子曰虛室生白向秀曰虛其心則純白獨著曠然無憂患。寂然無思慮。莊子曰聖人平易恬淡則憂患

恕即庶也庶幾之庶正當作恕字李注引聲類釋之未諦

不能入也邪氣不能襲也故其德全而神不虧矣故曰聖人不思慮不預謀也又守之以一養之以和和理日濟同乎大順老子曰聖人抱一爲天下式河上公曰抱守也守一乃知萬事故能爲天下法式王弼曰一少之極也式猶則也文子曰古之爲道者養以和持以適莊子曰古之治道者以恬養知知生而無以知爲也謂之以知養恬知與恬交相養而和理出其性老子曰玄德深矣遠矣與物反矣乃至大順河上公曰大順者天理也鍾會曰反俗以入道然乃至於大順也然後蒸以靈芝潤以醴泉白虎通曰醴泉者美泉也狀如醴酒也晞以朝陽綏以五絃毛萇詩傳曰晞乾也無爲自得體妙心玄莊子曰天無爲以之清地無爲以之寧故兩無爲相合萬物皆化之也孰能得無爲哉老子曰玄之又玄衆妙之門忘歡而後樂足遺生而後身存莊子曰天下有至樂無有哉曰至樂無樂郭象曰忘歡而後樂足樂足而後身存莊子曰棄事則形不勞遺生則精不虧夫形全精復與天爲一若此以往恕可與羡門

論衡命義篇云子夏曰死生有命富貴在天而不曰死生在天富貴有命者何則死生者以性爲主稟氣在天人稟以堅強之性則氣渥厚而體堅強堅強則壽命長稟性軟弱者氣少泊而性羸窳羸窳則壽命短故言有命命則性也至於富貴所稟猶性所稟之氣得眾星之精眾星在天天有其象得富貴象則富貴得貧賤象則貧賤故曰在天在天如何天有百官有眾星天施氣而眾星布精天所施氣而眾星之氣在其中矣人稟氣而生含氣而長得貴則貴得賤則賤貴或秩有高下富或資有多少皆星位尊卑小大之所授也

比壽王喬爭年何爲其無有哉聲類曰恕人心度物也史記曰始皇之碣石使燕人盧生求羨門韋昭曰羨門古仙人也列仙傳曰王子喬者周靈王太子晉也道人浮丘公接以上嵩高山

自來言命之篇皆宗乎其不遇之感斥之然託命之有無于作者之前必爲所笑

王仲任但言偶會而不言天命豈其卓然特立哉惜悟之于此而不言之于彼也

討者之言命無定孔孟之言命有定三命之說所以飛絕此之羞違不可不知蕭遠斯文則皆言定命也

運命論一首

運謂五德更運帝王所稟以生也春秋元命苞曰五德之運各象其類興亡之名應籙以次相代宋均曰運籙也春秋元命苞曰命者天下之命也

李蕭遠

集林曰李康字蕭遠中山人也性介立不能和俗著遊山九吟魏明帝異其文遂起家爲尋陽長政有美績病卒

白虎通命有三科以記驗有壽命以保度有遭命以遇暴有隨命以應行

夫治亂運也窮達命也貴賤時也墨子曰貧富治亂固有天命不可損益王命論曰窮達有命吉凶由人莊子北海若曰貴賤有時未可以爲常也故運之將隆必生聖明之君春秋河圖揆命篇曰倉戲農黃三陽翼天德聖明聖明之君必有忠

賢之臣其所以相遇也不求而自合其所以相親也不介而自親介紹介也禮記曰介紹而傳命唱之而必和謀之而必從道德玄同曲折合符老子曰知者不言言者不知是爲玄同論語比考讖曰君子上達與天合符得失不能疑其志讒構不能離其交然後得成功也其所以得然者豈徒人事哉授之者天也告之者神也成之者運也夫黃河清而聖人生里社鳴而聖人出易乾鑿度曰聖人受命瑞應先見於河河水先清清變白白變赤赤變黑黑變黃各三日春秋潛潭巴曰里社明此里有聖人出其呴百姓歸天辟亡宋均曰里社之君鳴則教令行教令明惟聖人能之也呴鳴之怒者聖人怒則天辟亡矣湯起放桀時蓋此祥也明與鳴古字通羣龍見而聖人用易曰見羣龍無首吉又曰聖人作而萬物覩故伊尹有莘氏之媵臣也而阿衡於商說苑

鄒子說梁王曰伊尹有莘氏之媵臣湯立以爲三公毛詩曰實維阿衡左右商王毛萇傳曰阿衡伊尹也太公渭濵之賤老也而尚父於周史記曰太公望以漁釣于周西伯六韜曰文王卜田史扁爲卜曰于渭之陽將大得焉非熊非羆非虎非狼兆得公侯天遺汝師王乃齋戒三日田于渭陽卒見呂尚坐茅以漁毛詩大雅曰維師尚父時維鷹揚諒彼武王肆伐大商百里奚在虞而虞亡在秦而秦霸非不才於虞而才於秦也呂氏春秋曰凡亂也者必始乎近而後及遠始乎本而後及末亦然故百里奚處乎虞而虞亡處乎秦而秦霸百里奚之處乎虞知非遇也其處於秦非加益也有其本也其本也者定分之謂也張良受黃石之符誦三略之說黃石公記序曰黃石者神人也有上略中略下略河圖曰黃石公謂張良曰讀此爲劉帝師以遊於群雄其言也如以水投石莫之受也及其遭漢祖其言也如以石投水莫之逆也漢書曰張良以兵法說沛公沛公喜常用其策

其可格之賢愚言不量之以何时賢何时愚

爲它人言皆不省非張良之拙說於陳項而巧言於沛公也漢書張良乃說項梁立韓成爲韓王而漢書張良無說陳涉今此言之未詳其本也然則張良之言一也不識其所以合離合離之由神明之道也故彼四賢者名載於籙圖事應乎天人其可格之賢愚哉春秋考異郵曰稽之籙圖參於泰古易坤靈圖曰湯臣伊尹振鳥陵春秋命歷序曰文王受丹書呂望佐昌發春秋保乾圖曰漢之一師爲張良生韓之吱漢以興春秋感精記曰西秦東關謀襲鄭伯胥戎同心遮之殽谷反呼老人百里子哭語之不知泣血何益著頡篇曰格量度之也孔子曰清明在躬氣志如神嗜慾將至有開必先天降時雨山川出雲禮記文也鄭玄曰清明在躬氣志如神神謂聖人也嗜慾將至謂其王天下之期將至也神有以開之必先爲之生賢智之輔佐若天將降時雨山川爲之出雲也詩云惟嶽降神生甫及申惟申及甫惟

周之幹運命之謂也詩大雅文也箋云申申伯甫甫侯也毛萇傳曰翰幹也言周道將興五嶽爲之生佐仲山甫及申伯爲周之幹臣也豈惟興主亂亡者亦如之焉呂氏春秋曰世有興主之士也幽王之惑褒女也祆始於夏庭史記曰昔夏后氏之褒也有神龍二止於夏帝之庭而言曰余褒之二君也夏帝卜殺之與去之與止之莫吉卜請其漦而藏之乃吉於是布幣而策告之龍亡而漦在夏氏乃櫝而去之比三代莫之敢發至厲王之末發而觀之漦流於庭不可除厲王使婦人裸而譟之漦化爲玄黿以入王後宮後宮童妾既齓遭之既笄而孕無夫而生一女子懼而棄之宣王之時童謠檿弧箕服寔亡周國於是宣王聞之有夫婦賣是器者宣王使執而戮之於道而鄉者後宮妾所棄妖子出於路者聞其夜啼哀而收之夫婦遂奔於褒褒人有罪請入棄子以贖罪棄子出於褒是爲褒姒幽王廢申后立褒姒爲后后父申侯怒攻幽王遂殺幽王酈山下漦仕淄切曹伯陽之獲公孫彊也徵發於社宮左氏傳曰初曹人或夢衆君子立於社宮而謀亡曹曹叔振鐸

○謀見謀也

請待公孫彊許之旦而求之曹無之戒其子曰我死爾聞公孫彊爲政必去之及曹伯陽即位好畋弋曹鄙人公孫彊好弋且言畋弋之說悅之因訪政事說於曹伯從之乃背晉而奸宋宋人伐之執曹伯陽以歸殺之

叔孫豹之暱豎牛也禍成於庚宗左氏傳曰初穆子去叔孫氏及庚宗過婦人使私爲食而宿焉魯人召之所宿庚宗之婦人獻以雉問其姓對余子長矣召而見之遂使爲豎有寵長使爲政田於蒲上遂遇疾焉豎牛曰夫子疾病不欲見人使寘饋于介而退弗進則置虛器命徹叔孫不食卒

吉凶成敗各以數至春秋考異郵曰吉凶有效存亡出象王命論曰驗行事之成敗數歷數也孔安國尚書傳曰歷數謂天道也咸皆不求而自合不介而自親矣

昔者聖人受命河洛曰以文命者七九而衰以武興者六八而謀河洛謂河圖洛書也文謂文德即文王也武謂武功即武王也言以文德受命者或七世九世而漸衰微以武功興起者或六世八世而謀也及成王定鼎於郟鄏卜世三

十卜年七百天所命也左氏傳王孫滿之辭也其世之多少年之短長皆天所命也七九六八即卜世數也杜預注曰郟鄏今河南也武王遷之成王定之故自幽厲之間周道大壞言自成王至于厲王凡有八世即應七而衰也毛詩序曰蕩召穆公傷周室大壞也二霸之後禮樂陵遲二霸齊桓晉文也自厲王至于二霸之卒凡有九世即應九而衰也毛詩序曰禮義陵遲男女淫奔也文薄之弊漸於靈景自二霸之卒至于景王凡有六世即應六而謀也尚書大傳曰周人之教以文上教以文君子其失也小人薄鄭玄曰文謂尊卑之差制也習文法無悃誠也靈景周之王末者也辯詐之僞成於七國言文薄既弊詐僞乃成也七國謂韓魏齊趙燕楚秦也自景王至于七國凡有八世即應八而謀也酷烈之極積於亡秦言詐僞既成故加之以酷烈也解嘲曰呂刑靡弊秦法酷烈也文章之貴棄於漢祖言周人之教以文故漢承之以貴也漢書曰陸賈爲太中大夫賈時上前說稱詩書高帝罵之曰迺公以馬上得之安事詩書也仲

此是一篇所為發

何云冉謂仲弓非子有也

與本銑注

體二希聖言兼顏冉而近仲尼也或云體二乃具體而微之意即後文之希聖備體蓋本是

長子昌言曰漢祖輕文學而簡禮義雖仲尼至聖顏冉大賢家語冉有曰孔子者大聖兼該文武並通又曰顏回字子淵以德行著名孔子稱其賢又曰冉求字子有以政事著名性多謙退揖讓於規矩之內誾誾於洙泗之上不能遏其端論語曰孔子朝與上大夫言誾誾如也孔安國曰誾誾中正之貌禮記曾子謂子夏曰吾與汝事夫子於洙泗之閒鄭玄曰洙泗魯水名也史記曰甚哉魯之衰也洙泗之閒誾誾如也桓子新論曰遏絕其端其命在天孟軻孫卿體二希聖從容正道不能維其末周易子曰君子知幾其神乎顏氏之子其殆庶幾乎有不善未嘗不知知之未嘗復行韓康伯曰在理則昧造形而悟顏氏子之分也失之於幾故有不善得之於二不遠而復故知之未嘗復行也法言曰睎驥之馬亦驥之乘睎顏之人亦顏之徒也顏嘗睎夫子矣李軌曰希望也言顏同嘗望孔子也禮含文嘉曰從容中道陰陽度行也天下卒至於溺而不可援言小人之失在薄故孔孟所不能援也孟子曰天下溺則援之以道夫以仲

此當以管蔡之ヲ解之

此當以築付之ヲ解之

此當以崇侯之ヲ解之

此當以儆象之ヲ解之

此當以夏臺羑里之事解之

尼之才也而器不周於魯衛以仲尼之辯也而言不行於定哀史記曰魯定公以孔子爲司寇季桓子受齊女樂不聽政孔子遂行適衛衛靈公置粟六萬居頃之或譖孔子於靈公孔子恐獲罪去衛也以仲尼之謙也而見忌於子西史記曰楚昭王興師迎孔子將以書社地七百里封孔子楚令尹子西曰王之使使諸侯有如子貢者乎曰無有王之將帥有如子路者乎曰無有王之官尹有如宰予者乎曰無有且楚之祖封於周爲子男五十里今孔丘述三五之法明周召之業王若用之則楚國安得世世土方數千里乎文王在豐武王在鎬卒王天下今孔丘得據土壤賢弟子爲佐以仲尼之仁也而取讎於桓非楚之福也昭王乃止魋史記曰孔子適宋與弟子習禮大樹下宋司馬桓魋欲殺孔子拔其樹孔子弟子曰可以速行矣孔子曰天生德於予桓魋其如予何以仲尼之智也而屈厄於陳蔡家語曰楚昭王聘孔子孔子往拜禮焉路出乎陳蔡陳蔡大夫相與謀曰孔子賢聖其刺譏皆中諸侯之病若用於楚則陳蔡

此當以孱顛之子解之

此文之抑揚非不足於子思也觀前文贊孟荀體之希聖此云子思希聖備

危矣遂使徒兵距孔子孔子不得行絕糧七日外無所通藜羹不充以仲尼之行也而招
毀於叔孫論語曰叔孫武叔毀仲尼子貢曰無以為也仲尼不可毀也他人之賢者丘陵也猶可踰
也仲尼日月也無得而踰焉人雖自絕也其何傷於日月乎多見其不知量也夫道足以濟天
下而不得貴於人周易曰智周萬物而道濟天下言足以經萬世而不
見信於時文子曰養生以經世莊子曰未嘗聞任氏之風俗其不可與經於世亦遠矣行足
以應神明而不能彌綸於俗孝經曰孝悌之至通於神明周易曰故能彌綸天地
之道應聘七十國而不一獲其主說苑趙襄子謂子路曰吾嘗問孔子曰先生事
七十君無明君乎孔子不對何謂賢也驅驟於蠻夏之域屈辱於公卿之
門蠻謂蔡楚也毛詩曰蠢爾蠻荊夏謂宋衛也公謂魯侯也卿謂季氏也列子楊朱曰孔子屈於季氏見辱
於陽虎也其不遇也如此及其孫子思希聖備體而未之至

體文集正同彼況不姪孟荀此亦無抑子思某

史記曰伯魚生伋字子思孟子曰子夏子游子張皆有聖人之一體冉伯牛閔子顏回則具體而微劉熙曰體者四支股脚也具體者皆微者也皆具聖人之體微小耳體以喻德也封已養高勢動人主國語叔向曰引黨以封己韋昭曰封厚也魏志高柔上疏曰三事不使知政遂各偃息養高其所遊歷諸侯莫不結駟而造門雖造門猶有不得賓者焉其徒子夏升堂而未入於室者也退老於家魏文侯師之西河之人肅然歸德比之於夫子而莫敢間其言論語子曰由也升堂矣未入於室也家語曰卜子夏孔子卒後教於西河之上魏文侯師事之而咨問國政焉禮記曾子謂子夏曰吾與汝事夫子於洙泗之間退而老於西河之上使西河之人疑汝於夫子陳羣論語注曰不得有非間之言也故曰治亂運也窮達命也貴賤時也而後之君子區區於一主歎息於一朝屈原以之沈湘賈誼以

之發憤不亦過乎楚辭曰臨沅湘之玄淵兮遂自忍而沈流漢書曰天子以賈誼任公卿之位絳灌之屬盡害之乃毀誼於是天子亦踈之以誼爲長沙王太傅誼既以謫去意不自得及渡湘水爲賦以弔屈原原楚賢臣也被讒遂投江而死誼追傷之因以自諭楊雄反騷曰欽弔楚之湘纍音義曰屈原赴湘故曰湘纍然則聖人所以爲聖者蓋在乎樂天知命矣周易曰樂天知命故不憂故遇之而不怨居之而不疑也其身可抑而道不可屈漢書孫寶曰道不可詘身詘何傷其位可排而名不可奪譬如水也通之斯爲川焉塞之斯爲淵焉管子曰水有大小出之溝流於大水及海者命之曰川出於地而不流命曰淵水升之於雲則雨施沈之於地則土潤淮南子曰夫水者大不可極深不可測上天爲雨露下地爲潤澤無公無私水之德也周易文言曰雲行雨施天下平也禮記月令曰季夏之月土潤溽暑鄭玄云土潤謂塗濕也體清以洗物不

依別本校語刪

亂於濁，受濁以濟物，不傷於清。晏子春秋景公問晏子曰廉正而長久其行何也晏子對曰其行水也美哉水平清其濁無不宷塗其清無不灑除是以長久也管子曰夫水淖溺以清好灑人之惡仁也宷式甚切是以聖人處窮達如一也。呂氏春秋曰古之得道者窮亦樂達亦樂所樂非窮達也道得於此則窮達一也夫忠直之迕於主，獨立之負於俗，理勢然也。小雅曰迕犯也鄭玄禮記注曰負背也故木秀於林，風必摧之；堆出於岸，流必湍之；廣雅曰秀出也論衡曰風衝之物不得育水湍之岸不得峭行高於人，衆必非之。史記曰商君說秦孝公曰夫有高人之行者固見非於世前監不遠，覆車繼軌。毛詩曰殷鑒不遠晏子春秋諺曰前車覆後車戒然而志士仁人猶蹈之而弗悔，操之而弗失，何哉？將以遂志而成名也。史記司馬遷曰詩書隱約者欲遂其志之思也班固漢書贊曰雖其陷於刑辟自與殺身成名也求遂其志而冒風波於險塗家語曰不觀巨海何以知風波之患也求成其名而歷謗議於當時司馬遷書曰下流多謗議彼所以處之蓋有筭矣蒼頡篇曰筭計也子夏曰死生有命富貴在天論語子夏曰商聞之死生有命富貴在天故道之將行也命之將貴也論語子曰道之將行也與命也則伊尹呂尚之興於商周百里子房之用於秦漢不求而自得不徼而自遇矣論衡曰命吉不求自得富貴之命西京賦曰不徼自遇道之將廢也命之將賤也論語子曰道之將廢也與命也豈獨君子恥之而弗為乎蓋亦知為之而弗得矣凡希世苟合之士蘧蒢戚施之人莊子曰原憲謂子貢曰夫希世而行比周而友憲不忍為也司馬遷報任安書曰苟合取容毛詩云燕婉之求蘧蒢不鮮又曰燕婉之求得此戚施俛仰尊貴之顏逶迤勢

利之閒杜預左氏傳注曰俛仰伏也鄭玄毛詩箋曰蘧篨觀人顏色而爲辭故不能俯又曰戚施下人以色故不能仰史記曰蘇秦嫂逶迤而謝曰見季子位高金多也意無是非讃之如流言無可否應之如響毛詩曰巧言如流史記淳于髡曰鄒忌其應我若響之應聲也以闚看爲精神以向背爲變通周易曰變通者趣時者也勢之所集從之如歸市勢之所去棄之如脫遺孟子曰大王居邠狄人侵之乃踰梁山邑于岐山下從者如歸市焉廣雅曰脫誤也毛詩曰弃予如遺鄭玄曰如人遺忘忽然不省存也其言曰名與身孰親也得與失孰賢也榮與辱孰珍也老子曰名與身孰親得與亡孰病也家語子貢曰與其俱失二者孰賢鄭玄儀禮注曰賢猶勝也故遂絜其衣服矜其車徒冒其貨賄淫其聲色杜預左氏傳注曰冒貪也脉脉然自以爲得矣爾雅曰脉相視也郭璞曰脉脉謂相視貌也蓋見龍逢比干之

亡其身而不惟飛廉惡來之滅其族也呂子曰義必利雖桀殺關龍逢
紂殺王子比干猶謂義之必利也史記曰中潏生蜚廉
蜚廉生惡來父子俱以材力事殷紂說苑子石曰費仲
惡來革去卑決目崇侯虎順紂之心欲
以合於意武王伐紂四子死牧之野蓋知伍子胥之屬音燭
鏤力俱於吳而不戒費無忌之誅夷於楚也左傳曰吳將伐齊越子率其屬
以朝焉王及列士皆饋賂吳人皆喜惟子胥懼曰是豢
吳也使於齊屬其子於鮑氏爲王孫氏反役王聞之使
賜之屬鏤以死杜預曰改姓爲王孫欲以辟吳禍屬鏤
劒名又左傳曰沈尹戌言於子常曰夫無極楚之讒人
也去朝吳出蔡侯朱喪太子建殺連尹奢子而弗圖將
焉用之子常曰是瓦之罪也乃殺費無極鄢將師盡滅
其族以說其國蓋譏汲黯之白首於主爵而不懲張湯牛車之
禍也漢書曰汲黯爲東海太守東海大治召爲主爵都
尉又曰上以張湯爲懷詐面欺使使簿責湯湯自
殺諸子欲厚葬湯母曰湯爲天子大臣被惡
言而死何厚葬爲載以牛車有棺而無槨蓋笑蕭望

之跋蒲末躓竹利於前而不懼石顯之絞縊於後也漢書曰前將軍蕭望之及光祿大夫周堪建白以爲宜罷中書官應古不近刑人由是大與石顯忤後皆害焉望之自殺毛詩曰狼跋其胡載躓其尾漢書曰成帝立丞相奏顯舊惡免官徙歸故郡憂懣不食道病死故夫達者之筭也亦各有盡矣曰凡人之所以奔競於富貴何爲者哉若夫立德必須貴乎則幽厲之爲天子不如仲尼之爲陪臣也左氏傳王饗管仲管仲曰陪臣敢辭杜預注曰諸侯之臣曰陪臣必須勢乎則王莽董賢之爲三公不如楊雄仲舒之閴其門也漢書曰拜王莽爲大司馬又曰董賢代丁明爲大司馬楊雄自序曰雄家代素貧嗜酒人希至其門又曰董仲舒爲博士下帷講誦弟子傳以文次相授業或莫見其面必須富乎則齊景之千駟不如顏回原憲之約其身也論語子曰齊景公有馬千駟死之日民無得而

冀

涉宜为陟

稱焉又曰顏淵問仁子曰克己復禮爲仁馬融曰克己約身也家語曰原憲宋人字子思清約守節貧而樂道其爲實乎則執杓而飲河者不過滿腹棄室而灑雨者不過濡身過此以往弗能受也桓公新論曰子貢對齊景公曰臣事仲尼譬如渴而操杯器就江海飲滿腹而去又焉知江海之深也其爲名乎則善惡書于史冊毀譽流於千載淮南子曰三代之善千歲之積譽也桀紂之惡千載之積毀也賞罰懸於天道吉凶灼乎鬼神固可畏也廣雅曰灼明也將以娛耳目樂心意乎南都賦曰道觀之好耳目之娛譬命駕而遊五都之市則天下之貨畢陳矣孔叢子孔子歌曰巾車命駕漢書曰王莽於五都立均官更名雒陽邯鄲臨淄宛成都市長皆爲五均司市師也褰裳而涉汶問陽之丘則天下之稼如雲矣毛詩曰子惠思我褰裳涉溱公羊傳曰莊公會諸侯盟于柯曹子曰願請汶陽之田如雲

言多也椎直紒而守敖庾海陵之倉則山坻之積在前矣漢書曰尉佗魋結服虔曰魋音椎今兵士椎頭結張揖上林賦注曰紒髻鬟後垂也紒即髻字也于子正文引此而爲髻字漢書曰築甬道屬河以取敖倉粟又枚乘上書曰夫漢轉粟西向不如海陵之倉毛詩曰曾孫之庾如坻如京毛萇詩傳曰京丘也鄭玄曰庾露積穀也扱衽而登鍾山藍田之上則夜光璵余璠煩之珍可觀矣爾雅曰扱衽曰擷廣雅曰扱插也並初洽切淮南子曰鍾山之玉范子計然曰玉英出藍田許慎淮南子注曰夜光之珠有似明月故曰明月也左氏傳曰季平子卒陽虎將以璵璠斂杜預曰璵璠美玉也夫如是也爲物甚衆爲己甚寡不愛其身而嗇其神呂氏春秋曰凡事之本必理身嗇其大寶高誘曰嗇愛也寶身也風驚塵起散而不止風驚塵起喻惡積而豐生塵散而不止喻豐生而不滅六疾待其前五刑隨其後左氏傳曰昭元年晉侯求醫於秦秦使醫和視之和曰是謂近女室公曰

女不可近乎對曰天有六氣淫生六疾六氣曰陰陽風雨晦明過則爲災陰淫寒疾陽淫熱疾風淫末疾雨淫腹疾晦淫惑疾明淫心疾今君不節能無及此乎書曰惟敬五刑以成三德利害生其左攻奪出其右而自以爲見身名之親踈分榮辱之客主哉言奔競之倫禍敗若此而乃尚自以爲審見身名親踈之理妙分榮辱客主之義哉言惑之甚也天地之大德曰生聖人之大寶曰位何以守位曰仁何以正人曰義周易曰天地之大德曰生聖人之大寶曰位何以守位曰仁何以聚人曰財理財正辭禁人爲非曰義故古之王者蓋以一人治天下不以天下奉一人也淮南子曰古之立帝王者非以奉養其欲也爲天下掩衆暴寡故立天子以齊一之也古之仕者蓋以官行其義不以利冒其官也論語子曰君子之仕行其義也杜預左氏傳注曰冒貪也古之君子蓋恥得之而弗能治也不恥能治

機 依注引鄭注改 注璣字皆誤

而弗得也。原乎天人之性，核胡革乎邪正之分，呂氏春秋曰衆正之所積其福無不及衆邪之所積其禍無不違權乎禍福之門，終乎榮辱之筭，其昭然矣。爾雅曰權輿始也尸子曰聖人權福則取重權禍則取輕呂氏春秋曰少多治亂不可不察此禍福之門也管子曰爲善者有福爲不善者有禍孟子曰仁則榮不仁則辱孫卿子曰先義後利者榮先利後義者辱故君子舍彼取此。言舍欲利而取仁義也老子曰故去彼取此若夫出處不違其時，默語不失其人，周易曰君子之道或出或處或默或語天動星迴而辰極猶居其所，言君子之性語默出處雖從其時而中心常不改其操似天動星迴而北辰常居其所而不改也論語子曰爲政以德譬如北辰居其所而衆星拱之鄭玄曰北極謂之北辰璣旋輪轉，而衡軸猶執其中，尚書曰琁璣玉衡以齊七政孔安國曰璣衡王者正天文之器可運轉者馬融曰琁璣渾天儀可轉旋鄭玄曰轉運者爲機持正者爲衡莊子曰軸不運而輪

先友謂孔子蕭遠自謂老聃之後也

上篇主頌諸王下篇揚其先功而皆致瞻於歸命之意

致于里既明且哲以保其身貽厥孫謀以燕翼子者毛詩大雅文也毛萇傳曰燕安也翼敬也箋云貽猶傳也孫順也言傳其所順以天下之謀以安其敬事之子孫謂使行之也昔吾先友嘗從事於斯矣論語曾子曰以能問於不能昔者吾友嘗從事於斯矣

辯亡論上下二首孫盛曰陸機著辯亡論言吳之所以亡也

陸士衡

昔漢氏失御姦臣竊命姦臣謂董卓也荅賔戲曰王塗蕪穢周失其御法言曰上失其政姦臣竊國命禍基京畿毒徧宇內皇綱弛紊王室遂卑荅賔戲曰廢帝紘恢皇綱劇秦美新曰皇綱弛而未張尚書傳曰紊亂也新序曰及定王王室遂卑矣於是羣雄蜂駭義兵四合廣雅曰駭起也漢高祖曰吾以義兵誅殘賊又魏相曰救亂誅暴謂之義兵吳武烈皇帝慷慨下國電發荆南吳志曰漢以孫堅為長沙太守董卓專權諸州郡並興義兵欲以討卓堅亦舉兵荆州刺史王叡素遇堅無禮堅過殺之比至南陽衆數萬人楚辭

曰雷動電發權略紛紜忠勇伯世公羊傳曰權者反於經而後有善者也威稜
則夷羿震盪達朗兵交則醜虜授馘漢書曰武帝報李廣書曰威稜憺乎
鄰國李奇曰神靈之威曰稜左氏傳魏莊子謂晉侯曰寒浞伯明氏之讒子弟也夷羿收之以爲己相杜預曰
夷氏也羿善射左氏傳曰兵交使在其間毛詩曰仍執醜虜箋云馘所格者之左耳也遂掃清宗
祊補肯蒸禋皇祖毛詩曰況祭于祊毛萇傳曰祊廟門内之祭也爾雅曰冬祭曰蒸尚書孔氏傳
曰精意以饗謂之禋皇祖謂漢祖也吳書曰堅入洛掃除漢宗廟祠以太牢于時雲興之將
帶州飈起之師跨邑哮呼交闞之羣風驅熊羆之衆霧集
毛詩曰進厥武臣闞如虓虎尚書武王曰勗哉夫子尚桓桓如虎如貔如熊如羆雖兵以義合
同盟勠力左氏傳曰諸侯同盟於亳國語曰勠力一心賈逵曰勠力并力也然皆苞藏
禍心阻兵怙亂左氏傳曰楚公子圍聘于鄭鄭使行人子羽與之言曰大國無乃苞藏禍心以

飭注

圖之又衆仲曰夫州吁阻兵而安忍杜預曰阻恃也又君子曰史佚所謂無怙亂也或師無謀律喪威稔寇言出師之法必以律齊之令則不然各恃兵怙亂而出師無律也稔寇言喪其威權令資熟於寇也周易曰師出以律否臧凶左氏傳萇弘曰毛得必亡是昆吾稔之日杜預曰稔熟也忠規武節未有如此其著者也漢書武帝詔曰躬秉武節武烈既沒長沙桓王逸才命世弱冠秀發吳志曰權稱尊號追謚策曰長沙王言桓王挺英逸之才命世而出也禮記曰人生二十曰弱冠招攬遺老與之述業神兵東驅奮寡犯衆范曄後漢書陳忠曰旬月之間神兵電掃攻無堅城之將戰無交鋒之虜誅叛柔服而江外底旨定左氏傳隨武子曰君討鄭怒其貳而哀其卑叛而伐之服而赦之伐叛刑也柔服德也二者立矣尚書曰震澤底定飾法脩師則威德翕赫周易曰先王明罰飭法趙充國頌曰諭以威德賓禮名賢而張昭為之雄吳志曰策以彭

王伯厚說夷庚出左成十八年傳披其地以塞夷庚疏謂平道也案疏說亦不知所本疑用筆對夷庚之義此注所引皆是事也以爲藏車之所甚非

城張昭爲謀主班固漢書曰班伯諸所賓禮皆名豪又述曰賓禮故老交御豪俊而周瑜爲之傑吴志曰策徙居舒與周瑜相友收合士大夫江淮間人咸向之彼二君子皆弘敏而多奇雅達而聰哲故同方者以類附等契者以氣集而江東蓋多士矣周易曰方以類聚物以群分又曰同聲相應同氣相求將北伐諸華誅鉏干紀左氏傳曰吴周之胄裔也今而始大比于諸華又季孫盟臧氏曰無或如臧孫紇干國之紀犯門斬關春秋合誠圖曰誅鉏民害旋皇輿於夷庚反帝座乎紫闥吴志曰曹公與袁紹相拒於官渡策陰謀襲許迎漢帝繁欽辨惑曰吴人者以船檝爲輿馬以巨海爲夷庚臧榮緒晉書司徒王謐議曰夷庚未入乘輿旅館然夷庚者藏車之所崔駰達旨曰攀台階闚紫闥挾天子以令諸侯清天步而歸舊物戰國策張儀謂秦惠王曰挾天子以令天下此王業也毛詩曰天步艱難之子不猶左氏傳伍員曰少康祀夏配天不失舊物戎車既次

羣凶側目大業未就中丗而殞（漢書曰列侯宗室見郅都側目范曄後漢書陳蕃上疏曰群凶側目禍不旋踵周易曰富有之謂大業）用集我大皇帝（吴志曰權薨謚曰大皇帝）以奇蹤襲於逸軌叡心因於令圖從政咨於故實播憲稽乎遺風（國語樊穆仲對宣王曰魯侯賦事行刑必問於遺訓而諮於故實史記曰宣王即位脩政法文武成康遺風諸侯復宗周室也）而加之以篤固申之以節儉疇咨俊茂好謀善斷（尚書帝曰疇咨若時登庸班固王命論曰信誠好謀）束帛旅於丘園旌命交於塗巷（周易曰賁于丘園束帛戔戔孟子曰夫招士以弓大夫以旌謝承後漢書曰鄧道不應州郡旌命）故豪彥尋聲而響臻志士希光而景鶩異人輻湊猛士如林（班固公孫弘贊曰異人並出文子曰群臣輻湊張湛曰如衆輻之集轂也漢高祖歌曰安得猛士守四方毛詩曰其會士林）於是張昭爲師傅（吴志曰權待張昭以

師傅之禮周瑜陸公魯肅呂蒙之儔入爲腹心出作股肱吳志曰呂蒙字子明汝南人也爲武威將軍南郡太守餘並已見三國名臣頌毛詩曰赳赳武夫公侯腹心尚書曰命汝予翼作股肱心膂甘寧凌統程普賀齊朱桓朱然之徒奮其威吳志曰甘寧字興霸巴郡臨江人也少有氣力好游俠又拜西陵太守又曰凌統字公績吳郡人也拜偏將軍又曰程普字德謀右北平人也領江夏太守遷盪寇將軍又曰賀齊字公苗會稽人也爲蘄春太守又曰朱桓字休穆吳郡人也拜前將軍領青州牧又曰朱然字義封朱治姊子也姓施氏初治未有子然年十三乃啓策乞以爲嗣爲左大司馬右軍師韓當潘璋黃蓋蔣欽周泰之屬宣其力吳志曰韓當字義公遼西人也遷昭武將軍又加都督之號又曰潘璋字文珪東郡人也拜平北將軍襄陽太守又曰黃蓋字公覆零陵人也拜武鋒中郎將加偏將軍又曰蔣欽字公弈九江人也拜右護軍又曰周泰字幼平九江人也拜漢中太守奮威將軍尚書曰予欲宣力四方汝爲風雅則諸葛瑾張承

步騭以名聲光國諸葛瑾已見三國名臣頌吳志曰張昭長子承字仲嗣少以才學知名爲濡須督奮威將軍又曰步騭字子山臨淮人也孫權爲討虜將軍召騭爲主記權稱尊號代陸遜爲丞相誨育門生手不釋卷蔡邕陳太丘碑曰紆佩金紫光國垂勳政事則顧雍潘濬呂範呂岱以器任幹職吳志曰顧雍代孫劭爲丞相平尚書事其所選用文武將吏隨能所任心無適莫又曰潘濬字承明武陵人也弱冠從宋仲子受學權稱尊號拜爲少府遷太常又曰呂範字子衡汝南人也權拜裨將軍亮即位遷揚州牧又遷大司馬又曰呂岱字定公廣陵人也權拜上將軍亮即位拜大司馬岱清身奉公所在可述許慎淮南子注曰幹彊也奇偉則虞翻陸績張溫張惇以諷議舉正虞翻已見三國名臣頌吳志曰虞翻性不協俗數犯顏諫爭又曰陸績字公紀吳郡人也孫權統事辟爲奏曹掾又曰張溫字惠恕吳郡人也權拜議郎徙太子太傅甚見信重吳録曰張惇字叔方吳郡人也德量淵懿清虛淡泊又善文辭孫權以爲車騎將軍出補海昏令毛詩曰出入諷議奉使則趙咨

沈珩行衡以敏達延譽吴志曰權遣都尉趙咨使魏魏帝問吴王何等主也咨對曰聰明仁智雄略之主也帝問其狀對曰納魯肅於凡品是其聰也拔吕蒙於行陣是其明也獲于禁而不害是其仁也取荆州兵不血刃是其智也據三州虎視於天下是其雄也屈身於陛下是其略也吴書曰咨字德度南陽人拜騎都尉又曰沈珩字仲山吴郡人也權以珩有智謀能專對乃使至魏魏文帝問曰吴嫌魏東向乎珩曰不嫌也曰何以知曰信恃舊盟言歸于好是以不嫌若魏渝盟自有備豫文帝善之以奉使有稱封永安鄉侯官至少府國語曰使張老延君譽于四方

術數則吴範趙達以禨祥協德韋昭漢書注曰歷數占術也吴志曰吴範字文則會稽人也以治歷數知風氣聞於郡中權以範爲騎都尉領太史令又曰趙達河南人也治九官一筭之術究其微旨孫權行師征伐每令達有所推步皆如其言吕忱字林曰禨祅祥也居衣切天文志曰臣主共憂患其察禨祥如湻曰吕氏春秋曰荆人鬼而越人禨今之巫祝禱祀之比也晉灼曰禨音珠璣之璣

董襲陳武殺身以衛主吴志曰董襲字元世會稽人也

爲偏將軍曹公出濡須口襲從權赴之襲督五樓船往濡須口夜卒暴風樓船傾覆左右散走遠舸乞使襲出襲怒曰受將軍任在此備賊何等委去也敢復言此者斬於是莫敢干其夜船敗襲死權改服臨殯又曰陳武字子烈廬江人也累有功勞進位偏將軍建安二十年從擊合肥奮命戰死權哀之自臨其喪駱統劉基彊諫以補過吳志曰駱統字公緒會稽人也權召爲功曹志在補察苟所聞見夕不待旦又曰劉繇長子基字敬輿權爲吳王基爲大司農權嘗宴飲騎都尉虞翻醉酒犯忤權欲殺之威怒甚盛由基諫爭翻以得免左氏傳士季謂晉侯曰詩云袞職有闕惟仲山甫補之能補過也謀無遺諝舉不失策廣雅曰諝智也思與切東觀漢記魯恭上疏曰舉無遺策動不失其中故遂割據山川跨制荆吳而與天下爭衡矣爭衡謂角其輕重也漢書公孫獲曰吳楚之王西與天子爭衡鄭玄周禮注曰稱上曰衡魏氏嘗藉戰勝之威率百萬之師漢書晁錯曰戰勝之威民氣百倍浮鄧塞之舟下漢陰之衆孔安國尚書傳

曰順流曰浮酈元水經注曰鄧塞者即鄧城東北小山也先後因之以爲鄧塞漢陰漢水之南也莊子曰子貢
南遊於楚過漢陰羽檝萬計龍躍順流羽檝言疾也羽獵曰杖鏌邪而羅者以萬計周
易曰見龍在田或躍在淵銳騎千旅虎步原隰李陵詩曰幸託不肖軀且當猛虎步謨
臣盈室武將連衡包咸論語注曰衡軛也戎車武將所駕故以連衡諭多也喟然有
吞江滸之志一宇宙之氣毛萇詩傳曰水涯曰滸而周瑜驅我偏
師黜之赤壁吳志曰曹公入荆州權遂遣瑜與備并力逆曹公遇於赤壁初一交戰公軍破退
喪旗亂轍僅而獲免收迹遠遁左氏傳曹劌曰吾視其轍亂望其旗靡鄭玄禮
記注曰遁逃也漢王亦憑帝王之號帥巴漢之民乘危騁變結
壘千里志報關羽之敗圖收湘西之地而陸公亦挫之
西陵覆師敗績困而後濟絕命永安蜀志曰孫權襲殺關羽取荆州先主

筧別本作筧最是 然筧乃當作筧

文五十三　三十二

忿孫權之襲關羽遂乃伐吴吴將陸遜大破先主軍遂弃船還魚復改縣曰永安先主徂于永安宫吴志曰備升馬鞍山陸遜促諸軍四面蹙之土崩瓦解馬鞍山在西陵之西續以濡須之寇臨川摧鋭吴歷曰曹公出濡須作油船夜渡洲上權以水軍圍取得三千餘人其没溺者數千人蓬籠之戰子輪不反魏志曰張遼之討陳蘭别遣臧霸至皖討吴吴將韓當遣兵逆霸與戰于蓬籠楚辭曰登蓬籠而下隕兮王逸曰蓬籠山名也公羊傳曰晉敗秦於殽匹馬隻輪無反者由是二邦之將喪氣挫鋒勢衂奴六財匱而吴莞然坐乘其弊論語曰子之武城聞絃歌之聲莞爾而笑何晏曰莞爾小笑貌故魏人請好漢氏乞盟左氏傳曰隱公攝位而欲求好於邾又曰鄭伯乞盟請服遂躋天號鼎跱而立方言曰躋登也漢書蒯通説韓信曰今爲足下之計莫若三分天下鼎足而立其勢莫敢先動西屠庸益之郊北裂淮漢之涘王逸楚辭注曰屠裂也東包百越之地南括羣蠻之

表賈誼過秦曰南取百越之地薛君韓詩章句曰括約束也於是講八代之禮蒐三王之樂八代三皇五帝也杜預左氏傳注曰蒐閱也蒐與搜古字通三王夏殷周也告類上帝拱揖群后尚書曰肆類于上帝孔安國曰類謂攝位事類遂以攝告天及五帝也尚書曰班瑞于群后典引曰欽若上下恭揖群后虎臣毅卒循江而守毛詩曰進厥虎臣左氏傳君子曰殺敵爲果致果爲毅漢書伍被曰彊弩臨江而守長棘勁鎩望飈而奮爾雅曰棘戟也說文曰鎩鈹有鐔也亦曰長刀矛刀之類也山列切庶尹盡規於上四民展業于下尚書曰庶尹允諧孔安國傳曰尹正也衆官之長國語召康公曰天子聽政近臣盡規又曰內史過曰庶人工商各守其業以供其上化協殊裔風衍遐圻左氏傳曰天子之地一圻杜預曰一圻方千里圻界也言風教及遠乃俾一介行人撫巡外域左氏傳曰晉人使子貢對鄭使曰君有楚命亦不使一介行李告于寡君杜預曰一介獨使也巨象逸駿擾於外閑

御志鈔引注云晨服猳云風驚

周禮曰天子十有二閑馬六種鄭玄曰每廄爲一閑明珠瑋寶耀於內府周禮曰玉府掌王之金玉玩好珍瑰重迹而至奇玩應響而赴漢書息夫躬曰羽檄重積而狎至輶由軒騁於南荒衝輣息於朔野楊雄荅劉歆書曰嘗聞先代輶軒之使班固漢書述曰戎車七征衝輣閑閑字略作輣樓也音義曰輣兵車名也薄萌切齊民免于戈之患戎馬無晨服之虞而帝業固矣漢書難蜀父老曰今割齊民以附夷狄如淳曰齊等無有貴賤故謂之齊民老子曰天下無道戎馬生郊爾雅曰虞度也大皇既歿幼主莅朝幼主孫亮也吳志曰孫亮字子明權少子也立爲太子權薨即尊號姦回肆虐景皇聿興尚書曰崇信姦回南都賦曰犲狼肆虐吳志曰孫休字子烈權第六子也亮廢孫綝使宗正孫楷迎休即位薨謚曰景帝毛萇詩傳曰聿遂也虔修遺憲政無大闕守文之良主也南都賦曰朝無闕政公羊傳曰繼文王之體守文王之法度也降及歸命之

晉書作鍾離斐

初吴志曰孫皓降晉晉錫號歸命侯典刑未滅故老猶存尚書曰尚有典刑毛詩曰召彼故老大司馬陸公以文武熙朝左丞相陸凱以謇諤盡規吴志曰孫皓即位拜陸抗大司馬荊州牧又曰陸凱字敬風吴郡人也孫皓遷爲左丞相凱上表䟽皆指事不飾忠懇孔安國尚書傳曰熙廣也周易曰王臣謇謇匪躬之故史記趙簡子曰諸大夫在朝徒聞唯唯子不聞周舍之諤諤盡規已見上文而施績范慎以威重顯吴志曰施績字公緒遷將軍督領盜賊事持法不傾拜左大司馬吴録曰范慎字孝敬廣陵人也竭忠知已之君纏緜三益之友時人榮之孫皓以爲太尉丁奉離斐以武毅稱吴志曰丁奉字承淵廬江人也少以驍勇爲小將亮即位爲冠軍將軍魏將諸葛誕據壽春降魏人圍之使奉與黎斐解圍奉爲先登黎斐力戰有功拜左將軍黎與離音相近是一人但字不同孟宗丁固之徒爲公卿吴志曰孫皓以左右御史大夫丁固孟仁爲司徒司空吴録曰初固爲尚書夢松樹生腹上謂人曰松字十八公也後十八歲當爲三公乎卒

暗答歸命而仍不顯言

此謂吴亡乃天命既盡非閔晉功與魏徵李密誅緣館吴王碑同旨

注

如夢焉又曰孟仁字恭武江夏人也本名宗避皓字易焉楚國先賢傳曰累遷光祿勲遂至三公樓玄賀劭之屬掌機事吳志曰樓玄字承先沛郡人也孫皓遂用玄爲宮下錄事禁中侯主殿中事又曰賀劭字興伯會稽人也皓時爲中書令漢官解故曰機事所揔號令攸發元首雖病股肱猶存尚書大傳曰元首君也股肱臣也爰及末葉群公既喪然後黔首有瓦解之志皇家有土崩之釁黔首已見過秦論漢書徐樂上書曰何謂瓦解吳楚齊趙之兵是也當是之時安土樂俗之民衆故諸侯無境外助此之謂瓦解又曰何謂土崩秦之末葉是也人困而主不恤下怨而上不知此之謂土崩也歷命應化而微王師躡運而發歷命歷數天命也王師謂晉師也言躡其運數而發也干寶晉紀曰咸寧五年十一月命安東將軍王渾向揚州龍驤將軍王濬帥巴蜀之卒浮江而下卒散於陣民奔于邑城池無藩籬之固山川無溝阜之勢過秦論曰楚師深入鴻門曾無藩籬之難非有工

公輸注

孤憤士衡自謂

向卯卿鼎卿不及也

輪雲梯之械，智伯灌激之害，墨子曰：公輸班為雲悌，必取宋。史記曰：晉智伯攻晉陽，歲餘，引汾水灌其城，不没者三版，城中懸釜而炊，易子而食。楚子築室之圍，燕人濟西之隊，左氏傳曰：楚子圍宋，將去之，申叔時曰：築室反耕者，宋必聽命。王從之，宋人乃懼，遂及楚平。史記曰：燕昭王使樂毅為上將軍，伐齊，破之濟西。軍未浹辰而社稷夷矣，左氏傳君子曰：昔恃其陋，浹辰之間，而楚剋其三都。杜預曰：浹辰，十二日也。浹，祖牒切。干寶晉紀曰：太康元年四月，王濬鼓入于石頭，吳主孫皓面縛輿櫬，降于濬。雖忠臣孤憤，烈士死節，將奚救哉！襄陽記曰：張悌字巨先，襄陽人。晉伐吳，悌逆之，吳軍大敗。諸葛靚退走，使過迎悌，悌不肯去，靚自牽之，悌垂泣曰：今日是我死日也。靚遂放之，為晉軍所殺。韓子有孤憤篇。司馬遷書曰：世又不與能死節者也。夫曹劉之將非一世所選，向時之師無曩日之衆，向時，謂太康之役也。曩日，謂昔日之曹劉也。戰守之道抑有前符，符猶法也。險阻之利俄然未改，

和無深責歸命之辭文特忠厚

晉書作劉氏前此亦桓譚稱善曰王莽也

而成敗貿理古今詭趣何哉廣雅曰貿易也說文曰詭變也詭與恑同彼此之化殊授任之才異也

辯亡論下

昔三方之王也魏人據中夏漢氏有岷益吳制荊揚而奄交廣東都賦曰自中夏以布德毛萇詩傳曰奄覆也曹氏雖功濟諸華虐亦深矣其民怨矣左氏傳曰吳周之冑裔也今而始大比于諸華毛詩序曰亡國之音哀以思其民怨劉公因險以飾智功已薄矣其俗陋矣淮南子曰僞之生飾智以驚愚范曄後漢書吳祐曰遠在海濱其俗誠陋也夫吳桓王基之以武太祖成之以德聰明叡達懿度弘遠矣周易曰古之聰明叡智神武而不殺者夫莊子許由曰齧缺之爲人也聰明叡智其求賢如不及卹民如稚子論語曰子曰見

丹府猶赤心也

善如不及謝承後漢書曰延篤遷京兆尹卹民如子接士盡盛德之容親仁罄丹府之愛拔呂蒙於戎行識潘濬於係虜吳志曰呂蒙年十五六隨鄧當擊賊策見而奇之引置左右張昭薦蒙拜別部司馬又曰潘濬字承明武陵人也江表傳曰權剋荊州將吏悉皆歸附而濬獨稱疾不見權遣人以牀就家輿致之濬伏面著牀不起涕泣交橫哀哽不能自勝權慰勞與語呼其字曰承明昔觀丁父鄀俘也武王以爲軍帥彭仲爽申俘也文王以爲令尹此二人卿荊國之先賢也初雖見囚後皆擢用爲楚名臣卿獨不然未肯降意將以孤異古人之量邪使親近以巾拭面濬起下地拜謝即以爲治中荊州諸軍事一以咨之毛萇詩傳曰識用也推誠信士不恤人之我欺量能授器不患權之我逼執鞭鞠躬以重陸公之威悉委武衛以濟周瑜之師吳志陸機爲遜銘曰魏大司馬曹休侵我北鄙乃假公黃鉞統御六師及中軍禁衛而攝行王事主上執鞭百司屈膝江表傳曰曹公入荊州周瑜夜請見權曰諸人徒見操

書言水步八十萬而各恐懼不復斷其事實今以實較之不過十五六萬軍已久疲得精兵五萬自足制之權曰五萬兵難卒合已選三萬人船載糧具俱辦卿與子敬便在前發孤當增發人衆多載資糧為軍後援也

卑宮菲食以豐功臣之賞披懷虛己以納謨士之筭論語曰禹菲飲食而致孝乎鬼神卑宮室而盡力乎溝洫馬融曰菲薄也漢書李尋傳曰王根輔政數虛己問尋

故魯肅一面而自託士燮蒙險而致命吳志曰魯肅字子敬臨淮人也周瑜薦肅才宜佐時當廣求其比以成功業不可令去也權即召肅與語甚說之衆賓罷退獨引肅還合榻對飲又曰士燮字威彥蒼梧人也漢時燮為綏南中郎將董督七郡領交阯太守孫權遣步騭為交州刺史燮率兄弟奉承節度權加燮為左將軍燮遣子廞入質

高張公之德而省遊田之娛

賢諸葛之言而割情欲之歡吳志曰張昭為軍師權每田獵常乘馬射虎虎嘗突前攀持馬鞍昭變色而前曰將軍何有當爾夫為人君者謂能駕御英雄驅使群賢豈謂馳逐於原野校勇於

稱張昭為張公蓋避晉諱然上篇不避此由孫寇三師之並見也

猛獸者乎如有一日之患奈天下笑何權謝昭曰年少慮事不遠慙君然猶不能已諸葛瑾事未詳感陸公之規而除刑法之煩奇劉基之議而作三爵之誓吳志曰陸遜陳便宜勸以施德緩刑寬賦息調權報曰君以爲太重孤亦何利焉但不得已而爲之爾於是令有司盡寫科條使郎中褚逢齎以就遜意所不安令損益之權既爲吳王歡宴之末自起行酒虞翻伏地陽醉不持權去翻起坐權於是大怒手劒欲擊之侍坐者莫不惶遽惟大司農劉基起抱權諫曰大王三爵後殺善士雖翻有罪天下孰知之翻由是得免權因勑左右自今酒後言殺皆不得殺屏氣跼局蹐脊以伺子明之疾分滋損甘以育凌統之孤論語曰屏氣似不息者毛詩曰謂天蓋高不敢不跼謂地蓋厚不敢不蹐吳志曰呂子明疾發權時在公安迎置內殿所以治護者萬方募封內有能愈蒙者賜千金欲數見其顏色又恐其勞動常穿鑿壁瞻之見其小能下食則喜顧左右言笑不然則咄唶夜不能寐病小瘳爲下赦令羣臣畢賀後更增篤自親臨視凌統卒權爲之數日減膳言及流涕乃列封

據陸攷吳志陸作魯肅蓋據上文下句稱諸葛瑾之字則此亦當稱字也

統二子年各數歲權内養於宫愛待與諸子同賓客進見呼示之曰此吾虎子也登壇慷慨歸魯子〔子敬〕之功削投惡言信子瑜之節吳志曰權既稱尊號臨壇顧謂公卿曰昔魯子敬嘗道此可謂明於事勢矣〔又〕時或言諸葛瑾别遣親人與備相聞權曰孤與子瑜有死生不易之誓子瑜之不負孤猶孤不負子瑜也是以忠臣競盡其謨志士咸得肆力孔安國尚書傳曰謨謀也又曰肆陳也洪規遠略固不厭夫區區者也言其規略宏遠不安茲小國也左氏傳曰初楚靈王卜曰余尚得天下不吉投龜詬天而呼曰是區區者而不余畀方言曰猒安也於豔切故百官苟合庶務未遑論語曰子謂衛公子荆善居室始有曰苟合矣少有曰苟完矣初都建業羣臣請備禮秩天子辭而不許曰天下其謂朕何宫室輿服蓋慊口簟如也漢書文帝曰豫建太子謂天下何遠國語注曰謂告也言何以告天下也劉兆穀梁傳注曰慊不足也爰及中葉天人之分

孫氏補正引金甡云左傳宋左師請賞曰免死之邑子罕以示子罕子罕削而投之

担注　別本作祖

巨大也此程言更必吳志注作見

既定百度之鈌粗脩担古粗字韋昭漢書注曰粗略也才古切雖醲化懿綱未齒乎上代杜預左氏傳注曰齒列也抑其體國經邦之具亦足以爲政矣周禮曰惟王建國體國經野地方幾萬里杜預左氏傳注曰幾音其近也帶甲將百萬其野沃其兵練韋昭國語注曰沃肥饒也其器利其財豐東負滄海西阻險塞長江制其區宇峻山帶其封域國家之利未巨有弘於茲者矣借使中才守之以道善人御之有術陳琳爲曹洪與文帝書曰謂爲中才處之殆難倉卒論語子張問善人之道子曰不踐跡亦不入於室也敦率遺典勤民謹政循定策守常險則可以長世永年未有危亡之患也左氏傳北宮文子曰有其國家令聞長世尚書曰降年有永有不永或曰吳蜀脣齒之國左氏傳宮之奇曰諺所謂輔車相依脣亡齒寒蜀滅

則吳亡理則然矣夫蜀蓋藩援之與國而非吳人之存亡也漢書項梁曰田假與國之王也如淳曰相與友善爲與國黨與也何則其郊境之接重山積險陸無長轂之徑穀梁傳曰長轂五百乘范甯曰長轂兵車也川阨流迅水有驚波之艱雖有鋭師百萬啓行不過千夫詩曰元戎十乘以先啓行舳艫千里前驅不過百艦胡滅切漢書曰自尋陽浮江舳艫千里李斐曰舳船後持柂處也艫船前頭刺櫂處也言其船多前後相銜千里不絕故劉氏之伐陸公喻之長蛇其勢然也蛇鬭以首尾救故鋭師百萬而無所施也昔蜀之初亡朝臣異謀或欲積石以險其流或欲機械以御其變戰國策曰公輸班爲攻宋機械天子總群議而諮之大司馬陸公公以四瀆天地之所以節宣其氣固無可遏之理國語太子晉曰

彼　彼晋也

强寇晋也

大邦亦晋也

夫天地成而聚於高歸物於下䟽爲川谷以道其氣韋昭曰聚聚物也高山陵也下藪澤也䟽通也而機械則彼我之所共彼若棄長技以就所屈即荆揚而爭舟楫之用是天贊我也漢書鼂錯曰匈奴之長技三中國之長技五左氏傳子魚曰勍敵之人隘而不成列天贊我也將謹守峽口以待禽耳逮步闡之亂憑寶城以延强寇重資幣以誘群蠻國語單穆公曰量資幣帛戰國策曰荆軻至秦持千金之幣厚遺中庶子蒙嘉于時大邦之衆雲翔電發雲翔言衆也戰國策頓子說秦王曰今楚魏之兵雲翔而不敢拔然此雲翔與戰國微異不以文害意也懸旍江介築壘遵渚毛詩曰鴻飛遵渚毛萇傳曰遵循也襟帶要害以止吳人之西而巴漢舟師沿江東下陸公以偏師三萬北據東阬東阬在西陵步闡城東北長十餘里陸抗所築之城在東阬上而當闡城之北其迹並存深溝高壘案甲

殄寇又晉也

俘晉人也

此句似訓不久

養威反虜踠遠於跡待戮而不敢北窺生路彊寇敗績宵
遁喪師太半分命銳師五千西御水軍東西同捷獻俘
萬計吳志曰西陵督步闡據城以叛遣使降晉陸抗聞之因部分諸軍吳彥等徑赴西陵勑軍營更築嚴
圍自赤谿至故市內以圍闡外以禦寇圍備始合晉巴
東監軍徐胤率水軍詣建平荊州刺史楊肇至西陵抗
令張咸固守其城公安督留慮距胤身率三軍憑圍對
肇肇攻至月餘計屈夜遁抗使輕騎躡之肇大破敗胤
等引還抗遂陷西陵城誅夷闡族左氏傳曰僖二十年
晉侯敗楚師于城濮還師歸國獻俘授馘杜預曰獻楚
俘于廟俘即囚也信哉賢人之謀豈欺我哉孟子公明儀曰文王我師也周公豈欺我哉自是烽燧罕警封域寡虞言少有虞度之事也陸公歿而潛
謀兆吳釁深而六師駭蒼頡篇曰駭驚也夫太康之役衆未盛
乎曩日之師廣州之亂禍有愈乎向時之難吳志曰孫皓天紀三

年郭馬反攻殺廣州部督虞授馬自號都督交廣二州諸軍事安南將軍㠯襄日向時皆謂曹劉之世而邦家顛覆宗廟爲墟嗚呼人之云亡邦國殄瘁不其然與詩大雅文也易曰湯武革命順乎天周易革卦之辭也玄曰亂不極則治不形太玄經曰陰不極則陽不生亂不極則德不形言帝王之因天時也古人有言曰天時不如地利孟子曰天時不如地利地利不如人和趙岐曰天時支干五行王相孤虛之屬易曰王侯設險以守其國言爲國之恃險也周易坎卦之辭也又曰地利不如人和在德不在險言守險之由人也史記魏武侯曰山河之固此魏國之寶也吴起對曰在德不在險吴之興也參而由焉孫卿所謂合其參者也孫卿子曰天有其時地有其財人有其治夫是之謂能參合所以參而顛覆所參則惑矣及其亡也恃險而已又孫卿所

此亦晴參歸命也

此亦晴參歸命也

士衡亡國之痛

謂舍其參者也夫四州之萌非無衆也大江之南非乏俊也山川之險易守也勁利之器易用也先政之策易循也功不興而禍遘者何哉所以用之者失也是故先王達經國之長規審存亡之至數謙已以安百姓敦惠以致人和寛沖以誘俊乂之謀慈和以結士民之愛是以其安也則黎元與之同慶孝經鉤命決曰天有顧眄之義授圖于黎元也及其危也則兆庶與之共患安與衆同慶則其危不可得也危與下共患則其難不足恤也夫然故能保其社稷而固其土宇麥秀無悲殷之思黍離無愍周之感矣尚書大傳曰微子將朝周過殷之故墟見麥秀之蔪蔪曰此父母之國宗廟社稷之所立也志動心悲欲哭則朝周俯泣

則婦人推而廣之作雅聲毛詩序曰黍離閔宗周也周
大夫行役過故宗廟宮室盡爲禾黍故爲黍離之詩

文選卷第五十三

初五夕　係诵及此

文選卷第五十四

梁昭明太子撰

文林郎守太子右內率府録事參軍事崇賢館直學士臣李善注上

論四

陸士衡五等論一首　劉孝標辯命論一首

五等論

五等公侯伯子男也言古者聖王立五等以治天下至漢封樹不依古制乃作此論

陸士衡

夫體國經野先王所慎周禮曰惟王建國體國經野鄭玄曰體猶分也漢書王嘉曰王者代天爵人尤宜慎之創制垂基思隆後葉典引曰順命以創制論語比考讖曰以俟後聖垂基也然而經略不同長世異術左氏傳楚芋尹無宇曰天子有經略古之

制也又北宮文子曰有其國家令聞長世五等之制始於黃唐郡縣之治創
自秦漢漢書曰周爵五等蓋千八百國而太昊黃帝後唐虞侯伯猶存至秦遂并四海分天下爲郡縣
前聖苗裔靡有孑遺者矣漢興因秦制度以撫海內班固漢書述曰自昔黃唐經略萬國三代損益降及秦漢
華剗五等制立郡縣得失成敗備在典謨王命論曰歷古今之得失驗行事之成敗書序
曰典謨訓誥是以其詳可得而言夫先王知帝業至重天下
至曠楊雄長楊賦曰慨帝業孫卿子曰國者天下之大器也重任也廣雅曰曠遠也曠不可以
偏制重不可以獨任任重必於借即力制曠終乎因人
故設官分職所以輕其任也周禮曰設官分職以爲民極並建五長
所以弘其制也尚書曰外薄四海咸建五長於是乎立其封疆之典
財其親疎之宜賈逵國語注曰裁制也裁與財古字通使萬國相維以成

盤石之固（周禮曰凡邦國小大相維漢書宋昌曰漢所謂盤石之宗也）宗庶雜居而定維城之業（毛詩曰宗子維城無俾城壞而獨斯畏）又有以見綏世之長御識人情之大方（大方法也呂氏春秋曰凡耕之大方力者欲柔）知其爲人不如厚己利物不如圖身（周易曰利物足以和義莊子曰愛人利物之謂仁左氏傳欒武子曰季孫圖其身不忘其君）安上在於悅下爲己在乎利人（孝經曰安上治民莫善於禮左氏傳邾子曰天生民而樹之君以利之也民既利矣孤必與焉）故易曰說以使民民忘其勞（周易兌卦之辭也）孫卿曰不利而利之不如利而後利之之利也（孫卿子曰不利而利之不如利而後利之之利也不愛而用之不如愛而後用之之功也利而後利不如利而不利者之利也愛而後用之不如愛而弗用者之功也利而不利愛而不用者取天下者也利而後利之愛而後用之者保社稷者也不利而利之不愛而用之者危國家者也）是以

分天下以厚樂而已得與之同憂饗天下以豐利而我得與之共害孟子謂齊宣王曰樂以天下憂以天下然而不王者未之有也趙岐曰古賢君樂則以己之樂與天下同之憂則以天下之憂與己共之如是未有不王者也鄭玄儀禮注曰饗勸強之也利博則恩篤樂遠則憂深呂氏春秋曰衆封建非以私賢也所以博利博義也利博義博則無敵也毛詩序曰憂深思遠故諸侯享食土之實萬國受世及之祚矣杜預左氏傳注曰享受也禮記曰大人世及以爲禮鄭玄曰大人諸侯之謂也夫然則南面之君各務其治論語子曰雍也可使南面也包氏曰可使南面言王諸侯治之也九服之民知有定主周書曰乃辨九服之國也上之子愛於是乎生周書文王曰周視民如子愛也禮記曰子庶民則百姓勸鄭玄曰子猶愛也下之體信於是乎結禮記曰先王能脩禮以達義體信以達順鄭玄注曰體猶親也世治足以敦風道衰足

萬邦思治則國安不思則不安古今一軌其〻此彼不思其何哉

以御暴故强毅之國不能擅一時之勢孟子曰彼一時也此一時也雄俊之士無所寄霸王之志漢書宣帝曰漢家本以霸王道雜之然後國安由萬邦之思治主尊賴羣后之圖身毛詩序曰下泉思治也譬猶衆目營方則天綱自昶目綱目也以喻諸侯天網以喻王室也營布居也老子曰天網恢恢踈而不失呂氏春秋曰一引其綱万目皆張廣雅曰昶通也四體辭難而心膂獲乂四體亦喻諸侯心膂亦喻王室也論語大人曰四體不勤尚書穆王曰作股肱心膂三代所以直道四王所以垂業也論語子曰三代之所以直道而行也包氏曰三代夏商周也禮記曰三王四代唯其師鄭玄曰四代謂虞夏商周也漢書武帝策詔曰屬統垂業廢興何如夫盛衰隆弊理所固有教之廢興繫乎其人漢書韓安國曰夫盛之有衰猶朝之必暮禮記哀公問政子曰文武之政布在方策其人存則其政舉其人亡則其政息愿法期於必

涼明道有時而闇言法不可常愿故期在於必薄道不可常明故有時而或闇以諭盛衰廢興抑唯常理也孔安國尚書傳曰愿慤也娛萬切左氏傳渾罕曰君子作法於涼其獘猶貪杜預曰涼薄也故世及之制獘於彊禦言諸侯世及而盛彊其獘在於彊禦而難制也毛詩曰曾是彊禦厚下之典漏於末折言封建踰禮而爲害其漏在於末大而本折也周易曰剥上以厚下安宅左氏傳楚子問申無宇曰國有大城何如對曰鄭京櫟實殺曼伯宋蕭亳實殺子游由是觀之則害於國末大必折尾大不掉杜預曰折折其本也侵弱之釁遘自三季言諸侯秉權而王室侵弱斯乃遘自三季也班固異姓諸侯王表序曰秦患周之敗以爲四夷交侵以弱見奪於是削去五等杜預左氏傳注曰釁瑕隙也國語郭偃曰三季王之亡宜也韋昭曰季末也三季王桀紂幽王也陵夷之禍終于七雄言七雄力政而王道因之陵夷漢書張釋之曰秦陵夷至于二世天下土崩東京賦曰七雄並爭昔者成湯親照夏后之鑒公旦目涉商人之戒

夏后之鑒即殷鑒也毛詩曰殷鑒不遠在夏后之世尚書曰爾唯舊人爾丕克遠省爾知寧王若勤哉孔安國傳曰目所覩見法之又明之也文質相濟損益有物春秋元命苞曰王者一質一文據天地之道天質而地文論語子曰殷因於夏禮所損益可知也周因於殷禮所損益可知也物禮物也故五等之禮不革于時封畛之制有隆焉爾者吕氏春秋曰等乎畝封畛所以一之也小雅曰封畛界疆也豈玩二王之禍而闇經世之筭乎二王謂夏殷也經世已見李蕭遠運命論固知百世非可懸御善制不能無弊而侵弱之辱愈於殄祀土崩之困痛於陵夷也家語孔子曰文武之祀無乃殄乎漢書徐樂上書曰何謂土崩秦之末葉是也人困而主不恤下怨而上不知此之謂土崩是以經始權其多福慮終取其少禍毛詩曰經始靈臺吴越春秋曰大夫種善圖始范蠡善慮終賈逵國語注曰權秉也尸子曰聖人權福則取重權禍則取輕非謂侯伯

故字當误

晋書作事

無可亂之符郡縣非致治之具也故國憂賴其釋位主弱憑其翼戴左氏傳王子朝告于諸侯曰王居于䢵諸侯釋位以間王政又叔向語宣子曰文之伯也翼戴天子加之以恭及承微積弊王室遂卑新序曰及定王王室遂卑猶保名位祚垂後嗣左氏傳曰名位不同班固漢書序曰後嗣承序以廣親親皇統幽而不輟神器否而必存者豈非置勢使之然與東京賦曰恕皇統之見替鄭玄論語注曰輟止也老子曰天下神器不可爲也爲者敗之降及亡秦棄道任術史記曰商鞅見秦孝公謂景監曰吾說君以帝王之道君曰吾不能待吾以彊國之術說君君大悅懲周之失自矜其得言懲周以弱見奪自矜以力滅周也尋斧始於所庇制國昧於弱下弱下之術前王所棄秦以爲是故謂之眛焉左氏傳宋昭公將去羣公子樂豫曰不可公族公室之枝葉也若去之則本根無所庇蔭矣葛藟猶能庇其本根故君子以爲比況國君乎此所謂庇焉而縱尋斧也

賈逵國語注曰尋用也國慶獨饗其利主憂莫與共害國語曰晉國有慶未嘗不怡史記范睢曰主憂臣辱雖速亡趨亂不必一道毛萇詩傳曰速召也顛沛之釁實由孤立毛詩曰人亦有言顛沛之揭毛萇曰顛仆也沛拔也揭見根貌也漢書曰漢興懲戒亡秦孤立之敗也是蓋思五等之小怨忘萬國之大德毛詩曰忘我大德思我小怨知陵夷之可患闇主崩之為痛也周之不競有自來矣左氏傳鄭石奠謂子囊曰今楚實不競行人何罪又叔孫曰叔出季處有自來矣國乏令主十有餘世左氏傳治區夫曰為乏令主楊雄連珠曰古之令主所以統天者不遠焉爾雅曰令善也然片言勤王諸侯必應論語子曰片言可以折獄左氏傳狐偃言於晉侯曰求諸侯莫如勤王也一朝振矜遠國先叛公羊傳葵丘之會齊桓公震而矜之叛者九國震之者何猶曰振振然矜之者何猶莫若我也何休曰震矜色自美之貌故彊晉收其請

隧之圖暴楚頓其觀鼎之志左氏傳晉侯朝王王享醴命之宥請隧弗許曰王章也未有代德而有二王叔父之所惡也又曰楚子伐陸渾之戎遂至于雒定王使王孫滿勞楚子問鼎之大小輕重焉杜預曰示欲逼周取天下也豈劉項之能闚關勝廣之敢號澤哉漢書沛公自武關入秦又曰羽至函谷關使當陽君擊關羽入至戲又曰勝廣爲屯長行至蘄西大澤鄉勝自立爲將軍廣爲都尉借使秦人因循周制雖則無道有與共弊覆滅之禍豈在曩日曩日謂土崩之禍也漢矯秦枉大啓侯王班固漢書表曰藩國大者夸州兼郡可謂矯枉過其正矣毛詩曰大啓爾宇爲周室輔境土踰溢不遵舊典東京賦曰規摹踰溢尚書曰舊典時式故賈生憂其危朝錯痛其亂漢書賈誼曰夫樹國固必相疑之勢下數被其殃上數爽其憂甚非所以安上而全下也又朝錯曰請諸侯之罪過削其支郡不如此宗廟不安也是以諸侯阻其國家之富憑其士

「黔」据引楚漢春秋改

民之力阻恃也勢足者反疾土狹者逆遲六臣犯其弱綱七子衝其漏網漢書賈誼曰大抵彊者先反及淮陰王楚最彊則先反韓信倚胡則又反及貫高因趙資則又反陳豨兵精則又反彭越用梁則又反黥布用淮南則又反盧綰最弱最後反然誼言八而機言六者貫高非五等盧綰亡入匈奴故不數之漢書曰景帝即位朝錯說上令削吳及書至吳王起兵誅漢吏二千石以下膠西膠東淄川濟南楚趙亦皆反也皇祖夷於黥徒西京病於東帝皇祖高祖也南都賦曰皇祖止焉史記曰淮南王黥布反高祖自往擊之布走高祖時爲流矢所中行道病史記曰荊王劉賈者不知何屬高祖立賈爲荊王淮南王黥布反東擊荊賈與戰不勝走富陵爲布軍所殺漢書曰賈稱從兄而機以爲皇祖蓋别有所見杜預左氏傳注曰夷傷也楚漢春秋曰下蔡亭長詈淮南王曰封汝爵爲千乘東南盡日所出尚未足黥徒羣盜所邪而反何也然黥當爲黔漢書曰吳王濞反削吳會稽豫章郡書至起兵反以袁盎爲太常使吳吳王聞盎來知其欲說笑而應曰我已爲東帝尚誰拜不肯見盎是蓋過正之災而非建侯之累也矯枉過其正已見上文周易曰利用建侯行師然呂氏之難朝士外

顧宋昌策漢必稱諸侯漢書曰呂產呂祿自知背高皇帝約因作亂朱虛侯使人告兄齊王令發兵西太尉勃丞相平爲内應以誅諸呂齊王遂發兵又曰呂后崩大臣迎立代王郎中令張武曰以迎大王爲名實不可往宋昌曰群臣議非也内有朱虛東牟之親外畏吳楚淮南琅邪齊代之强故迎大王大王勿疑也逮至中葉忌其失節割削宗子有名無實天下曠然復襲亡秦之軌矣漢書曰諸侯小者淫荒越法大者睽孤横逆以害身喪國故文帝采賈生之議分齊趙景帝用朝錯之計削吳楚是以五侯作威不忌萬邦新都襲漢易於拾遺也五侯已見鮑明遠數詩尚書曰臣作福作威害于而家凶于而國漢書曰封王莽爲新都侯襲猶取也漢書梅福上書曰昔高祖舉秦如鴻毛取楚如拾遺光武中興纂隆皇統而猶遵覆車之遺轍養喪家之宿疾言光武猶遵師前漢之失也晏子春秋諺曰前車覆後車戒也尚書曰卿士有一於身家必喪僅及數世姦軌充斥

何引陳景雲云二句蓋指漢書羣盜披猖殘破郡縣注似誤

尚書曰寇賊姦宄軌與宄古字通左氏傳士文伯讓子産曰以政刑之不修寇盜充斥卒有彊臣專朝則天下風靡彊臣謂梁冀之屬也楚辭曰世從俗而變化隨風靡而成行一夫縱衡則城池自夷豈不危哉一夫謂董卓也漢書曰縱恣意衡古横字在周之衰難興王室放命者七臣干位者三子左氏傳曰初王姚嬖于莊王生子頹子頹有寵蔿國爲之師及惠王即位取蔿國之圃以爲囿邊伯之宫近於王宫王取之王奪子禽祝跪與詹父田而收膳夫之秩故蔿國邊伯石速詹父子禽祝跪作亂因蘇氏秋五大夫奉子頹以伐王不克出奔温蘇子奉子頹以奔衛衛師燕師伐周冬立子頹杜預曰石速士也不在五大夫之數又曰初甘昭公有寵於惠后惠后將立之未及而卒昭公奔齊襄王復之又通於隗氏王替隗氏頹叔桃子曰我實能使狄遂奉太叔以狄師伐周大敗周師王出適鄭處于汜杜預曰甘昭公王子太叔帶也又曰王子朝賓起有寵於景王王崩子朝因舊官百工之喪職秩者與靈景之族以作亂單子逆悼王于莊宫以歸杜預曰子朝景王之長庶子悼王

子猛也班固漢書述曰孝景莅政諸侯方命韋昭曰方
放命不承天子之制七臣蔿國邊伯詹父子禽祝跪及
頹叔桃子寘起也王命論曰闇干天位嗣王委其九鼎
爾雅曰干求也三子子頹叔帶子朝
凶族據其天邑嗣王惠襄悼也凶族三子也史記曰秦
取周九鼎寶器尚書曰肆予敢求爾于
天邑商鉦征鼙震於閭宇鋒鏑流乎絳闕傅玄正都賦曰巍巍巍巍絳闕然
禍止畿甸害不覃及毛詩曰覃及鬼方毛萇曰覃延也天下晏然以治
待亂漢書難蜀父老曰及臻厥成天下晏如也淮南子曰靜以合躁治以待亂是以宣王興
於共和襄惠振於晉鄭史記曰周人相與畔襲厲王王出奔于彘召公周公二相行政
號曰共和共和十四年厲王死於彘二相乃共立宣王又左傳曰
惠王即位衛師燕師伐周立子頹鄭伯見虢叔曰盍納
王乎虢公曰寡人之願也同伐王城鄭伯將王自圉門
入虢叔自北門入殺王子頹及五大夫又曰天王出居
于鄭避母弟之難也晉侯辭秦師而下次于陽樊右師圍溫左師
逆王王入於王城取太叔于溫殺之杜預曰叔帶襄王

同母弟也豈若二漢階闥蹔擾而四海已沸階闥蹔擾謂王莽也孽臣朝入而九服夕亂哉孽臣董卓也范曄後漢書曰何進私呼卓入朝以脅太后卓至遂廢少帝爲弘農王遠惟王莽篡逆之事近覽董卓擅權之際億兆悼心愚智同痛左氏傳蘧啓彊曰孤與二三臣悼心失圖然周以之存漢以之亡夫何故哉豈世乏曩時之臣士無匡合之志歟聖主得賢臣頌曰齊侯設庭燎之禮故有匡合之功論語子曰管仲相桓公一匡天下又曰桓公九合諸侯蓋遠績屈於時異雄心挫於卑勢耳左氏傳劉子謂趙孟曰子蓋亦遠績禹功而大庇民乎阮瑀與孫權書曰大丈夫雄心能無憤發故烈士扼腕終委寇讎之手漢書曰燕齊之間方士瞋目扼腕中人變節以助虐國之桀漢書張博書曰公卿變節史記王歜謂燕將曰今爲君將是助桀爲暴也雖復時有鳩合同志以謀

王室漢書曰王莽居攝翟義心惡之遂與劉宇劉璜結謀舉義兵范曄後漢書曰董卓以尚書韓馥爲冀州刺史侍中劉岱爲兖州刺史馥等到官各舉義兵討卓然上非奥主下皆市人漢書曰翟義立劉信爲天子左氏傳曰蔡公召子干子晳將納之子干歸韓宣子問於叔向曰子干其濟乎對曰難恭王有寵子國有奥主呂氏春秋曰驅市人而戰之可以勝人之教卒也師旅無先定之班范曄後漢書曰卓聞劉馥等兵起乃鴆殺弘農王文子曰用兵有五誅暴救弱謂之義漢書班彪曰假號雲合君臣無相保之志是以義兵雲合無救劫弑之禍民望未改而已見大漢之滅矣漢書曰莽聞翟義起兵乃拜王邑爲虎牙將軍以擊義破之於是莽自謂大得天人之助遂即真矣漢書陳涉詐稱公子扶蘇從民望也或以諸侯丗位不必常全公羊傳曰諸侯丗位故國君爲一體也全或爲今非昏主暴君有時比迹故五等所以多亂唐子曰暴主闇君不可生殺范曄後漢書孔融薦謝該曰該實卓然

余意有君無君亦不用斯比例也

比迹前列今之牧守皆以官方庸能雖或失之其得固多故郡縣易以爲治夫德之休明黜陟日用左氏傳王孫滿曰德之休明尚書曰三載考績三考黜陟幽明長率連屬咸述其職禮記曰千里之外設方伯五國以爲屬屬有長十國以爲連連有帥尚書大傳曰古者諸侯之於天子五年一朝謂之述職述其職者述其所職也而淫昏之君無所容過左氏傳宋子魚曰又用諸淫昏之鬼何則其不治哉故先代有以之興矣苟或衰陵百度自悖尚書曰不役耳目百度惟貞黷官之吏以貨準才則貪殘之萌皆如群屍也安在其不亂哉故後王有以之廢矣且要而言之五等之君爲已思治民安已受其利故曰爲已郡縣之長爲利圖物物能利已乃始圖之故云爲利何以徵之蓋企及進取仕子之常志企及進取奔競以招

槩及當衍 朱珔說及字下屬[illegible] 希爲冀以敗注非 珔又

譽禮記曰不至焉者企而及之史記蘇秦説燕王曰忠信者所以自爲也進取者所以爲人也修已安民良士之所希及修已安民積德以厚下論語子曰修已以安百姓尚書咎繇曰在安民孔安國論語注曰希少也夫進取之情鋭而安民之譽遲鄭玄禮記注曰情實也鋭猶疾也是故侵百姓以利己者在位所不憚安民譽遲不若侵之以利己鄭玄論語注曰憚難也損實事以養名者官長所夙夜也進取名速故損實事以求之列子曰范氏有子曰子華善養私名君無卒歲之圖㠯挾一時之志五等則不然知國爲己土衆皆我民民安己受其利國傷家嬰其病説文曰嬰繞也故前人欲以垂後後嗣思其堂構尚書曰若考作室子乃弗肯堂矧肯構爲上無苟且之心群下知膠固之義漢書王嘉上䟽曰孝文時吏居官者或長子孫然後上下相望莫有苟且之意莊子曰待膠漆而固

並賢而愚並兩皆謂封
建郡縣也注誤

先師劉君亦信定命之說
著文數篇保謂歸之於
命者有忽惜君以其偶
然斯無所歸咎今則
牙絃摧絶東墓荒涼
假有滯疑誰為剖析
乎

者是侵其德者也范曄後漢書鄭泰曰以膠固之衆當解合之勢使其並賢居治則功有厚薄言八代同建五等而廢與殊迹者譬並賢居治而功有優劣也兩愚處亂則過有深淺言秦漢同立郡縣而脩短異期者譬兩愚居亂而過有輕重也然則八代之制幾可以一理貫八代謂五帝三王也然此八代異於辯亡各觀文立義也崔寔政論曰今既不能純法八代故宜參以霸政論語曰吾道一以貫之秦漢之典殆可以一言蔽矣論語子曰詩三百一言以蔽之曰思無邪孔安國尚書傳曰蔽斷也

辯命論并序劉璠梁典曰峻字孝標辯命論蓋以自喻云

劉孝標孝標植根淄右流寓魏庭冒履艱危僅至江左負材矜地自謂坐致雲霄豈圖逡巡十稔而榮慙一命因茲著論故辭多憤激雖義越典謨而足杜浮競也

主上甞與諸名賢言及管輅主上謂梁武帝也魏志曰管輅字公明平原人也舉

秀才弟辰謂輅曰大將軍待君意厚冀當富貴乎輅長嘆曰然天與我才明不與我年壽恐四十七八間不見女嫁男娶婦也是歳八月爲少府丞明年二月卒年四十八 歎其有竒才而位不達

時有在赤墀之下豫聞斯議歸以告余 漢書梅福上書曰願涉赤墀之塗說文曰墀塗地也禮天子赤墀 余謂士之窮通無非命也 莊子孔子謂子路曰聖人知窮之有命知通之有時臨大難而不懼聖人之勇也 故謹述天旨因言其致云 鄭玄禮記注曰致之言至也

臣觀管輅天才英偉珪璋特秀 郭璞曰孫子荆上品狀王武子曰天才英博亮拔不群抱朴子曰故侍郎周生恭遠英偉名儒禮記曰珪璋特達抱朴子曰陸士龍士衡曠世特秀超古邈今 實海内之名傑豈日者卜祝之流乎 墨子曰墨子北之齊過日者日者曰帝今日殺黑龍於北方先生之色黑不可以北墨子不聽史記有日者列傳然則占候時日謂之日者司馬遷

仲任子長皆執定命并也　但非王馬之言乃三命之說耳

書曰僕之先人文史星厯近乎卜祝之間而官止少府丞年終四十八天之報施何其寡歟史記曰司馬遷曰天之報施善人何如哉然則高才而無貴仕饕餮而居大位自古所歎焉獨公明而已哉左氏傳楚叔伯曰夫有大功而無貴仕其人能靖者與有幾又曰縉雲氏有不才子貪于飲食冒于貨賄天下之人以比三凶謂之饕餮故性命之道窮通之數夭閼烏葛紛綸莫知其辯家語魯哀公問於孔子曰人之命與性何謂孔子對曰分於道謂之命形於一謂之性王肅曰分於道始得為人也人各受陰陽剛柔之性故曰形於一也莊子曰風之積也不厚則其負大翼也無力故九萬里則風斯在下矣而後乃今培風背負青天而莫之夭閼者司馬彪曰夭折也閼止也言無有折止使不通者也封禪書曰紛綸葳蕤鄭玄儀禮注曰辨別也仲任蔽其源子長闡其惑范曄後漢書曰王充字仲任鄭玄論語注曰蔽塞也論衡曰凡人有生死壽夭之命亦有貴賤貧富之命命當貧賤雖富貴之猶涉患禍失其

此非王馬之言乃三命之說耳

蕭遠此言定命同於王馬故命由己則詩之〻舊說所謂隨命者也

富貴命當富貴雖貧賤之猶逢福善離其貧賤令言隨操行而至此命在末不在本也司馬遷字子長著顏篇曰闌開也史記或曰天道無親常與善人伯夷叔齊可謂善人而餓死七十子之徒仲尼獨薦顏淵為好學然蚤夭盜跖曰殺不辜肝人之肉竟以壽終此其大較者也余甚惑焉至於鶡冠甕牖必以懸天有期鼎貴高門則曰唯人所召七略鶡冠子者蓋楚人也常居深山以鶡為冠故曰鶡冠禮記孔子曰儒者蓬户甕牖論衡曰夫命懸於天吉凶在乎時矣都賦曰高門鼎貴漢書賈捐之曰石顯方鼎貴又于公曰少高大門令容駟馬高蓋車左傳閔子騫曰禍福無門惟人所召譊譊讙咋異端斯起蜀志曰孟光好公羊春秋而譏呵左氏每與來敏爭此二義常譊譊讙咋裴松之曰譊音奴交切讙音詡袁切咋音祖格切論語子曰攻乎異端蕭遠論其本而不暢其流子玄語其流而未詳其本李蕭遠作運命論言治亂在天故曰論其本郭子玄作致命由己論言吉凶由己故曰語其流嘗試言之曰莊子曰請嘗試言之天無為以之清

孝標言命歸之自
然此文多宗命之說
要一根蒂即古之言
富貴在天也終不
此并自與然而忘謂
之偶然也

地無爲以之寧杜預左氏傳曰嘗試之也夫通生萬物則謂之道生而無主謂之自然老子曰大道汜兮萬物得之以生而不辭功成而不有愛養萬物而不爲之主王弼曰萬物皆得道而生管子曰萬物以生萬物以成命之曰道老子曰天法道道法自然自然者物見其然不知所以然同焉皆得不知所以得莊子曰孔子觀於呂梁見一丈夫謂孔子曰吾長於水而安於水性也不知吾所以然命也張湛曰固然之理不可以智知知其不可知故謂之命也莊子曰天下誘然皆生而不知其所以生同焉皆得而不知其所以得也鼓動陶鑄而不爲功庶類混成而非其力周易曰鼓天下之動者存乎辭韓康伯曰爻辭也爻以鼓動效天下之動也莊子肩吾謂連叔曰藐姑射之山有神人居焉猶陶鑄堯舜也孰肯以物爲事典引曰沈浮交錯庶類混成生之無亭毒之心死之豈虔劉之志老子曰亭之毒之蓋之覆之王弼曰亭謂品其形毒謂成其質左氏傳呂相曰芟夷我農功虔劉我邊陲言殺也墜

天復謂命之哉

之淵泉非其怒升之霄漢非其悦墜之淵泉鱗屬也升之霄漢羽族也言稟
性不同非天之有悦怒也淮南子曰鳥魚生於陰屬於
陽故魚遊於水鳥飛於雲夫鳥排虛而飛獸蹠實而走
蛟龍水居虎豹山
處天地之性也蕩乎大乎萬寶以之化確乎純乎一
化而不易莊子曰形非道不生生非德不明蕩蕩乎忽
然出勃然動萬物從之乎又曰夫道覆載萬
物者也洋洋乎大哉庚桑楚曰夫春氣發而百草生正
得秋而萬寶成又楚狂接輿謂肩吾曰夫聖人之治也
治外乎正而後行確乎能其事者而已矣司馬彪曰確
乎不移易又曰道流而不明純純常常乃比於狂又曰
吾一受其成形而不化以待盡化而不易則謂之命命
也又曰性不可易命不可變
也者自天之命也呂氏春秋曰若命之不可易春秋元
命苞曰命者天之命也所受於帝行
正不過得壽命也定於冥兆終然不變祖台之論命曰存亡壽
天咸定冥初魏文帝典
論曰夫生之必死天地所不能變鬼神莫能預聖哲不能謀西征賦曰
生有脩短

之命位有通塞之遇鬼神莫之要聖哲弗能預觸山之力無以抗倒日之誠弗能感淮南子曰昔共工之力怒觸不周之山使地東南傾與高辛爭爲帝許慎曰昔共工古諸侯之彊者也不周之山西北之山也陸機弔魏武文曰夫以迴天倒日之力而不能振形骸之内短則不可緩之於寸陰長則不可急之於箭漏淮南子曰聖人不貴尺之璧而重寸之陰漢書曰漏刻以百二十爲度韋昭曰舊漏晝夜共百刻哀帝有短祚之期故欲增之至德未能踰上智所不免孝經曰先王有至德要道論語子曰唯上智與下愚不移魏文帝典論曰夫生之必死賢聖所不能免是以放勛之世浩浩襄陵天乙之時焦金流石尚書曰放勛欽明又帝曰湯湯洪水方割蕩蕩懷山襄陵浩浩滔天史記天乙立是爲成湯呂氏春秋曰成湯之旱煎沙爛石楚辭曰十日並出流金鑠石文公躓其尾宣尼絶其糧傳子曰周文王子公旦有聖德謚曰文毛詩曰狼跋美周公也狼跋其胡載疐其尾毛萇曰疐跲也躓音致漢

依馬韓本改

書平紀曰追謚孔子曰宣尼公論語曰子在陳絶糧從者病莫能興顔回敗其叢蘭冉耕歌其芣苢家語曰顔回年二十九而髮白三十二而早死文子曰日月欲明浮雲蓋之叢蘭欲茂秋風敗之家語曰冉耕魯人字伯牛以德行著名有惡疾韓詩曰采苢傷夫有惡疾也詩曰采采芣苢薄言采之薛君曰芣苢澤寫也芣苢臭惡之菜詩人傷其君子有惡疾人道不通求已不得發憤而作以事興芣苢雖臭惡乎我猶采采而不已者以興君子雖有惡疾我猶守而不離去也夷叔斃淑媛之言子輿困臧倉之訴崔琦七𫏋曰三王行化夷叔隱已古史考曰伯夷叔齊者殷之末世孤竹君之二子也隱於首陽山采薇而食之野有婦人謂之曰子義不食周粟此亦周之草木也於是餓死曹植與楊脩書曰有南威之容乃可以論於淑媛傅子曰昔仲尼既歿仲弓之徒追論夫子言謂之論語其後鄒之君子孟子輿擬其體著七篇謂之孟子然子輿孟子之字也孟子曰魯平公將出嬖人臧倉曰有司未知所之敢請公曰將見孟子曰何哉孟子之後喪踰前喪君無見公曰諾樂正子春見孟子曰克告於君君將來見也嬖人有

此皆偶然也

才行在內偶然在外焉
不責其必合哉

臧倉者沮君君是以不果來孟子曰吾之不遇魯侯天也臧氏之子焉能使予不遇哉聖賢且猶若此而況庸庸者乎大戴禮孔子曰所謂庸人者口不能道善言而志不邑邑此可謂庸人也馮衍顯志賦曰獨慷慨以遠覽兮非庸庸之所識至乃伍員浮尸於江流三閭沈骸於湘渚史記曰子胥自剄死王乃取子胥尸盛以鴟夷之革浮之於江中楚辭漁父見屈原曰子非三閭大夫與漢書曰賈誼渡湘水爲賦以弔屈原楊雄反騷曰欽弔楚之湘纍纍音義曰諸不以罪死曰纍屈原赴湘死故曰纍也賈大夫沮志於長沙馮都尉皓髮於郎署漢書曰賈誼爲長沙王太傅誼既以謫去意不自得又曰馮唐以孝著爲郎中署長事文帝帝輦過問曰父老何自爲郎君山鴻漸鎩殺羽儀於高雲敬通鳳起摧迅翮於風穴此豈才不足而行有遺哉東觀漢記曰桓譚字君山少好學徧治五經光武即位拜議郎詔會議雲臺上問譚曰吾以讖決之何如譚不應良久對曰臣生不讀讖問其故譚頗有所非

是上怒曰桓譚非法將去斬之譚叩頭流血乃貰由是失旨遂不復轉遷出補六安太守丞之官意不樂道病卒周易曰鴻漸于陸其羽可用爲儀許慎淮南子注曰鎩羽殘羽也應璩與從弟書曰弋下高雲之鳥東觀漢記曰馮敬通少有俶儻之志明帝以爲行材過其實抑而不用遂埳壈失志以壽終於家淮南子曰鳳皇之翔至德也濯羽弱水暮宿風穴許慎曰風穴風所從出韓詩外傳曰子路謂孔子曰夫子尚有遺行乎奚居之隱也

近世有沛國劉瓛瓛桓弟璡津並一時之秀士也蕭子顯齊書曰劉瓛字子珪沛國人宋大明四年舉秀才少篤學博通五經爲安成王撫軍行參軍公事免自此不復仕永明初遇疾卒瓛弟璡字子璥方軌正直文惠太子召璡入侍東宮每上事輙削草尋署射聲校尉卒官呂氏春秋曰舜耕於歷山秀士從之璥君影切

瓛則關西孔子通涉六經循循善誘服膺儒行范曄後漢書曰楊震字伯起經明博覽無不窮究諸儒爲之語曰關西孔子楊伯起論語顏淵曰夫子循循然善誘人禮記曰回之爲人也得一善則拳拳服膺而不失之矣又禮記有儒行篇

此孝標自痛也

何止雍門之琴能垂涕泗歸妹之悵能赴弦歌乎吁其悲矣

進則志烈秋霜心貞崑玉亭亭高竦不雜風塵范曄後漢書孔融論曰凜凜焉皜皜焉其與秋霜崑玉比質可也西京賦曰狀亭亭以岧岧郭璞遊仙詩曰高蹈風塵外皆毓德於衡門並馳聲於天地周易曰君子以振民毓德毛詩曰衡門之下可以棲遲而官有微於侍郎位不登於執戟相次殂落宗祀無饗答客難曰官不過侍郎位不過執戟尚書曰帝乃殂落孔安國曰殂落死也因斯兩賢以言古則昔之玉質金相英髦秀達毛詩曰追琢其章金玉其相毛萇曰相質也又曰髦後也皆擯斥於當年韞奇才而莫用司馬彪莊子注曰擯弃也馬融論語注曰韞藏也徼草木以共彫與麋鹿而同死楚辭曰願徼幸而有待兮宿莽與櫪草同死王逸曰將與百草俱殂落也論衡曰身與草木俱朽楚辭曰死日將至兮與麋鹿同坑膏塗平原骨填川谷堙滅而無聞者豈可勝道哉檄蜀文曰肝腦

塗中原膏液潤野草封禪書此則宰衡之與皁隸容彭
曰堙滅而不稱者不可勝數
之與殤子尚書曰冢宰掌邦治毛詩曰實維阿衡左右
商王左氏傳曰人有十等士臣皁皁臣輿輿
臣隸列仙傳曰容成公者自稱黃帝師見於周穆王能
善補導之事髮白復黑齒落復生事與老子同亦云老
子師又曰彭祖殷賢大夫歷夏至商末號年七百莊子
南郭子綦曰天下莫大于秋毫之末而太山爲之小莫
壽于殤子而猗頓之與黔婁陽文之與敦洽猗頓已見
彭祖爲之夭過秦論皇
甫謐高士傳曰黔婁先生修清節不求進於諸侯及終
曾參來弔曰何以爲謚妻曰以康爲謚曾子曰先生存
時食不充虛衣不蓋形死則手足不斂傍無酒肉何樂
於此而謚爲康哉淮南子曰不待脂粉西施陽文也許
慎曰楚之好人也呂氏春秋曰陳有惡人焉曰敦洽讎
麋推顙廣顏色如漆赭垂髮臨鼻長肘而盭陳侯見而
甚悅之高誘曰咸得之於自然不假道於才智抱朴子
醜而有德也曰聖人
體天皆得之於自然莊子曰古故曰死生有命富貴在
之至人假道於仁託宿於義

天其斯之謂矣論語子夏曰死生有命富貴在天然命體周流變化非一或先號後笑或始吉終凶或不召自來或因人以濟周易曰同人先號咷而後笑老子曰不召而自來傳子曰昔人知下相接之易故因人以致人交錯糾紛迴還倚伏非可以一理徵非可以一途驗而其道密微寂寥忽慌無形可以見無聲可以聞子虛賦曰交錯糾紛鶡冠子曰禍兮福之所倚福兮禍之所伏思玄賦曰北叟頗識其倚伏抱朴子曰駑銳不可以一塗驗箏琴不可以膠柱調也鬼谷子曰即欲闔之貴密密之貴微西征賦曰寥廓忽怳文子曰道以無有爲體視之不見其形聽之不聞其聲謂之幽冥呂氏春秋曰道也者視之弗見聽之弗聞不可爲壯管子曰視之不見其形聽之不聞其聲而序其成謂之道必御物以效靈亦憑人而成象譬天王之冕旒任百官以司職言性命之道雖係于天然其來也必憑人而御物譬如天王冕旒而執契必因百官司職以立政文子曰德仁義禮四者聖人

之所以御萬物也而或者覩湯武之龍躍謂龕龍亂在神功聞孔墨之挺生謂英睿擅奇響成湯武王也周易曰見龍在田又曰或躍在淵墨子曰夏桀時天乃命湯於鑣宮有神來告曰夏德大亂往攻之予必使汝大戡之商王紂時周武王見三神曰予既沈漬殷紂於酒德往攻之予必使汝大戡之孔孔子墨墨翟蔡邕陳太丘碑曰元方季方皆命世挺生膺期特授視彭韓之豹變謂鷙猛致人爵見張桓之朱紱謂明經拾青紫彭彭越韓韓信易曰君子豹變其文蔚禮記曰鷙蟲攫搏不程其勇者鄭玄曰鷙蟲猛獸也孟子曰有天爵有人爵仁義忠信樂善不倦此天爵也公卿大夫此人爵也漢書曰張禹字子文善說論語令禹授太子遷光祿大夫賜關內侯范曄後漢書曰桓榮治歐陽尚書授太子爲太子少傅封關內侯禮記曰諸侯佩山玄玉而朱組綬蒼頡篇曰綬紱也漢書夏侯勝曰士病不明經經術苟明取青紫如俛拾地芥豈知有力者運之而趨乎莊子曰夫藏舟於壑藏山於澤謂之固矣然而夜半有力者負之而

此皆偶然

走昧者不知故言而非命有六蔽焉爾論語子曰由汝聞六言六蔽矣乎然文雖
出此蔽義則殊請陳其梗槩東京賦其梗槩如此夫靡顏膩理哆噅許頁爲戚
子頁烏六頞割形之異也楚辭曰靡顏膩理遺視䁥些王逸曰靡緻也膩滑也淮南子曰哆噅蘧蒢
戚施醜也說文曰哆張口也音侈通俗文曰噅口不正也去皮切史記唐舉見蔡澤曰先生雎顏蹙齃朝
秀晨終龜鵠千歲年之殊也淮南子曰朝秀不知晦朔許慎曰朝生暮死蟲也生
水上似蠶蛾養生要曰龜鵠壽千百之數性壽之物也聞言如響智昏菽麥神之
辨也史記曰滈于髠說鄒忌畢趨出曰是人者吾語之微言五其應我若響之應聲是人必封不久矣左
氏傳曰程滑殺厲公荀罃士魴逆周子于京師而立之周子有兄而無慧不能辨菽麥故不可立杜預曰菽大
豆也豆麥殊形易別故以之爲癡者之候也同知三者定乎造化榮辱之境
獨曰由人是知二五而未識於十其蔽一也淮南子曰大丈夫恬

相人符命尤爲譔言

然無爲與造化逍遙高誘曰造化天地也莊子曰定乎內外之分辨乎榮辱之境左氏傳叔興曰吉凶由人史記齊威王使人説越曰晉楚鬬越兵不起知二五而不知十也龍犀日角帝王之表朱建平相書曰頷有龍犀入髮左角日右角月王天下也河目龜文公侯之相孔叢子曰夫子適周見萇弘萇弘語劉文公曰孔子仲尼有聖人之表河目而隆顙是黄帝之形貌也王肅家語注曰河目上下匡平而長也范曄後漢書曰李固貌狀有奇表鼎角匿犀足履龜文後爲太尉撫鏡知其將刑壓紐顯其膺録蜀志曰蜀郡張裕曉相術每舉鏡視面自知刑死未嘗不撲之於地左氏傳曰初楚恭王無冢適有寵子五人無適立焉乃大有事於群望而祈曰請神擇五人主社稷乃徧以璧見於群望曰當璧而拜者神所立也與巴姬密理璧於太室之庭使五人拜康王跨之靈王肘加焉子干子皙皆遠之平王弱抱而入再拜皆壓紐星虹樞電昭聖德之符夜哭聚雲鬱興王之瑞春秋元命苞曰大星如虹下流華渚女節夢意感生朱宣宋均曰華渚渚名也朱宣少昊氏詩

若謂四言言帝業之成不關功德此則并果誠帝而上指足之矣

含神務曰大電繞樞照郊野感符寶生黃帝漢高祖功臣頌曰形雲晝聚素靈夜哭國語曰興王賞諫臣皆兆發於前期渙汗於後葉周易曰渙汗其大號渙散也若謂驅貔虎奮尺劒入紫微升帝道則未達窅冥之情未測神明之數其蔽二也尚書武王曰如虎如貔如熊如羆于商郊孔安國曰貔執夷虎屬也史記高祖曰吾提三尺劒取天下此非天命乎薛綜西京賦注曰天有紫微宮王者象之曰紫微宮淮南子曰源道者測窅冥之深呂氏春秋曰窅乎冥乎莫知其情王命論曰神明之祚可得而妄處哉空桑之里變成洪川歷陽之都化爲魚鼈呂氏春秋曰有莘氏女子採桑得嬰兒于空桑之中獻之其君令烰人養之察其所以然曰其母居伊水之上孕夢有神告之曰臼出水而東走母顧明日視臼水出告其鄰東走十里而顧其邑盡爲水身因化爲空桑故命之曰伊尹淮南子曰歷陽淮南之縣名今屬九江郡歷陽中有老嫗常行仁義有兩諸生告過之謂曰此國當沒爲湖嫗視東城門閫有血便走上山勿反顧也自此嫗數

往視門門吏問之嫗對如其言東門吏殺雞以血
塗門明日嫗早往視門有血便走上山國沒爲湖楚師
屠漢卒雎雎息惟河鯁其流秦人坑趙士沸聲若雷震漢書曰項
羽晨擊漢大戰彭城靈壁東雎水上大破漢軍多殺上
卒雎水爲不流戰國策蔡澤謂應侯曰白起率數萬之
師越韓魏而敗彊趙北坑馬服屠四十餘萬衆流血成
川沸聲如雷使秦業帝白起之勢也論衡曰古有命者
曰夫天下之大人民之衆一歷陽之都一長平之坑同
命俱死未可怪也命當溺死故相聚於歷陽命當壓土死
故相積於長平火炎崑嶽礫石與琬琰俱焚嚴霜夜零蕭艾與
芝蘭共盡尚書曰火炎崑岡玉石俱焚又曰弘璧琬琰
在西序傅玄鷹兎賦曰秋霜一下蘭艾俱落
毛萇詩傳曰蕭蒿也雖游夏之英才伊顏之殆庶焉能抗之哉其
蔽三也史記曰言偃吴人字子游夏子夏也伊伊尹也
顏顏回也孟子曰得天下之英才而教育之易
曰顏氏之子其殆庶幾乎
王弼曰庶幾於知幾者也或曰明月之珠不能無纇夏

考正字作杍說文謂之瑂

此自喻也

此志士所以保愛年華也

后之璜不能無考淮南子曰夏后氏之璜不能無考明月之珠不能無纇高誘曰考不平也纇瑕也故亭伯死於縣長相如卒於園令范曄後漢書曰崔駰字亭伯竇憲爲車騎將軍辟駰爲掾察駰高第出爲長岑長駰自以遠去不得意遂不之官而歸卒于家漢書曰相如拜爲孝文園令既病免家居茂陵而死才非不傑也主非不明也而碎結緑之鴻輝殘懸黎之夜色抑尺之量有短哉戰國策應侯謂秦王曰梁有懸黎宋有結緑而爲天下名器楚辭鄭詹尹曰尺有所短寸有所長若然者主父偃公孫弘對策不升第歷説而不入牧豕淄原見棄州部設令忽如過隙溘苦合死霜露其爲詬恥豈崔馬之流乎及至開東閤列五鼎電照風行聲馳海外寧前愚而後智先非而終是漢書主父偃齊國臨淄人也學長短縱橫術家貧假貸無所得北遊燕趙中山皆莫

能厚客甚困乃上書闕下拜爲郎至中大夫偃曰大丈
夫生不五鼎食死則五鼎烹耳又曰公孫弘淄川人也
家貧牧豕海上太常上對諸儒太常奏弘第居下策天
子擢弘對爲第一後至丞相於是起客館開東閤以延
賢士莊子曰賔放於鄉里逐於州部又曰人生天地之
間若白駒之過隙楚辭曰寧溘死以流亡兮余不忍爲
此態也漢書詔曰公孫弘不幸罹霜露之疾說文曰詬
恥也范曄後漢書吴漢謂臧宫曰將軍嚮者經虜城下
震揚威靈風行電照九州春秋閻忠說皇
甫嵩曰今將軍威德震本朝風聲馳海外將榮悴有定
數天命有至極而謬生妍蚩其蔽四也應璩與曹元長
書曰春生者繁
華秋榮者零悴自然之數豈有恨哉夫虎嘯風馳龍興
孫子荆陟陽候詩曰三命皆有極
雲屬淮南子曰虎嘯而谷風至龍舉而
景雲屬四子講德論曰風馳雨集故重華立而元
凱升辛受生而飛廉進史記曰虞舜名曰重華左氏傳
季孫行父曰昔高陽氏有才子
八人蒼舒隤敳檮戭大臨尨降庭堅仲容叔達天下之
民謂之八愷高辛氏有才子八人伯奮仲堪叔獻季仲

此則肆異非文德也

伯虎仲熊叔豹季貍天下之民謂之八元舜臣堯舉八愷使主后土舉八元使布五教于四方史記曰帝乙崩子辛立是爲帝辛天下謂之紂尚書曰祖伊恐奔告于受孔安國曰受紂也音相亂史記曰仲衍生蜚廉蜚廉生惡來父子俱以材力事殷紂然則天下善人少惡人多闇主衆明君寡莊子曰天下之善人少而不善人多法言曰聖君少庸君多杜篤弔比干文曰闇主之在上豈忠諫之是謀而薰蕕不同器梟鸞不接翼家語顏回曰聞薰蕕不同器而藏堯桀不共國而治以其類異也孫盛晉陽秋王夷甫論曰夫芝蘭之不與茨棘俱植鸞鳳之不與梟鴟同棲天理固然易在曉晤西都賦曰接翼側足是使渾胡本敦徒本檮桃杌兀踵武於雲臺之上仲容庭堅耕耘於巖石之下左氏傳太史克曰昔帝鴻氏有不才子掩義隱賊好行凶德醜類惡物頑嚚不友是與比周天下之人謂之渾敦顓頊氏有不才子不可教訓不知話言告之則頑舍之則嚚傲狠明德以亂天常天下之人謂之檮杌楚辭曰忽奔走以先後及前王之踵武東觀漢記曰

詔賈逵入講南宮雲臺使出左氏大義仲容庭堅八愷之二已見上注法言曰谷口鄭子真不詘其節而耕於巖石之下橫去謂廢興在我無繫於天其蔽五也漢書董仲舒對策曰治亂廢興在於己非天降命不可得反彼戎狄者人面獸心宴安鴆毒戎狄謂魏也班固漢書贊曰夷狄之人被髮左衽人面獸心左氏傳管敬仲曰宴安鴆毒不可懷也以誅殺爲道德以蒸報爲仁義漢書曰匈奴其俗寬則隨畜田獵禽獸爲生業急則人習戰攻以侵伐其天性也父死妻其後母兄弟死皆取其妻妻之小雅曰上淫曰蒸下淫曰報雖大風立於青丘鑿齒奮於華野比於狼戾曾何足喻淮南子曰堯之時猰貐鑿齒九嬰大風封豨修蛇皆爲害堯乃使羿誅鑿齒於疇華之澤殺九嬰於凶水之上繳大風於青丘之野上射十日而下殺窫窳斷修蛇於洞庭禽封豕於桑林高誘曰疇華南方地九嬰水火爲人害者北狄之地有凶水大風鷙鳥青丘東方封豕大豕桑林湯禱旱地戰國策張儀曰趙王狼戾無親自金行不競

假使李標生於帝特
愛新之世唯有蹈東
海而死耳

天地板蕩左帶沸脣乘閒電發金行謂晉也干寶搜神記曰程猗說石圖曰金
者晉之行也左氏傳師曠曰吾驟歌北風又歌南風南風不競毛詩曰上帝板板毛萇曰板杯晚切又曰蕩蕩上
帝鄭玄曰蕩蕩法度廢壞之貌左帶左衽也尚書曰四夷左衽罔弗咸賴王元長勸給虜書啓曰息沸脣於桑
墟然齊梁之間通以虜爲沸脣也魏志詔曰劉備孫權乘閒作禍辨亡論曰電發荊南遂覆瀍洛
傾五都東京賦曰泝洛背河左伊右瀍干寶晉紀愍帝詔曰群邪作逆傾盪五都居先王之
桑梓竊名號於中縣毛詩曰維桑與梓必恭敬止漢書高紀詔曰秦徙中縣之人南方三
郡與三皇競其萌黎五帝角其區宇韋昭漢書注曰萌民也孔安國尚書曰
傳曰黎衆也東京賦曰區宇乂寧種落繁熾充仞神州范曄後漢書曰梁商上表曰匈
奴種類繁熾不可彈盡子虛賦曰充仞其中不可勝記河圖曰崑崙東南地方千里名曰神州嗚呼福
善禍淫徒虛言耳尚書湯曰天道福善禍淫降災于夏以彰厥罪豈非否泰相

此皆偶然亦有人爲非天命也

傾盈縮遞運而汨骨之以人其蔽六也周易曰泰者通也物不可以終通故受之以否老子曰高下相傾淮南子曰孟春始嬴孟秋始縮高誘曰嬴長也縮短也孔安國尚書傳曰汨亂也然所謂命者死生焉貴賤焉貧富焉治亂焉禍福焉此十者天之所賦也死生有命已見上文論衡曰凡人之命墨子曰貧富治亂固有天命不可損益呂氏春秋曰禍福之所自來衆人以爲命焉知其所由之也愚智善惡此四者人之所行也桓範世要論曰遇不遇命也善不善人也夫神非舜禹心異朱均才絓中庸在於所習舜禹二帝也淮南子曰性命可說不待學問而合於道堯舜文王也不可教以道不可喻以德者丹朱商均也夫上不及堯舜下不若商均此教訓之所喻也高誘曰丹朱堯子也商均舜子也廣雅曰絓止也胡卦切賈誼過秦曰陳涉材能不及中庸論衡曰中人之性在所習習善爲善習惡爲惡是以素絲無恒玄黃代起鮑魚

芳蘭入而自變。言在所習也。淮南子曰：墨子見練絲而泣之，爲其可以黃可以黑。高誘曰：閔其化也。大戴禮曰：與君子游，苾乎如入蘭芷之室，久而不聞，則與之化矣。與小人游，臭乎如入鮑魚之肆，久而不聞，則與之化矣。是故君子慎其所去就也。故季路學於仲尼，厲風霜之節。尸子曰：子路，東鄙之野人，孔子教之，爲賢士。王隱晉書曰：應瞻爲太守，人歌之曰：威若風霜，恩如父母。楚穆謀於潘崇，成殺逆之禍。左氏傳曰：楚子欲立王子職而黜太子商臣。商臣聞之，告其師潘崇曰：能事諸乎？曰：不能。能行大事乎？曰：能。以宮甲圍成王，王縊。穆王立，潘崇太子師。而商臣之惡，盛業光於後嗣；仲由之善，不能息其結纓。楚之後業，皆商臣之子孫。周易曰：盛德大業至矣哉。尚書曰：在今後嗣王。左氏傳曰：衛渾良夫與太子入，舍於孔氏之外圃，欲劫孔悝而納太子。季子曰：太子無勇，若燔臺半，必舍孔叔。大子聞之懼，下召石乞、盂黶敵子路，以戈擊之，斷纓。子路曰：君子死，冠不免。結纓而死。杜預曰：季子，子路是也。斯則邪正由於人，吉凶在乎

此下敍討古之言非直敍傳記而已其說不固故孔丞皆言定命矣

命或以鬼神害盈皇天輔德周易曰鬼神害盈而福謙尚書曰皇天無親惟德是輔故宋公一言法星三徙呂氏春秋曰宋景公有疾司馬子韋曰熒惑守心心宋分野也君當移於相公曰相股肱也除心腹之疾而置之股肱可乎曰可移於民公曰民所以爲國無民何以爲君曰可移於歲公曰歲所以養民歲不登何以畜民子韋曰君善言三熒惑必退三舍延君命二十一年視之信廣雅曰熒惑謂之罰星或謂之執法殷帝自翦千里來雲呂氏春秋曰湯克夏四年天大旱湯乃以身禱於桑林於是翦其髮磨其手自以爲犧用祈福於上帝雨乃大至淮南子曰湯之時旱七年以身禱於桑林之祭而四海之雲湊千里之雨至若使善惡無徵未洽斯義因此而言則害盈輔德其由影響若以善惡猶命故未洽乎斯義毛萇詩傳曰洽合也且于公高門以待封嚴母掃墓以望喪漢書曰于定國父于公其閭門壞父老方共修之于公謂之曰少高大閭門令容駟馬高蓋車我理獄多陰德未嘗有所寃子孫必有興者至定國爲丞相封侯傳世又

孫志祖曰周嬰卮林曰按前漢汲紀此東海人風議漢云亦載孝標並全用之

○徑廷猶徑遲直遂之意也程氏云快也之謬

過

曰嚴延年遷河南太守其母從東海來欲從延年臘到雒陽適見報囚母大驚畢正臘已謂延年曰天道神明人不可獨殺我不自意當老見壯子被刑戮也行矣去女東歸掃除墓地耳後歲餘果敗此君子所以自彊不息也言善惡有徵故君子庶幾自彊而不息也周易象曰天行健君子以自彊不息如使仁而無報奚爲修善立名乎斯徑廷定之辭也若必爲仁而無報何故修善而立名乎是不由命明矣或爲茲說者斯乃徑廷之言耳莊子肩吾問于連叔曰大有徑廷不近人情司馬彪曰徑廷激過之辭也夫聖人之言顯而晦微而婉幽遠而難聞河漢而不測極此釋聖人之言顯晦難測也左氏傳君子曰春秋之稱微而顯志而晦婉而成章莊子市南宜僚見魯侯曰南越有邑焉名建德之國君曰彼其道幽遠而無人又肩吾問于連叔曰吾聞言於接輿大而無當往而不反吾驚怖其言猶河漢而無極司馬彪曰極崖也言廣若河漢無有崖也或立教以進庸怠或言命以窮性靈此釋不同之所由也積善

孝標尚未悉孔孟之討出言命之異，餘慶餘殃偶沿舊說之駁文耳，故釋氏[illegible]從之以生前之說

故釋氏[illegible]從之以三世之說

餘慶立教也，鳳鳥不至言命也。周易曰：積善之家必有餘慶。徐幹中論曰：北海孫翺云：積善餘慶，誘民於善路耳。論語子曰：鳳鳥不至，河不出圖，吾已矣夫。今以其片言辯其要趣，何異乎夕死之類而論春秋之變哉。毛萇詩傳曰：蜉蝣，渠畧也，朝生夕死。莊子曰：蟪蛄不知春秋也。且荊昭德音，丹雲不卷；周宣祈雨，珪璧斯罄。左氏傳曰：有雲如衆赤鳥，夾日飛三日。楚子使問周太史，太史曰：其當王身乎，若禜之，可移於令尹司馬。王曰：除腹心之疾而寘諸股肱，何益？不穀不有大過，天其夭諸？有罪受罰，又焉移之？遂弗禜。毛詩序曰：雲漢，仍叔美宣王也。毛詩曰：圭璧既卒，寧莫我聽。于叟種德，不逮勛華之高；延年殘獷，未甚東陵之酷。勛華已見上文。說文曰：獷，不可附也。古猛切。莊子曰：伯夷叔齊死名於首陽之下，盜跖死利於東陵之上。爲善一，爲惡均，而禍福異其流；廢興殊其迹。蕩蕩上帝，豈如是乎？毛詩曰：蕩蕩上帝，下民之辟。詩云

非其無可奈何以識其不由智力則又何必更言天命建有於此無以惑亂世人哉

風雨如晦，鷄鳴不已，此釋君子所以自彊也。毛詩鄭風也。鄭玄箋曰：喻君子雖居亂世不變改其節度也。故善人爲善，焉有息哉？尚書曰：吉人爲善，惟日不足。家語孔子曰：事君之難也，焉可以息哉。夫食稻粱，進芻豢，衣狐貉，襲冰紈，觀窈眇之奇儛，聽雲和之琴瑟，此生人之所急，非有求而爲也。論語子曰：食夫稻。韓詩外傳田饒謂魯哀公曰：黃鵠啄君稻粱。國語曰：芻豢幾何。論語子曰：狐貉之厚以居。漢書曰：齊地織作冰紈。長楊賦曰：憎聞鄭衛窈眇之聲。阮籍詠懷詩曰：北里多奇儛。周禮曰：孤竹之管，雲和之琴瑟。修道德，習仁義，敦孝悌，立忠貞，漸禮樂之腴，潤蹈先王之盛，則此君子之所急，非有求而爲也。然則君子居正體道，樂天知命。公羊傳曰：君子大居正。莊子弁堋弔曰：夫體道者，天下之君子也。郭象曰：言體道者人之宗主也。周易曰：樂天知命，故不憂。明其無可奈何，識其不由智力。莊子

其熱過於馬董遠矣

曰知不可奈何而安之若命唯有德者能之王命論曰不知神器有命不可以智力求逝而不召來

而不距生而不喜死而不慼莊子曰予惡乎知說生之或非邪予惡乎知惡死之非弱喪而不知歸者邪瑤臺夏屋不能悅其神尸子曰人之言君天下者瑤臺九累而堯白屋楚辭曰冬有大夏王逸曰夏大屋也毛詩曰於我乎夏屋渠渠土室編蓬未足憂

其慮土室編蓬已見非有先生論不充詘於富貴不遑遑於所欲禮記孔子曰儒有不隕穫於貧賤不充詘於富貴皇甫謐高士傳黔婁先生妻謂曾子曰先生不慼慼於貧賤不遑遑於富貴論語曰富與貴是人之所欲也豈有史公董相不遇之文乎司馬遷爲太史公故曰史公遷集有悲不遇賦法言曰災異董相李軌曰董相江都相董仲舒也仲舒集有士不遇賦

文選卷第五十四

初五夕　侃尋覽及此卷

尋茂灌餘矣在身而絶
塵跂叅若非大力豈免、
寒人竟移叚之求拒之于
生前練裙之矜何有於
身後或謂溉卒儉性成
以己想物已既安單林而
無累人着葛帔而
非貧以此實其忘舊之
愆誚是絶交之論誠有
別解非余所知矣

文選卷第五十五

梁昭明太子撰

文林郎守太子右内率府録事參軍事崇賢館直學士臣李善注上

論五

劉孝標廣絶交論一首

連珠

陸士衡演連珠五十首

論

廣絶交論

劉璠梁典曰劉峻見任昉諸子西華兄弟等流離不能自振生平舊交莫有收卹西華冬月著葛布帔練裙路逢峻峻泫然矜之乃廣朱公叔絶交論到漑見其論抵几

易繫辭下天地絪縕萬物化醇疏云絪縕相附著之義二氣絪縕共相和會

於地終身恨之

劉孝標

客問主人曰朱公叔絶交論爲是乎爲非乎此假言也爲是爲非疑而問之也范曄後漢書曰朱穆字公叔爲侍御史感俗澆薄慕尚敦篤著絶交論以矯之稍遷至尚書卒贈益州刺史主人曰客奚此之問奚何也何故有此問也未詳其意故審覆之也客曰夫草蟲鳴則阜螽躍雕虎嘯而清風起欲明交道不可絶故陳四事以喻之毛詩曰喓喓草蟲趯趯阜螽鄭玄曰草蟲鳴則阜螽跳躍而從之異類相應也雕虎已見思玄賦淮南子曰虎嘯而谷風至龍舉而景雲屬許慎曰虎陰中陽獸與風同類也故絪縕相感霧涌雲蒸嚶鳴相召星流電激元氣相感霧涌雲蒸以相應鳥鳴相召星流電激以相從言感應之遠也周易曰天地絪縕萬物化醇淮南子曰山雲蒸而柱礎潤毛詩曰伐木丁丁鳥鳴嚶嚶鄭玄云其鳴之志似於友道然曹植辯問曰游說之士星流電燿荅賔戲曰游說之徒風颮電激是以王陽登

四字古之良朋非以为難遇也

則貢公喜罕生逝而國子悲此明良朋也良朋之道情同休戚故貢禹喜王陽之登朝子産悲子皮之永逝也漢書曰王吉與貢禹爲友世稱王陽在位貢禹彈冠言其趣舍同也罕生子皮國子子産也左氏傳曰子産聞子皮卒哭且曰吾以無爲爲善唯夫子知我也且心同琴瑟言鬱郁於蘭茝齒道叶膠漆志婉孌於塤篪心和琴瑟則言香蘭茝道合膠漆則志順塤篪言和順之甚也毛詩曰妻子好合如鼓瑟琴曹子建王仲宣誄曰好和琴瑟鬱郁香也上林賦曰芳芳漚鬱酷烈淑郁楚辭曰蘭茝幽而獨芳周易曰同心之言其臭如蘭范曄後漢書曰陳重字景公雷義字仲頑重少與義友鄉里爲之語曰膠漆自謂堅不如雷與陳班固漢書贊曰婉孌董公塤篪已見鸚鵡賦聖賢以此鏤金版而鐫盤盂書玉牒而刻鐘鼎聖賢以良朋之道故著簡策而傳之太公金匱曰屈一人之下申萬人之上武王曰請著金版墨子曰琢之盤盂銘於鍾鼎傳於後世玉牒已見上若乃匠人輟成風之妙巧伯子息流波

此舉古之良朋非以爲難遇也

之雅引此言良朋之難遇也莊子曰莊子送葬過惠子之墓謂從者曰郢人堊墁其鼻端若蠅翼使匠石斵之匠石運斤成風斵之盡堊而鼻不傷郢人立不失容宋元君聞之召匠石曰嘗試爲寡人爲之匠石曰臣則嘗能斵之雖然臣質死久矣自夫子之死也吾無以爲質矣吾無與言也伯牙及雅引已見上文范張款款於下泉尹班陶陶於永夕范曄後漢書曰范式字巨卿少與張劭爲友劭字元伯元伯卒式忽夢見元伯呼曰巨卿吾以某日死當以某時葬永歸黃泉子未我忘豈能相及式怳然覺悟便服朋友之服數其葬日馳往赴之既至壙將窆而柩不進其母撫之曰元伯豈有望邪遂停柩移時乃見素車白馬號哭而來其母望之必范巨卿既至叩喪言曰行矣元伯死生各異永從此辭式執引柩乃前式遂留冢次修墳種樹然後乃去司馬遷書曰試欲効其款款之愚王仲宣七哀詩曰悟彼下泉人東觀漢記曰尹敏與班彪相厚每相與談常晏暮不食晝即至冥夜徹旦彪曰相與久語爲俗人所怪然鍾子期死伯牙破琴曷爲駱驛縱橫煙霏雨散巧歷所不知心計莫能陶陶哉

「越」異文

澒駱驛縱橫不絕也煙霏雨散衆多也魯靈光殿賦曰縱橫駱驛各有所趣陸機列仙賦曰騰煙霧之霏霏
劇秦美新曰霧集雨散莊子曰巧歷不能得而況凡乎漢書曰桑弘羊雒陽賈人子以心計年十三侍中而朱
益州汨彝敘粤越謨訓捶直切絕交游比黔首以鷹鸇嬔
人靈於豺虎蒙有猜焉請辨其惑言朋友之義備在典謨公叔亂常道而絕
之故以爲疑也尚書曰彝倫攸敘又曰聖有謨訓家語孔子曰祁奚對平公云羊舌大夫信而好直其切也王
肅曰言其切直也爾雅曰丁丁嚶嚶相切直也列子曰公孫穆屛親暱絕交游司馬遷書曰交遊莫救視鷹
鸇豺虎貪殘而無親也黔首已見過秦論左氏傳太史克曰見無禮於其君者誅之如鷹鸇之逐鳥雀爾雅曰
嬔妃也尚書曰惟人萬物之靈杜夷幽求子曰不仁之人心懷豺虎長楊賦曰蒙切惑焉論語子張曰敢問崇
德辨惑主人听魚謹然而笑曰客所謂撫絃徽音未達燥濕
變響張羅沮澤不覩鴻鴈雲飛言朋友之道隨時盛衰醇則志叶斷金醨則呂

琴徽所以表發揚抑下之處

代語過晦非釋不明
未可則[illegible]

言交絶今以絶交爲惑是未達隨時之義猶撫絃者未知變響張羅者不覩雲飛謬之甚也上林賦曰亡是公听然而笑鄭玄禮記注曰撫以手按之也許慎淮南子注曰鼓琴循絃謂之徽也韓詩外傳曰趙遣使於楚臨去趙王謂之曰必如吾言辭時趙王方鼓琴使者因跪曰大王鼓琴未有如今日之悲也請記其處後將法焉王曰不可夫時有燥濕絃有緩急徽柱推移不可記也使者曰臣愚請借此以譬之何者楚之去趙二千餘里變改萬瑞亦猶絃不可記也難蜀父老曰鷦鵬巳翔乎寥廓之宇而羅者猶視乎藪澤悲夫沮澤巳見蜀都賦吴都賦曰雲飛水宿

蓋聖人握金鏡闡風烈龍驤蠖屈從道汙隆言聖人懷明道而闡風教如龍蠖之驤屈蓋從道之汙隆也春秋孔録法曰有人卯金刀握天鏡雒書曰秦失金鏡鄭玄曰金鏡喻明道也春秋考異郵曰後雖殊世風烈猶合於持方宋均曰持持方受命者名也班固漢書韓彭述曰雲起龍驤化爲侯王蠖屈巳見潘正叔贈王元況詩禮記子思曰道隆則從而隆道汙則從而汙鄭玄曰汙猶殺也

日月聯璧贊亹亹之弘致雲飛電薄顯棣華之微

旨若五音之變化濟九成之妙曲此朱生得玄珠於赤水謨神睿而爲言日月聯璧謂太平也雲飛電薄謂裏亂也王者設教從道汙隆太平則明亹亹微妙之弘致道裏則顯棣華權道之微旨然則隨時之義理非一塗也若五音之變化乃濟九成之妙曲令朱公叔絶交是得矯時之義此猶得玄珠於赤水謨神睿而爲言謂窮妙理之極也易坤靈圖曰至德之萌日月若聯璧周易曰定天下之吉凶成天下之亹亹者莫善於蓍龜王弼曰亹亹微妙之意也鄭玄周禮注曰致至也漢書高祖歌曰大風起兮雲飛揚淮南子曰陰陽相薄爲雷激而爲電論語曰棠棣之華偏其反而何晏曰逸詩也棠棣之華反而後合賦此詩以言權反而後至於大順也長笛賦曰五音代轉尚書曰簫韶九成鳳皇來儀莊子曰黄帝遊於赤水之北遺其玄珠乃使象罔求而得之司馬彪曰赤水水假名玄珠喻道也孔安國尚書傳曰謨謀也睿聖也至夫組織仁義琢磨道德驩其愉樂恤其陵夷此言良友每事相成道德資以琢磨仁義因之組織居憂共戚處樂同驩仲長統昌言曰道德

仁義天性也織之以成其物練之以成其情禮記曰如切如瑳道學也如琢如磨自修也白虎通曰朋友之交樂則思之患則死之陵夷已見五等論寄通靈臺之下遺迹江湖之上風雨急而不輟其音霜雪零而不渝其色斯賢達之素交歷萬古而一遇良朋款誠終始若一故寄通神於心府之下遺迹相忘於江湖之上也莊子曰萬惡不可內於靈臺司馬彪曰心爲神靈之臺也李陵書曰人之相知貴相知心莊子曰魚相忘於江湖人相忘於道術郭象曰各自足故相忘也今引江湖唯取相忘之義也不輟其音已見辨命論莊子曰天寒既至霜雪既降吾是以知松栢之茂也素雅素也萬古一遇難逢之甚也逮叔世民訛狙詐飈起谿谷不能踰其險鬼神無以究其變競毛羽之輕趨錐刀之末上明良朋此明損友也左氏傳叔向曰三辟之興皆叔世也毛詩曰民之訛言鄭玄曰訛僞也漢書曰狙詐之兵音義曰狙伺人之閒隙也荅賓戲曰游說之徒風飈電激並起而救之莊子孔子曰凡人之心險

椽渠之及刊宋刪

於山川難知於天董仲舒士不遇賦曰生不丁三代之盛隆兮丁三季之末俗鬼神不能正人事之變戾聖賢亦不能開愚夫之違惑葛龔集曰龔以毛羽之身戴丘山之施左氏傳叔向曰錐刀之末將盡爭之於是素交盡利交興天下蚩蚩鳥驚雷駭毛詩曰氓之蚩蚩廣雅曰蚩亂也崔寔正論曰秦時赭衣塞路百姓鳥驚無所歸淮南子曰日月行日動電奔雷駭也然則利交同源派流則異較角言其略有五術焉廣雅曰較明也韓詩曰報我不術薛君曰術法也若其寵鈞董石權壓梁竇董賢石顯已見西京賦權猶勢也范曄後漢書曰梁冀字伯卓為大將軍專擅威柄凶恣日積竇憲已見范曄宦者論雕刻百工鑪捶朱穈萬物吐漱興雲雨呼噏下霜露九域聳其風塵四海疊其燻灼雕刻鑪捶喻造物也覆載天地刻雕衆形而不為巧尚書曰百工惟時莊子曰黃帝之忘其智皆在鑪捶之間聲類曰爐火所居也李頤莊子音義曰捶排口鐵以灼火也范曄後漢書曰舉動迴山海呼吸

變霜露九域已見潘元茂九錫文爾雅曰聳懼也夏侯
湛東方朔畫贊曰彷彿風塵用垂頌聲毛萇詩傳曰讋
懼也西征賦曰恭顯之任
勢也熛灼四方爟都部靡不望影星奔藉響川
鶩雞人始唱鶴蓋成陰高門且開流水接軫蔡伯喈郭林宗碑曰
于時紳佩之士望形表而影附聆嘉聲而響和者猶百
川之歸巨海鱗介之宗龜龍也周禮曰雞人凡國事為
期則告之時鄭玄曰象雞知時也劉楨魯都賦曰蓋如
飛鶴馬似遊魚高門已見辨命論范曄後漢書明德馬
后曰前過濯龍門上見外家問
起居者車如流水馬如龍也皆願摩頂至踵隳膽抽
腸約同要離焚妻子誓殉荊卿湛沈七族是曰勢交其
流一也孟子曰墨子兼愛摩頂放踵趙岐曰放至也鄒
陽上書曰見情素隳肝膽李顒詩曰焦肺枯肝
抽腸裂膈鄒陽上書曰荊軻沈七
族要離焚妻子豈足為大王道哉富埒陶白貲巨程羅
山擅銅陵家藏金穴出平原而聯騎居里閈而鳴鐘陶朱

儒者要不如此

公已見過秦論程鄭已見蜀都賦漢書曰白圭周人也樂觀時變天下言治生者祖白圭又曰成都羅裒貲至鉅萬又曰鄧通蜀郡人也文帝賜通蜀嚴道銅山得鑄錢鄧氏錢布天下楊雄蜀都賦曰西有鹽泉鐵冶橘林銅陵范莊後漢書曰光武帝郭皇后弟況爲大鴻臚數賞賜金錢京師號況家爲金穴連騎鳴鐘已見西京賦應劭漢書注曰里門曰閈

則有窮巷之賓繩樞之士冀宵燭之末光邀潤屋之微澤魚貫鳧躍颯沓鱗萃分鴈鶩之稻粱霑玉斝之餘瀝

漢書曰陳平家貧負郭窮巷以席爲門過秦論曰陳涉甕牖繩樞之子戰國策曰甘茂去秦且之齊出關遇蘇子曰君聞夫江上之處女乎夫江上之處女有家貧而無燭者處女相與語欲去之家貧無燭者將去矣謂處女曰妾以無燭之故常先掃室布席何愛餘明之照四壁者處女以爲然留之今臣弃逐於秦出關願爲足下掃室布席幸無我逐也賈逵國語注曰邀求也禮記曰富潤屋德潤身貫魚已見鮑照出自薊北門行潘岳哀辭曰望歸瞥見鳧藻踴躍張衡羽獵賦曰輕車颯沓西京賦曰鳥集鱗萃魯連子曰君

青松白水之語原於徽澤未免令人嘔噦

此中所作多矣

鴈鶩有餘粟韓詩外傳田饒謂魯哀公曰黃鵠止君園池啄君稻粱說文曰爵玉爵也史記淳于髡曰親有嚴客持酒於前時賜餘瀝銜恩遇進款誠援青松以示心指白水而旌信是曰賭交其流二也陸士龍爲顧彥先贈婦詩曰銜恩非望始遇謂以恩相接也秦嘉婦詩曰何用叙我心惟思致款誠禮記曰其在人也如松栢之有心周松執友論曰推誠歲寒功標松竹左氏傳晉公子曰所不與舅氏同心者有如白水陸大夫宴喜西都郭有道人倫東國公卿貴其籍甚搢紳羨其登仙漢書曰高祖拜陸賈爲太中大夫陳平以錢五百萬遺賈爲食飲費賈以此遊公卿間名聲籍甚音義曰狼籍甚盛也西征賦曰陸賈之優游宴喜范曄後漢書曰郭泰字林宗博通墳籍善談論游洛陽後歸鄉諸儒送之與李膺同舟而濟衆賓望之以爲神仙舉有道不應林宗雖善人倫不爲危言覈論東國洛陽也加以顩羌錦頤蹙頞涕唾流沫騁黃馬之劇談縱碧雞之雄辯解嘲曰蔡澤顉頤折頞涕唾流沫西揖強

所也祖引金樓云黄馬与碧雞同出公孫龍子馮衍所云然而指此碧雞與後辭無涉

載酒言亭為廣邑之好事受經獄戶見孟祖之解脚過此以往寧為西家愚夫不知鄭氏南方畸人頗難惠施耳而世之擇師亦復趨勢有噓枯之力雖王駿可以抗乎仲尼無進士之能雖江公不能陵

秦之相而奪其位時也莊子曰惠施其言黄馬驪牛三辯者以此與惠施相應終身無窮司馬彪曰牛馬以二爲三兼與别也曰馬曰牛形之三也曰黄曰驪色之三也曰黄馬曰驪牛形與色之三也蜀都賦曰劇談戲論扼捥抵掌馮衍與鄧禹書曰衍以爲寫神輸意則聊城之説碧雞之辯不足難也王襃碧雞頌曰持節使者敬移金精神馬縹縹碧雞歸來歸來漢德無疆黄龍見兮白虎仁歸來歸來可以爲倫歸來翔兮何事南荒也　叙温郁則寒谷成暄論嚴苦則春叢零葉飛沈出其顧指榮辱定其一言毛萇詩傳曰燠煖也郁與燠古字通也寒谷已見顔延年秋胡詩王逸楚辭注曰嚴壯也風霜壯謂之嚴説文曰苦猶急也張升反論曰噓枯則冬榮吹生則夏落荀爽與李膺書曰任其飛沈與時抑揚莊子曰手撓顧指四方之民莫不俱至周易曰樞機之發榮辱之主　於是有弱冠王孫綺紈公子道不挂於通人聲未遒於雲閣攀其鱗翼丐其餘論附駔子朗驥之旄端軼歸鴻於碣石是曰談交其流三也弱冠已見辯士論漢書漂

夫王式然則以袁而施東
脩而受可無慎乎

毋謂韓信曰吾哀王孫而進食又曰班伯與王許子弟爲羣在於綺襦紈袴之間論衡曰夫能該一經者爲儒生博覽古今者爲通人應劭漢書注曰適好也應瑒釋賓曰子猶不能騰雲鬧攀天衢揚子法言曰攀龍鱗附鳳翼巽子虛賦曰願聞先生之餘論說文曰騏壯馬也張敞集曰蒼蠅之飛不過十步託騏之尾乃騰千里之路何休公羊傳注曰軼過也淮南子曰馮遟大丙之御也過歸鴻於碣石也陽舒陰慘生民大情憂合驩離品物恒性西京賦曰人在陽時則舒在陰時則慘莊子曰藏天下於天下故魚以泉而不得所遯是恒物之大情也相呴以沫憂合也相忘江湖驩離也周易曰品物咸亨涸而呴沫鳥因將死而鳴哀莊子曰泉涸魚相與處於陸相呴以濕相濡以沫論語曾子曰鳥之將死其鳴也哀同病相憐綴河上之悲曲恐懼寘懷昭谷風之盛典吳越春秋曰伯嚭來奔於吳子胥請以爲大夫吳大夫被離承宴問子胥曰何見而信伯嚭乎子胥曰吾之怨與嚭同子聞河上之歌者乎同病相憐同憂相救驚翔之鳥相隨而集瀨下之水回

窮交果能踐首豈可非所惡於終始參差耳故舉伍伯張陳以為刺

復俱流誰不愛其所近悲其所思者斯則斷金由於湫平詩谷風曰將恐將懼寘予于懷隘刎頸起於苫蓋周易曰二人同心其利斷金左氏傳曰景公欲更晏子之宅曰子之宅湫隘蠙廛漢書曰張耳陳餘相與爲刎頸之交左氏傳范宣子數戎子駒支曰乃祖吾離被苫蓋是以伍員濯溉於宰嚭蒲几張王撫翼於陳相是曰窮交其流四也言宰嚭由伍員濯溉而榮顯嚭既貴而譖員陳餘因張耳撫翼而奮飛餘既尊而襲耳故曰窮交也毛詩曰可以濯溉說文曰濯浣也毛萇詩曰溉灌也在於貧賤類乎泥滓縻之好爵同於濯溉史記曰伍子胥者楚人名員楚王誅員父奢子胥往吳闔廬既立得志以子胥爲行人楚又誅大臣伯州犂州犂之孫士奔吳亦以嚭爲大夫吳越春秋曰帛否來奔於吳王闔廬問伍子胥帛否何如人也伍子胥對帛否者楚州犂孫楚平王誅州犂否因懼出奔聞臣在吳而來吳王因子胥請帛否以爲大夫與之謀於國事史記曰闔廬死夫差既立以伯嚭爲太宰吳敗越於會稽大夫種厚幣遺吳太宰請和將許之子胥諫不聽太宰既與子胥有隙因譖子胥王乃

余謂此等皆不足憤憤，兩李標獨深責之，亦未免偏以之刺也

使賜子胥屬鏤之劒乃自刎左氏傳曰哀公會吴槖睪
吴子使太宰嚭請尋盟然本或作伯喜或作帛否或作
太宰嚭字雖不同其人一也班固漢書述曰
張陳之交好如父子携手遯秦撫翼俱起
馳騖之俗澆薄之倫無不操權衡秉纖纊衡所以揣其輕重纊所以屬其鼻息若衡不能舉纊不能飛雖顔冉龍翰鳳雛曽史蘭薰雪白
阮子政論曰交遊之黨為馳騖之所廢淮南
子曰澆天下之淳許慎曰澆薄也漢書曰衡
平也權重也衡所以任權而鈞物平輕重也鄭衆考工注曰
稱錘曰權鄭玄尚書注曰稱上曰衡尚書曰厥篚纖纊說文
曰揣量也儀禮曰屬纊以俟氣運命論曰顔冉大賢魏
志崔琰曰邴原張範所謂龍翰鳳翼習鑿齒襄陽記曰
舊目諸葛孔明為卧龍龐士元為鳳雛曽曽參史史魚
也莊子曰削曽史之行鉗楊墨之口魏都賦曰信陵之
名蘭芬也葛龔薦郝彦文
曰雪白氷折皦然曜世也
舒向金玉淵海卿雲黼黻河漢
言舒向之辭同於淵海也論衡曰儒世之金玉又曰
劉子駿漢朝之智囊筆墨之淵海言卿雲之文類於

河漢也論衡曰繡之未刺錦之未織恒絲庸帛何以異
哉加五綵之巧施針縷之飾文章玄耀黼黻華蟲學士
有文章猶絲帛之有五色之巧也又曰漢諸儒作
書者以司馬長卿楊子雲河漢也其餘涇渭也視若游塵遇
同土梗莫肯費其半菽罕有落其一毛游塵土梗喻輕
賤也左太沖詠
史詩曰視之若埃塵嵇含司馬誄曰命危朝露身輕游
塵莊子魏文侯曰吾所學者真土梗耳司馬彪曰梗土之
棒梗也漢書項羽曰歲飢人貧卒食半菽孟若衡重錙
子曰楊氏為我拔一毛而利天下不為也
銖纊微影飄撇滅匹雖共工之蒐慝驩兜之掩義南荊之
跋扈東陵之巨猾錙銖已見任彥升彈曹景宗文侯瑾箏
賦曰微風影撆泠氣輕浮左氏傳季
孫行父曰少昊氏有子靖譖庸回伏讒蒐慝杜預曰謂
共工也蒐隱慝惡也左氏傳季孫行父曰帝鴻氏有子
掩義隱賊好行凶德杜預曰謂驩兜也南荊謂楚也演連珠
曰南荊有寡和之歌韓子莊周子謂楚莊王曰莊蹻為盜
於境內吏不能禁西京賦曰睢盱跋扈東陵盜跖也皆
已見任昉王儉集序東京賦曰巨猾閒釁蹻其略切

為觕觕逶迤折枝舐痔金膏翠羽將其意脂韋便辟婢亦導其誠說文曰逶迤邪行去也史記曰蘇秦笑謂嫂何前踞而後恭嫂逶迤蒲服而謝曰見季子位高金多也孟子曰爲長者折枝語人曰吾不能是不爲也非不能也趙岐曰折枝案摩折手節解罷枝也莊子謂宋人曹商曰秦王有病召醫破癰潰痤者得車一乘舐痔者得車五乘子豈療其痔邪金膏已見江賦漢書曰縣王閩侯亦遺江都王建犀甲翠羽毛詩序曰又實幣帛以將其厚意鄭玄曰將助也楚辭曰如脂如韋王逸曰柔弱曲也論語孔子曰損者三友友便僻損矣故輪蓋所游必非夷惠之室苞苴所入實行張霍之家謀而後動毫芒寡忒是曰量交其流五也禮記曰苞苴簞笥問人者鄭玄曰苞苴裹魚肉者也或以葦或以茅張張安世霍霍光也荅賓戲曰銳思毫芒之內凡斯五交義同賈古鬻故桓譚譬之於闤闠林回喻之於甘醴杜預左氏傳注曰賈買也鄭衆周禮注曰鬻賣也譚集及新論

交道可懼職此之由

並無以市喻交之文戰國策譚拾子謂孟嘗君曰得無怨齊士大夫乎孟嘗君曰然譚拾子曰富貴則就之貧賤則去之請以市喻市朝則滿夕則虛非朝愛市而夕憎之也求存故往亡故去願君勿怨然此以市喻交疑拾誤爲桓遂居譚上耳莊子林回曰君子之交淡若水小人之交甘如醴司馬彪曰林回人姓名也

夫寒暑遞進盛衰相襲或前榮而後悴或始富而終貧或初存而末亡或古約而今泰循環飜覆迅若波瀾

周易曰寒往則暑來暑往則寒來盛衰已見琴賦說文曰襲因也說苑雍門周對孟嘗君曰臣之能令悲者先貴而後賤古富而今貧笙賦曰有始泰終約前榮後悴尚書大傳曰三王之統若循連環周則復始窮則反本陸機樂府詩曰休咎相乘躡飜覆若波瀾

此則殉利之情未嘗異變化之道不得一

由是觀之張陳所以凶終蕭朱所以隙末斷焉可知矣

言貪利情同譎詐殊道也范曄後漢書王丹曰交道之難未易言也張陳凶其終蕭朱隙其末故知全之者鮮矣

漢書蕭育字次君朱博字子元育少與博爲友故長安語曰蕭朱結綬王貢彈冠言相薦達也後育爲九卿博先至丞相與育有隙也而翟公方規規然勤門以箴客何所見之晚乎莊子曰規規然自失也漢書曰下邽翟公爲廷尉賓客亦復填門及廢門外可設爵羅後復爲廷尉賓客欲往翟公大署其門曰一死一生乃知交情一貧一富乃知交態一貴一賤交情乃見穀梁傳曰至城下然後知何知之晚也因此五交是生三釁杜預左氏傳注曰釁瑕隙也敗德殄義禽獸相若一釁也尚書曰侮慢自賢反道敗德史記衛平曰天有五色以辨白黑人民莫知辨也與禽獸相若也難固易攜讎訟所聚二釁也杜預左氏傳注曰攜離也名陷饕餮貞介所羞三釁也饕餮已見上漢書贊曰勢利之交古人羞之古人知三釁之爲梗懼五交之速尤毛萇詩傳曰梗病也又曰速召也故王丹威子以檟楚朱穆昌言而示絕有旨哉有旨哉有梁之初

澆風已喪俗多馳競人尚浮華故叙叔世之交情刺當時之輕薄朱生示絶良會其宜重言之者歎美之至范曄後漢書曰王丹字仲回其子有同門生喪親家在中山白丹欲奔慰丹怒而撻之令寄縑以祠爲禮記曰夏楚二物收其威也鄭玄曰夏稻也楚荆也夏與檟古今字也吕言已見王元長策秀才文孫綽子曰莊多寄言渾沌得宗罔象得珠旨哉言乎近世有樂安任昉海内髦傑早綰銀黃夙昭民譽漢書上以書勑責楊僕曰懷銀黃垂三組夸鄉里左氏傳曰晉悼公即位六官之長皆民譽也遒文麗藻方駕曹王英跱俊邁聯横許郭類田文之愛客同鄭莊之好賢孫綽集序曰綽文藻遒麗方駕巳見西京賦曹王子建仲宣也魏志曰崔琰謂司馬朗子之弟剛斷英跱裴松之案跱或作特竊謂英特爲是辯士論曰武將連衡范曄後漢書曰許劭少峻名節好人倫多所賞識故天下言拔士者咸稱許郭史記曰孟嘗君名文姓田氏在薛招致諸侯賓客食客數千人漢書曰鄭當時字莊爲大司農每朝候上問說未嘗不言天下長者班固述曰莊之推賢於兹

爲德見一善則盱衡扼腕遇一才則揚眉抵掌雌黃出其
脣吻朱紫由其月旦孟子曰舜聞一善言見一善行若
決江河沛然莫之能禦盱衡已見
魏都賦扼腕已見蜀都賦大戴禮曰孔子愀然揚眉戰
國策曰蘇秦說趙王抵掌而言孫盛晉陽秋曰王衍字
夷甫能言於意有不安者輒更易之時號口中雌黃東
觀漢記曰汝南太守宗資等任用善士朱紫區別范曄
後漢書曰許子將與從兄靖俱有高名好共覈論
鄉黨人物月旦輒更品題故汝南俗有月旦評焉於是
冠蓋輻湊衣裳雲合輜軿擊轄爲歲坐客恒滿蹈其閫閾
若升闕里之堂入其隩隅謂登龍門之阪西都賓曰冠
蓋如雲漢書
曰郡國輻湊浮食者多解嘲曰天下之士雷動雲合范
曄後漢書曰袁紹賓客所歸輜軿比轂填接街陌說文
曰軿車前衣車後爲輜史記蘇秦曰臨菑之塗車轂相
擊說文曰轄車軸端范曄後漢書孔融曰座上客恒滿
鄭玄禮記注曰閫閾皆門限也闕里孔子所居也升堂
入隩已見孔融薦禰衡表范曄後漢書曰李膺字元禮

此直斥到溉

獨持風裁士有被其容接者名爲登龍門至於顧眄增其倍價剪拂使其長鳴鷺組雲臺者摩肩趨走丹墀者疊跡戰國策蘇代說淳于髡曰客有謂伯樂曰臣有駿馬欲賣之比三旦而立於市人莫與言願子還而視之去而顧之臣請獻一朝之費伯樂乃旋視之去而顧之一旦而馬價十倍又汗明說春申君曰夫驥服鹽車上太行中坂遷延負轅不能上伯樂遭之下車攀而哭之驥於是迎而鳴者何也彼見伯樂之知己今僕居鄙俗之日久矣君獨無湔拔僕也湔拔剪拂音義同也長鳴已見劉琨荅盧諶詩雲臺已見辯命論史記蘇秦說齊王曰臨菑之塗人肩相摩漢典職儀曰以丹漆地故稱丹墀吳都賦曰躍馬疊跡莫不締恩狎結綢繆想惠莊之清塵庶羊左之徽烈過秦論曰合從締交禮記曰賢者狎而敬之鄭玄曰狎習也近也李陵詩曰獨有盈觴酒與子結綢繆淮南子曰惠施死而莊子寢說言世莫可爲語也楚辭曰日聞赤松之清塵烈士傳曰陽角哀左伯桃爲死友聞楚王賢往尋之道遇雨雪計不俱全乃并衣糧與角哀入樹中死應璩與

倘仂遭夫罰晚孫人偏追維當年恭承遺訓既班表布亦甘負薪繼成之永愧於龍門而仰人則殊於東里敦交道苑生之際家門榮悴之形則又何能無慨乎然

王將軍書曰雀鼠雖愚猶知徽烈及瞑目東粤歸骸洛浦繐帳猶懸門罕漬酒之彥墳未宿草野絕動輪之賓東粤謂新安昉死所也洛浦謂歸葬揚州也莊子曰夫差瞑目東粤楚詞曰歸骸舊邦莫誰語魏武遺令曰於臺堂上施六尺牀繐帳謝承後漢書曰徐穉字孺子前後州郡選舉諸公所辟雖不就有死喪負笈赴弔常於家預炙雞一隻一兩綿漬酒日中曝乾以裹雞徑到所赴冢隧外以水漬之使有酒氣升米飯白茅藉以雞置前醊酒畢留謁即去不見喪主禮記曰朋友之墓有宿草而不哭焉動輪范式也已見上文藐爾諸孤朝不謀夕流離大海之南寄命嶂癘之地諸孤昉子也劉璠梁典曰昉有子東里西華南客北叟並無術學墜其家業左氏傳晉獻公曰以是藐諸孤又趙孟曰朝不謀夕何可長也李陵與蘇武書曰流離辛苦幾死朔北之野范曄後漢書朱勃上書曰士人飢困寄命漏刻蔣子萬機論曰許文休東渡江乃在嶂氣之南梁典不言昉子遠之交桂今言大海之南者蓋言流離之甚也自昔把臂之英金蘭之

友曾無羊舌下泣之仁，寧慕郈成分宅之德。此謂到洽兄弟也。劉孝標與諸弟書曰：任既假以吹噓，各登清貫。任云亡未幾，子姪漂流溝渠，洽等視之攸然，不相存贍。平原劉峻疾其苟且，乃廣朱公叔絕交論焉。東觀漢記曰：朱暉同縣張堪有名德，每與相見，常接以友道。暉以堪宿成名德，未敢安也。堪至把暉臂曰：欲以妻子託朱生。堪後物故，南陽饑，暉聞堪妻子貧窮，乃自往候視，見其困厄，分所有以賑給之，歲送穀五十斛、帛五疋以爲常。羊舌氏，叔向也。春秋外傳曰：叔向見司馬侯之子，撫而泣之曰：自此父之死也，吾蔑與比事君也。昔者此其父始之，我終之；我始之，夫子終之。孔叢子曰：郈成子自魯聘晉，過于衛，右宰轂臣止而觴之，陳樂而不作，酣畢而送以璧。成子不辭。其僕曰：不辭何也？成子曰：夫止而觴我，親我也；陳樂不作，告我哀也；送我以璧，託我也。由此觀之，衛其亂矣。行三十里而聞衛亂作，右宰轂臣死之。成子於是迎其妻子，還其璧，隔宅而居之。嗚呼！世路險巇，許宜一至於此！太行孟門，豈云嶄絕！盧諶詩曰：山居是所樂，世路非我欲。楚詞曰：何周道之平易兮，然蕪穢而險巇。王逸

焯案彥昇告逝諸子漂流到氏身受重恩不相存賑乎原劉氏英論非之然觀劉璠梁典載昉諸子並無術學墮其家業此則冬月葛帔固由自取烏虖冠冕人倫者宜知教子之方身承名法者切凜負荷之戒不然則人亡義絕振古如斯雖欽請詞何救陵替哉　戊寅冬

曰險巇猶顛危也孟門太行二山名也史記曰殷紂之國左孟門右太行也是以耿介之士疾其若斯裂裳裹足棄之長騖獨立高山之頂歡與麋鹿同群皦皦然絕其雰濁誠耻之也誠畏之也耿介之士峻自謂也韓子曰耿介之士寡而商賈之人多墨子曰公輸欲以楚攻宋墨子聞之自魯往裂裳裹足十日至郢曹植應詔詩曰弭節長騖郭象莊子注曰亢然獨立高山之頂楚詞曰高山崔巍兮水湯湯死日將至兮與麋鹿同坑論語子曰鳥獸不可與同群孔安國曰隱居山林是同群也范曄後漢書曰皦皦者易汙楚詞曰吸精氣而吐雰濁兮說文曰雰亦氛字

連珠

傅玄敘連珠曰所謂連珠者興於漢章之世班固賈逵傅毅三子受詔作之其文體辭麗而言約不指說事情必假喻以達其旨而覽者微悟合於古詩諷興之義欲使歷歷如貫珠易看而可悅故謂之連珠

隋志尚有何承天注
孝標之注亦但儆成
文

演連珠五十首　陸士衡

劉孝標注

臣聞日薄星迴穹天所以紀物山盈川沖后土所以播氣天地所以施生日薄於天星迴於漢穹蒼所以紀陰陽之節在山則實在地則化所以散剛柔之氣也善曰禮記曰季冬之月日窮于次月窮於紀星迴於天數將幾終歲且更始國語太子晉曰山土之聚也川氣之通也天地成而聚於高歸物於下疏爲川谷以導其氣也字書曰沖虛也鄭玄考工記注曰播散也五行錯而致用四時違而成歲夫五行四時佐天地造物者也然水火相殘金木相代而共成陶鈞之致春秋異候寒暑繼節而俱濟一歲之功也善曰莊子曰四時殊氣天不私故歲成五官殊職君不私故國治也是以百官恪居以赴八音之離明君執契以要克諧之會三才理通趣舍不異天地既然人理得不効之哉所以臣敬治其職膺金石之別響君執

契居中納鏗鏘之合韻善曰左氏傳閔子騫曰敬恭朝夕恪居官次老子曰聖人執左契而不責於人有德司契無德司徹尚書曰八音克諧呂氏春秋曰宫徵商羽角各處其處音皆調均而不可以相違此所以無不受也賢主之立官有似於此百官各處其職治其事以待主主無不安矣

臣聞任重於力才盡則困用廣其器應博則凶是以物勝權而衡殆形過鏡則照窮夫錙銖之衡懸千斤之重徑尺之鏡照尋丈之形用過其力傷其本性故在權則衡危於鏡則照暗也善曰勝或爲稱爾雅曰稱舉也一曰稱亦勝也吴録子胥曰越未能與我爭稱負也故明主程才以效業貞臣底力而辭豐由衡危鏡凶哲人所以爲戒故主則程其才而授官臣則辭其豐而致力此唐虞所以緝熙禝契所以垂美也善曰說文曰程品也廣雅曰効驗也王肅尚書注曰底致也

臣聞髦俊之才世所希乏丘園之秀因時則揚是以大

此請果富也

人基命不擢才於后土明主聿興不降佐於昊蒼此章言賢人雖希而無世不有故亡殷三仁辭職隆周十亂入朝故明主之興非天地特爲生賢才在引而用之爲貴爾善曰毛萇詩傳曰髦俊也周易曰六五賁于丘園束帛戔戔王肅曰失位無應隱處丘園蓋象衡門之人道德彌明必有束帛之聘戔戔委積之貌也鄭玄曰秀士有德行道藝者也尚書曰王如不敢及天基命定命

臣聞世之所遺未爲非寶主之所珍不必適治是以俊乂之藪希蒙翹車之招金碧之巖必辱鳳舉之使言末代闇主崇神弃賢故俊乂無翹車之徵金碧有鳳舉之使也善曰毛萇詩傳曰適之也左傳陳敬仲曰翹翹車乘招我以弓豈不欲往畏我友朋漢書曰或言益州有金馬碧雞之神可醮而致於是遣諫大夫王褒使持節而求之班固功德論曰朱軒之使鳳舉於龍堆之表

臣聞祿放於寵非隆家之舉官私於親非興邦之選是

以三卿世及東國多衺嬖之政五侯並軌西京有陵夷之運寵謂五侯親謂三卿言三桓專魯而哀公見逐五侯用權而漢氏以亡善曰孔安國論語注曰放依也論語孔子曰政逮大夫四世矣三桓子孫微矣孔安國曰三桓謂仲孫叔孫季孫也東國謂魯也法言曰夷惠無仲尼西山之餓夫東國之黜臣漢書曰成帝悉封舅王譚王商王立王根王逢時列侯五人同日封故世謂之五侯廣雅曰軌迹也陵夷已見上文春秋命歷叙曰五德之運應録次相代也

臣聞靈輝朝覯稱物納照時風夕灑程形賦音是以至道之行萬類取足於世大化既洽百姓無匱於心言至道均被萬物取而咸足湻化普洽百姓用而不匱猶靈耀覯而品物納光清風流而百籟含響也善曰淮南子曰猶條風之時灑許慎曰灑猶汎也

臣聞頓網探淵不能招龍振綱羅雲不必招鳳是以巢

箕之叟。不眄丘園之幣。洗渭之民。不發傅巖之夢。古之隱人

結巢以居故曰巢父或言即許由也洗耳一說巢父也記籍不同未能詳孰是又傅說築於傅巖而精通武丁言巢許冥心長往故無發夢之符善曰頓猶整也說文曰振舉也陸云洗渭而劉之意云洗耳據劉之意則以洗渭爲洗耳乎呂氏春秋曰昔者堯朝許由於沛澤之中曰請屬天下於夫子許由遂之箕山之下穎水之陽琴操曰堯大許由之志禪爲天子由以其言不善乃臨河而洗耳李陵詩曰許由不洗耳後世有何徵魏子曰昔者許由之立身也恬然守志存已不甘祿位洗耳不受帝堯之讓謙退之高也益部耆舊傳秦密對王商曰昔堯優許由非不弘也洗其兩耳皇甫謐逸士傳曰巢父者堯時隱人也及堯讓位乎許由也由以告巢父爲巢父責由曰汝何不隱汝光何故見若身揚若名令聞若汝非友也乃擊其膺而下之由悵然不自得乃過清泠之水洗其耳皇甫謐高士傳云巢父聞許由之爲堯所讓也以爲汚乃臨池水而洗耳譙周古史考曰許由堯時人也隱箕山恬泊養性無欲於世堯禮待之終不肯就時人高其無欲遂崇大之曰堯將以天下讓許

由由耻聞之乃洗其耳或曰又有巢父與許由同志或曰許由夏常居巢故一號巢父不可知也凡書傳言許由則多言巢父者少矣范曄後漢書嚴子陵謂光武曰昔唐堯著德巢父洗耳士故有志何至相逼乎然書傳之說洗耳參差不同陸既以巢箕爲許由洗耳爲巢父且復水名不一或亦洗於渭乎

臣聞鑑之積也無厚而照有重淵之深目之察也有畔而眡視周天壤之際何則應事以精不以形造物以神不以器是以萬邦凱樂非悅鍾鼓之娛天下歸仁非感玉帛之惠鏡質薄而能照目形小而能視以其精明也故聖人以至精感人至神應物爲樂不假鐘鼓之音爲禮不待玉帛之惠此所感之至也善曰廣雅曰鑑謂之鏡莊子曰千金之珠在九重之淵又曰壺子曰吾示之以天壤司馬彪曰壤地也論語子曰禮云禮云玉帛云乎哉樂云樂云鍾鼓云乎哉

臣聞積實雖微必動於物崇虛雖廣不能移心是以都

人治容不悅西施之影。乘馬班如不輟太山之陰美女之影不惑荒婚之人高山之陰不止不進之馬虛實之驗在茲也善曰治容已見陸機樂府詩潛夫論曰夫圖西施毛嬙可說於心而不若醜妻陋妾而可御於前也周易曰乘馬班如王肅曰班如盤桓不進也呂氏春秋曰審堂下之陰而知日月之行高誘曰陰晷影之候也

臣聞應物有方居難則易藏器在身所乏者時是以充堂之芳非幽蘭所難繞梁之音實縈絃所思此章言賢明有才不遇知者所以自古爲難芬芳之氣罕有而幽蘭豐其氣才明之術所希而賢人懷其術然則縈曲之絃無繞梁以盡妙不世之姿寡明時以取窮善曰劉云縈曲之絃謂絃被縈曲而不申者也言縈曲之絃思繞梁以盡妙以喻藏器之士俟明時以効績鄭玄論語注曰方常也何休公羊傳曰充滿也周易曰君子藏器於身尸子曰繞梁之鳴許史鼓之非不樂也墨子以爲傷義是弗聽也

臣聞智周通塞不爲時窮才經夷險不爲世屈是以凌飈之羽不求反風耀夜之目不思倒日鸞鵠能飛不假風力鴟鴞夜見豈藉還曜此與聖人通塞而不窮夷險而不屈何以異哉善曰莊子曰鵲巢於高榆之顛巢折凌風而起淮南子曰鴟鵂夜撮蚤察毫末晝出瞋目而不見丘山言殊性也高誘曰鴟鵂謂之老莬鵂音休蚤音爪

臣聞忠臣率志不謀其報貞士發憤期在明賢是以柳莊黜殯非貪瓜衍之賞禽息碎首豈要先茅之田夫黜尸以明諫觸車以進賢並發之於忠誠豈有求而然哉善曰韓詩外傳曰昔衛大夫史魚病且死謂其子曰我數言蘧伯玉之賢而不能進彌子瑕不肖而不能退死不當居喪正堂殯我於室足矣衛君問其故子以父言聞於君乃召蘧伯玉而貴之彌子瑕退之徙殯於正堂成禮而後去可謂生以身諫死以尸諫然經籍唯有史魚黜殯非是柳莊豈爲書典散亡而或陸氏謬也左氏傳曰晉侯賞桓子狄臣千室亦賞士伯以瓜衍之縣曰吾獲狄土子之功

微子吾喪伯氏矣韓詩外傳曰禽息秦人知百里奚之賢薦之於穆公爲私而加刑焉公後知百里之賢乃召禽息謝之禽息對曰臣聞忠臣進賢不私顯烈士憂國不喪志奚陷刑臣之罪也乃對使者以首觸楹而死以上卿之禮葬之論衡曰傳言禽息薦百里奚繆公出當門仆頭碎首以達其友應劭漢書注曰繆公出當車以頭擊門而劉云觸車未詳其旨左氏傳曰襄公以再命命先茅之縣賞胥臣曰舉郤缺子之功也杜預曰先茅絕後故取其縣以賞胥臣也

臣聞利眼臨雲不能垂照朗璞蒙垢不能吐輝是以明哲之君時有蔽壅之累俊乂之臣屢抱後時之悲言讒人在朝君臣否隔明君時有蔽壅喻利眼臨雲而息照俊乂後時而屢歎喻朗玉蒙垢而掩輝善曰論衡曰日月猶人之有目任子云日月天下眼目而人不知德抱朴子云日月之蝕乃至於盡天何爲當故壞其眼目以行譴人乎尸子曰鄭人謂玉未理者爲璞

臣聞郁烈之芳出於委灰繁會之音生於絕絃是以貞

女要名於沒世烈士赴節於當年香以燔質而發芳絃以特絶而流響喻貞女沒身而譽立烈士効節而名彰也善曰上林賦曰酷烈淑郁王逸楚辭注曰委棄也楚辭曰五音紛其繁會

臣聞良宰謀朝不必借威貞臣衛主脩身則足是以三晉之強屈於齊堂之俎千乘之勢弱於陽門之哭晏嬰立威於樽俎子罕慟哭於介夫終使晉人輟謀齊宋不撓良宰貞臣有効於斯者也善曰晏子春秋曰晉平公使范昭觀齊國政景公觴之范昭起曰願得君之樽爲壽公命左右酌樽以獻晏子命撤去之范昭不悅而起舞顧太師曰爲我奏成周之樂太師曰盲臣不習也范昭歸謂平公曰齊未可幷吾欲試其君晏子知之吾欲犯其樂太師知之於是輟伐齊謀孔子聞曰善不出樽俎之閒而折衝千里之外晏子之謂也禮記曰晉人之覘宋者反報於晉侯曰陽門之介夫死而子罕哭之哀而人説殆不可伐也孔子聞之曰善哉覘國乎史記曰韓哀侯魏武侯趙敬侯共滅晉參分其地故曰三晉陸氏從後通言爾非謂平公之日已有三晉之名也

臣聞赴曲之音洪細入韻蹈節之容俯仰依詠是以言

此孝標寄言也

苟適事精麗，可施士；苟適道修短可命。此言取其正事而已，豈復係門閥乎？婁敬一言，漢以遷都；醜女暫說，齊以爲后。亦猶鼓金而會時，搖頭而顫曲也。善曰：高誘《呂氏春秋注》曰：適，中適也。

臣聞因雲灑潤，則芬澤易流；乘風載響，則音徽自遠。是以德教俟物而濟，榮名緣時而顯。此言物有因而易彰也。善曰：乘，猶因也。孔安國《尚書傳》曰：載，行也。孫卿曰：吾嘗順風而呼，聲非加疾，而聞者彰。君子生非異也，善假於物也。

臣聞覽影偶質，不能解獨；指迹慕遠，無救於遲。是以循虛器者，非應物之具；翫空言者，非致治之機。此言爲事非虛立，功須實。故三章設而漢隆，玄言流而晉滅，此其驗也。

臣聞鑽燧吐火，以續湯谷之晷；揮翮生風，而繼飛廉之

此至言也

叟字最是別本作史乃大謬耳文章亦移此矣

文章亦移此矣

功是以物有微而毗著事有瑣而助洪物有小而益大不可忽也若緹縈獻書而除肉刑此其例也善曰論語宰予曰鑽燧改火楚辭曰後飛廉使奔屬王逸曰飛廉風伯也

臣聞春風朝煦蕭艾蒙其溫秋霜宵墜芝蕙被其凉是故威以齊物爲肅德以普濟爲弘春秋不以善惡殊其彫榮人君不以貴賤華其賞罰故詩云柔亦不茹剛亦不吐也善曰薛君韓詩章句曰煦暖也

臣聞巧盡於器習數則貫道繫於神人亡則滅是以輪匠肆目不乏奚仲之妙瞽叟清耳而無伶倫之察此言事在外則易致妙在內則難精奚仲巧見於器故輪工能繼其致也伶倫妙在其神故樂人不傳其術也善曰杜預左氏傳注曰肆極也世本曰奚仲作車尸子曰造車者奚仲也伶倫已見上文

臣聞性之所期貴賤同量理之所極卑高一歸是以准

月稟水不能加涼晞日引火不必增輝言物雖貴賤殊流高卑異級至其極也殊塗共歸雖方諸稟水於月而不加於水之涼陽燧取火於日不加於火之輝也善曰周禮曰司烜氏掌以夫遂取明火於日以鑒取明水於月以共祭祀之明齍明燭共明水鄭玄曰夫遂陽燧也鑒鏡屬也取水者世謂之方諸鄭司農曰夫發聲也明齍謂以明水滫瀡粢盛黍稷烜音燬

臣聞絕節高唱非凡耳所悲肆義芳訊非庸聽所善是以南荆有寡和之歌東野有不釋之辯商鞅言帝王之術而孝公以之睡此其義也善曰孔安國尚書傳曰肆陳也宋玉集楚襄王問於宋玉曰先生有遺行歟宋玉對曰唯然有之客有歌於郢中者其始曰下俚巴人國中屬而和者數千人既而陽春白雪含商吐角絕節赴曲國中唱而和之者彌寡呂氏春秋曰孔子行於東野馬逸食野人稼野人留其馬子貢說而請之野人終不聽於是鄙人馬圉乃復往說曰子耕東海至於西海吾馬何得不食子苗野人大悅解馬還之

此注繆其指意

善曰二字衍　焯

臣聞尋煙染芬薰息猶芳徵音録響操終則絶何則垂於世者可繼止乎身者難結是以玄晏之風恒存動神之化已滅周孔以禮樂訓世故其迹可尋倪惠以堅白爲辭故其辯難繼是以唐虞遠而渟風流存蘇張近而解環易絶也善曰字書曰薰火煙上出也曹植魏德論曰玄晏之化豐洽之政尚書益曰至誠感神

臣聞託闇藏形不爲巧容倚智隱情不足自匿是以重光發藻尋虚捕景大人貞觀探心昭忒善曰日月發輝既尋虚而捕影欲藏形而託暗豈得施其巧容乎以喻聖人正見既探心而明惑欲隱情而倚智豈足自匿其事乎善曰鄧析子曰藏形匿影鬼谷子曰藏形共有欲也不能隱其情重光日也尚書五行傳曰明王践位則日儷其精重光以見吉祥説文曰捕取也思玄賦曰朝貞觀而久化應劭曰貞正也易曰天地之道貞觀者也仲長子昌言曰探心測意世加甚焉

臣聞披雲看霄則天文清澄風觀水則川流平是以四族放而唐劭二臣誅而楚寧凶邪亂正亦由浮雲蔽天疾風激水故舜流四凶而朝穆穆楚戮費鄢而王道洽也善曰尚書舜流共工于幽州放驩兜于崇山竄三苗於三危殛鯀于羽山四罪而天下咸服小雅曰劭美也二臣費無極與鄢將師也已見李蕭遠運命論

臣聞音以比耳爲美色以悅目爲歡是以衆聽所傾非假百里之操萬夫婉孌非俟西子之顏故聖人隨世以擢佐明主因時而命官物之企競由乎不足政之不治才不合時故也心苟自足不假美女之麗用會其朝不勞稷契之賢矣善曰楊雄荅客難曰工聲調於比耳張衡舞賦曰既娛心以悅目孟子曰西子蒙不潔則人皆掩鼻而過之趙岐曰西子古好女西施也

臣聞出乎身者非假物所隆牽乎時者非克己所勖是

以利盡萬物不能叡童昏之心德表生民不能救棲遑之辱善曰下愚由性非假物所移弊俗係時非克己能正是以放勛化被四表不革丹朱之心仲尼德冠生人不救棲遑之辱善曰漢劉向上疏曰雖有堯舜之聖不能化丹朱荅賓戲曰聖哲之治棲棲遑遑孔席不煖墨突不黔

臣聞動循定檢天有可察應無常節身或難照是以望景揆日盈數可期撫臆論心有時而謬檢謂定檢不爛漫也此言晷景有節尺圭可以知其數深情難測淵識不能知其心故光武蔽於龐萌魏武失之張邈善曰趙岐孟子章指曰言循性守故天道可知妄畋常心乖性命之指蒼頡篇曰撿法度也

臣聞傾耳求音眡優聽苦澄心徇物形逸神勞是以天殊其數雖同方不能分其感理塞其通則並質不能共

賈誼所云元元之民冀以安其性命也

其休耳之與目同在於身而苦樂有殊不能相救良由造化賜其通七竅理其用也善曰莊子曰棄生以徇物又曰譬如耳目鼻口皆有所明不能相通猶百官衆技皆有所長時有所用也

臣聞遯世之士非受匏瓜之性幽居之女非無懷春之情是以名勝欲故偶影之操矜窮愈達故凌霄之節厲名則傳之不朽窮則身居萬全故謂之勝所以烈士貞女棄彼而取此也善曰周易曰遯世無悶王逸楚辭注曰遯隱也論語子曰吾豈匏瓜也哉焉能繫而不食禮記曰幽居而不淫漢書蒯通曰婦人有幽居守寡者毛詩曰有女懷春吉士誘之廣雅曰矜急也厲高也

臣聞聽極於音不慕鈞天之樂身足於蔭無假垂天之雲是以蒲密之黎遺時雍之世豐沛之士忘桓撥之君搖頭鼓缶秦之樂也秦人樂之此故不願天帝之音故子路之惠政卓茂之仁恕豐沛之甄復三者自足其樂

學術興廢亦各有時惟君子能不媕嬰耳

矣豈復思時雍桓撥之治哉善曰身蔭既足故無假垂天之雲垂天言雲之大也莊子曰北溟有魚名之曰鯤化爲鵬怒而飛翼若垂天之雲家語曰子路爲蒲宰夫子入其境而歎子貢執轡而問曰夫子未見由而三稱善何也曰吾入其境田疇甚易草萊甚辟此恭敬以信故其人盡力也入其邑墉屋甚嚴樹木甚茂此忠信以寬故其民不偷也至其庭甚閑此明察以斷其民不擾也密令卓茂已見孔德璋北山移文尚書堯典曰黎民於變時雍豐沛謂漢也桓撥謂殷也毛詩曰玄王桓撥毛萇曰玄王契也或者以密爲宓子賤但子賤爲政雖則有聞以邑對姓恐文非體也

臣聞飛轡西頓則離朱與矇瞍收察懸景東秀則夜光與武夫匿耀是以才換世則俱困功偶時而並劭運君時來則賢明易興數逢澆季則愚聖一揆故堯在朝而舜登庸哀公居位而仲尼逐也善曰飛轡懸景皆謂日也日有御故云轡也頓猶舍也西頓謂已夕也東秀謂旦明也廣雅曰秀出也慎子曰離朱之明韓詩曰矇瞍奏

公薛君曰無珠子曰蠓珠子具而無見曰瞍大戴禮云日歸于西起明于東月歸于東起明于西鄒陽上書曰夜光之璧戰國策曰白骨疑象碔砆類玉

臣聞示應於近遠有可察託驗於顯微或可包是以寸管下傃素天地不能以氣欺尺表逆立日月不能以形逃寸管黃鍾九寸之律以灰飛所以辨天地之數即示近之義也以夏至立丈二表於陽城表觀其晷影以知日月之度斯所謂託驗於顯者也善曰司馬彪續漢書曰候氣之法爲室三重戶閉塗釁必周密布緹幔室中以木爲案每律各一內庳外高從其方位加律上以葭灰抑其內端案歷而候之氣至者灰去其氣所動者其灰散人及風所動者其灰聚鄭玄禮記注曰傃猶向也周禮曰土圭之法測土深正日景以求地中日至之景尺有五寸謂之地中四時之所交也風雨之所會也陰陽之所和也

臣聞絃有常音故曲終則改鏡無畜影故觸形則照是

以虛己應物必究千變之容挾情適事不觀萬殊之妙常音謂君臣宮商之音夫絃節有恆清濁之聲難越對物有恆則應化之功不廣然明鏡無心物來斯照聖人玄同感至皆應是以滯有之與懷谿道難得而校也善曰文子曰事猶琴瑟每終改調淮南子曰鏡不設形故能形也高誘曰鏡不豫設人形貌清明以待人形形見則見之鵩鳥賦曰千變萬化未始有極淮南子曰隔而不通分爲萬殊

臣聞柷敔希聲以諧金石之和鼙鼓疎擊以節繁絃之契是以經治必宣其通圖物恒審其會夫道上環中理貴特會希發而節樂者繫一柷之功也一契而御衆者聖人之能也善曰廣雅曰踈遲也

臣聞目無嘗音之察耳無照景之神故在乎我者不誅之於己存乎物者不求備於人言爲政之道恕己及物也耳目在身施之異

務不以通塞之故而誅之於己是以存乎物者豈求其備哉善曰杜預左氏傳注曰嘗試也論語周公曰無求備於一人孔安國尚書傳曰誅猶責也責之甚也

臣聞放身而居體逸則安肆口而食屬厭則充是以王鮪登俎不假吞波之魚蘭膏停室不思銜燭之龍此欲令各當其所而無企羨之心抑亦在鵬鷃之義也善曰杜預左氏傳注曰肆放也左氏傳閻沒汝寬曰及饋之畢願以小人之腹而爲君子之心屬厭而已鄭玄周禮注曰充猶足也周禮曰春獻王鮪劉邵趙都賦曰巨鰲冠山陵魚吞舟吸潦吐波氣成雲霧楚辭曰蘭膏明燭華容備王逸曰以蘭香練膏也楚辭曰日安不到燭龍何照王逸曰言天西北有幽冥無日之國有龍銜燭而照之也

臣聞衝波安流則龍舟不能以漂善曰楚辭曰衝風起兮横波王逸曰衝隧也言及遇隧風大波涌起楚辭曰使江水兮安流淮南子曰龍舟鷁首天子之乘廣雅曰漂激也震風洞

按言舟牽動乎水波則止屋係靜乎地有風則動後文盜跖今舟貞女合動居靜凝文不得為動而習為止之義動而又不得為靜動貞動其貞也此是字成韻耳其實與向與言靜下句與言動舟本動而無波則止屋本靜而有風則動李解未為其義而說凝為止甚非

發則夏屋有時而傾善曰法言曰吾不見震風能動聾瞶也洞疾貌也楚辭曰夏屋廣大沙棠秀莊子云風謂蛇曰折大木飛大屋唯我也何則牽乎動則靜凝言舟牽乎水波靜而舟定故曰靜凝也善曰屋雖靜而為動之所牽則靜止而為動也鄭玄儀禮注曰凝止也自定之貌也係乎靜則動貞言屋係乎地風動而屋傾是動貞也善曰舟雖動而為靜之所係則動正而為靜也周易曰貞正也然此文勢與上句稍殊不可以文而害意也是以谿風大行貞女蒙冶容之悔淯化殷流盜跖挾曾史之情此謂物無常性惟化所珍故水本驚蕩風靜則安屋本貞堅風來則傾亦由貞專之女值谿奔之俗或有桑中之心凶虐之人被淯風之化當挾賢士之義善曰言舟本搖蕩流靜則安流為水及風誤也悔當為誨曾曾參史史魚

臣聞達之所服貴有或遺窮之所接賤而必尋是以江漢之君悲其墜屨少原之婦哭其亡簪言人居窮則志

靜凝又不得為動

正不得為止之義動而又不得為靜

篤㤅達則恩輕是以楚君施戀舊激三軍之澆俗少原流慟誚輕薄之頽風善曰賈子曰楚昭王與吳人戰軍敗走昭王亡其踦屨已行三十步後還取之左右曰大王何惜於此昭王曰楚國雖貧豈無此一踦屨哉吾悲與之偕出而不與之偕反於是楚俗無相棄者韓詩外傳曰孔子出遊少原之野有婦人中澤而哭甚哀孔子怪之使弟子問焉婦人對曰向者刈蓍薪而亡吾蓍簪是以哀孔子曰刈蓍薪而亡蓍簪有何悲也婦人曰非傷亡簪吾所以悲者不忘故也

臣聞觸非其類雖疾弗應感以其方雖微則順是以商飈漂山不興盈尺之雲谷風乘條必降彌天之潤故暗於治者唱繁而和寡審乎物者力約而功峻商風漂蕩本無興雲之候暗君政亂不能懷百姓之心至谷風習習必陰必雨明主在上則天下自安也善曰毛詩曰習習谷風維風及雨毛萇詩傳曰乘升也洪範五行傳曰雲起於山而彌於天鄭玄周禮注曰彌徧也

此當以蹤〻周道鞠
為茂草說之

臣聞煙出於火非火之和情生於性非性之適故火壯則煙微性充則情約是以殷墟有感物之悲周京無佇立之跡殷墟謂紂也周京幽王也棄性逐欲遂令身死國家爲墟故微子視麥秀而悲殷周大夫見禾黍而悲感者也善曰夫性者生之質情者性之欲故性充則國興情佚則國亂二王皆棄性而縱欲所以滅亡也或者以詩序云彷徨不忍去而疑佇立之跡然序又云盡爲禾黍豈得佇立哉

臣聞適物之技俯仰異用應事之器通塞異任是以鳥棲雲而繳飛魚藏淵而網沈賁鼓密而含響朗笛踈而吐音賢聖之道動合物宜隨俗汙隆用行其正取其濟物而已由求鳥必高其繳須魚必沈其網也善曰爾雅曰大鼓謂之鼖鼖與賁古字同鄭玄禮記注曰密之言閉也說文曰踈通也

臣聞理之所守勢所常奪道之所閉權所必開是以生

注非也貪利者理舍生者勢惜死者道取義者權

重於利故據圖無揮劒之痛義貴於身故臨川有投迹之哀善曰性命之道含靈所惜以利方生則生重利不以利喪生是理之所守道之所閑也以身方義則義貴身而以義棄身是勢之所奪權所必開也是以據圖無揮劒之痛以利輕於生臨川有投迹之哀以身輕於義文子曰左手據天下之圖而右手刎其喉愚者不爲身貴乎天下也死君之難者視死若歸義重於身故也天下大利也比身則小身所重也比義則輕臨川自投謂北人無擇也已見桓溫薦譙元彥表

臣聞通於變者用約而利博明其要者器淺而應玄是以天地之賾該於六位萬殊之曲窮於五絃事得其要雖寡而用博易之六爻該綜萬象琴之五絃備括衆聲善曰廣雅曰玄遠也小雅曰賾深也周易曰大明終始六位時乘五絃琴也蔡邕琴操曰伏羲氏作琴絃有五象五行

臣聞圖形於影未盡纖麗之容察火於灰不覩洪赫

之烈是以問道存乎其人觀物必造其質此言令人尋本而棄末也善曰法言曰或問經難易曰其人存則易亡則難

臣聞情見於物雖遠猶疎神藏於形雖近則密是以儀

天步晷而脩短可量臨淵揆水而淺深難察天布列象物所以知其處此即遠猶疎淵之積水人所不能測此即藏於器也善曰儀猶法象也鄭玄尚書大傳注曰步推也說文曰晷日景也慎子曰離朱之明察毫末於百步之外下於水尺而不能見淺深非目不明也其勢難覩也

臣聞沍暑重天不減堅冰之寒涸陰凝地無累陵火之

執是以吞縱之強不能反蹈海之志漂鹵之威不能降

西山之節言勢有極也沍暑涸陰之隆不能易火冰之性吞縱漂鹵之威不能移貞介之節善曰淮南子曰夫寒之與煖相反寒地坼水凝火弗爲衰其勢暴也見下文吞縱謂秦也六國爲縱而秦滅之故曰吞

縱過秦曰秦有并吞八荒之心史記曰魏將軍新垣衍說趙使尊秦爲帝魯連曰彼秦者棄禮義而上首功之國也即肆然而爲帝則連有蹈東海而死耳吾不忍爲之民尚書序曰武王伐殷尚書曰前徒倒戈攻于後以北血流漂杵過秦曰伏尸百萬流血漂櫓說文曰漂浮也史記曰武王伐紂伯夷叔齊叩馬諫曰以臣伐君可謂仁乎左右欲兵之太公曰此義人也扶而去之武王以平殷亂伯夷叔齊耻之隱於首陽山及餓且死作歌其辭曰登彼西山兮採其薇

臣聞理之所開力所常達數之所塞威有必窮是以烈火流金不能焚景沉寒凝海不能結風金爲火所流海爲寒所凝此是理開而常達也然則能流金而不能焚景能凝海而不能結風此理開而所窮也善曰高誘呂氏春秋注曰數術也

臣聞足於性者天損不能入貞於期者時累不能滔是

以迅風陵雨不謬晨禽之察勁陰殺節不凋寒木之心夫冒霜雪而松栢不凋此由是堅實之性也天雖損無害也雖善伺晨雖陰晦而不輟其鳴此謂時累不能淫也善曰莊子曰孔子謂顏回曰無受天損易無受人益難淫猶侵也法言曰震風陵雨然後知夏屋帡幪李軌曰陵雨暴雨也帡莫經切幪莫公切

文選卷第五十五

壬戌七月六日　侃温尋及此卷

文選卷第五十六

梁昭明太子撰

文林郎守太子右内率府録事參軍事崇賢館直學士臣李　善注上

箴

張茂先女史箴一首

銘

班孟堅封燕然山銘一首

崔子玉座右銘一首

張孟陽劒閣銘一首

陸佐公石闕銘一首

新漏刻銘一首

誄上

曹子建王仲宣誄一首

潘安仁楊荆州誄一首

楊仲武誄一首

箴

女史箴一首 曹嘉之晉紀曰張華懼后族之盛作女史箴 張茂先

此言陰陽之道無情則為天地有情則為男女故天地陶甄萬物而為牝牡也

茫茫造化，二儀既分，淮南子曰大丈夫恬然無爲與造化逍遥高誘曰造化天地周易曰易有太極是生兩儀散氣流形，既陶既甄。家語孔子曰地載神氣流形庶物無非教也漢書董仲舒曰泥之在鈞唯甄者之所爲如湻曰陶人作瓦器謂之甄在帝庖羲，肇經天人。

離 注及別本

而 別本

周易曰庖犧氏之王天下也始作八卦以通神明之德以類萬物之情也爰始夫婦以及君臣周易曰有天地然後有萬物有萬物然後有男女有男女然後有夫婦有夫婦然後有父子有父子然後有君臣家道以正王猷有倫周易曰家道正而天下定毛詩曰王猷允塞猷與猶古字通婦德尚柔含章貞吉周易曰坤至柔而動也剛妻道也又曰含章貞吉以時發也婉嫕淑慎正位居室漢書曰孝平王皇后厲人婉嫕有節操服虔曰嫕音翳柔之翳曹大家列女傳注婉柔和嫕深邃也毛詩曰淑慎爾止周易曰女正位乎內施衿結褵虔恭中饋儀禮曰女嫁母施衿結帨曰勉之敬之夙夜無違父母之誡毛詩曰親結其褵九十其儀毛萇曰褵婦人之褘也褵與離古字通也周易曰在中饋無攸遂肅慎爾儀式瞻清懿毛詩曰敬慎威儀又曰各敬爾儀樊姬感莊不食鮮禽衛女矯桓耳忘和音志厲義高而二主易心列女傳曰楚莊樊姬者楚莊王之夫人莊王初即位好狩

獵畢弋樊姬諫不止乃不食禽獸之肉三年王改又曰
齊侯衛姬者衛侯之女齊桓公之夫人桓公好淫樂衛
姬爲不聽鄭衛之聲曹大家曰衛國作淫泆之
音衛姬疾桓公之好是故不聽以厲桓公也玄熊攀
檻馮媛趍進夫豈無畏知死不恡漢書曰孝元馮昭儀
上幸虎圈鬭獸熊佚
出圈攀檻欲上殿左右貴人傅昭儀皆走馮婕妤直前
當熊而立左右格殺熊上問何故當熊婕妤曰猛獸得
人而止妾恐至御座故身當
之帝嗟嘆以此倍敬重焉班妾有辭割驩同輦夫豈
不懷防微慮遠漢書曰成帝遊於後庭欲與班婕妤同
輦載婕妤辭曰妾觀古圖畫賢聖之君
皆有名臣在側三代末主乃有
嬖女今欲同輦得無近似乎道罔隆而不殺物無盛
而不衰長楊賦曰事罔隆而
不殺物靡盛而不虧日中則昃月滿則微周易
曰日
中則昃月盈則蝕毛詩曰彼月而
微此日而微鄭玄曰謂不明也崇猶塵積替若駭機
人咸知飾其容而莫知飾其性蔡邕女誡曰夫心猶首
面一旦不脩飾則塵垢

穢之人心不修善則邪惡入之人盛飾其面而莫脩其心惑矣家語孔子曰容不可不飾也性之不飾或愆禮正斧之藻之克念作聖法言曰吾未見斧藻其德若斧藻其粢者尚書曰惟狂克念作聖出其言善千里應之周易子曰君子居其室出其言善則千里之外應之況其邇者乎居其室出其言不善則千里之外違之況其邇者乎苟違斯義則同衾以疑徐幹中論曰苟失其心同衾爲遠夫出言如微而榮辱由茲周易曰言行君子之樞機樞機之發榮辱之主勿謂幽昧靈監無象勿謂玄漠神聽無響無矜爾榮天道惡盈周易曰鬼神害盈而福謙無恃爾貴隆隆者墜楊雄解嘲曰炎炎者滅隆隆者絕鑒于小星戒彼攸遂毛詩序曰小星惠及下也詩曰嘒彼小星三五在東周易曰無攸遂王弼曰盡婦人之正義無所必遂也比心螽斯則繁爾類毛詩曰螽斯羽詵詵兮宜爾子孫振振兮驩不可以黷寵

自美自以為美也

不可以專國語司空季子謂文公曰男女不相及畏黷敬也黷則生怨怨亂毓災災毓滅性韋昭曰畏褻黷其類也漢書曰孝成趙皇后入宮寵少衰而女弟絕幸姊弟專寵十餘年卒皆無子也專實生慢愛極則遷致盈必損理有固然文子老子曰天道極即反盈即損日月是也魯連子譚子曰物之必至理固然也美者自美翩以取尤列子曰楊朱過宋東之於逆旅逆旅人有妾二人其一美其一惡惡者貴而美者賤楊子問其故逆旅小子對曰其美者自美吾不知其美也其惡者自惡吾不知其惡也冶容求好君子所讎周易曰慢藏誨盜冶容誨淫結恩而絕職此之由漢書曰王立與諸劉結恩左氏傳范宣子數諸戎曰言語漏洩職汝之由故曰翼翼矜矜福所以興太公金匱師尚父謂武王曰舜之居人上矜矜乎如履薄冰湯之居人上翼翼翼乎懼不敢息靖恭自思榮顯所期毛詩曰靖恭爾位好是正直女史司箴敢告庶姬毛萇詩傳曰古者后夫人必有女史彤管之法女史不記其

補此一行

銘之體有二一曰警戒二曰祝頌古人銘詞但施之器物其後作者寖繁山川宮室門井之類皆有銘詞

過其罪殺

銘

封燕然山銘一首

并序范曄後漢書曰齊殤王子都鄉侯暢來弔國憂竇憲遣客刺殺暢發覺憲懼誅自求擊匈奴以贖死會南單于請兵北伐乃拜憲車騎將軍以執金吾耿秉為副大破單于遂登燕然山刻石勒功紀漢威德令班固作銘

班孟堅

惟永元元年秋七月有漢元舅曰車騎將軍竇憲范曄後漢書曰孝和皇帝母梁貴人為竇皇后所譖憂卒竇后養帝以為己子即位改年曰永元又曰竇憲字伯度女弟立為皇后竇憲稍遷侍中和帝即位太后臨朝寅亮聖皇登翼王室尚書曰三孤寅亮天地弼予一人登翼謂登用輔翼納于大麓惟清緝熙尚書曰納于大麓烈風雷雨弗迷毛詩曰維清緝熙文王之典乃與執金吾耿秉述職巡御治兵

武帝遣霍去病擊破
匈奴左地因徙烏桓於上谷
漁陽右北平遼西遼東
五郡塞外為漢偵察
匈奴動靜始置護烏
桓校尉監領之
周礼鄭注云輕車所
用馳敵致師之車也
又曲礼武車綏旌鄭
注武車亦兵車疏云武
車亦革路也案後漢
書竇憲傳注云元戎
兵車也輕武言疾也
則以輕武為虛用
八陣天地風雲為四正
飛龍虎翼鳥翔虵
盤為四奇
乾坤艮巽為闔門
坎離震兑為開門

于朔方范曄後漢書曰耿秉字伯初爲執金吾與竇憲北擊匈奴大破之左氏傳臧僖伯曰三年而治兵杜預曰三年而大習出曰訓兵鷹揚之校螭虎之士爰該六師毛詩曰惟師尚父時惟鷹揚史記曰武王乃作泰誓曰勗哉夫子尚桓桓如虎如貔如熊如羆徐廣曰此音訓並與上同也毛詩曰整我六師暨南單于東胡（奚霫鮮卑）烏桓（扎薩克國）西戎氐羌侯王君長之羣驍騎十萬范曄後漢書曰南單于休蘭尸逐侯鞮單于屯屠河立時北虜大亂南單于將討并北庭上言願發國中諸部胡會虜北蕃貫太后從之元戎輕武長轂四分毛詩曰元戎十乘以先啓行司馬彪續漢書曰輕車古之戰車孫吳兵法曰有巾有蓋謂之武剛車者先驅穀梁傳曰長轂五百乘范甯曰長轂兵車也雷輜蔽路萬有三千餘乘漢書楊雄河東賦曰奮電鞭驂雷輜勒以八陣蒞以威神雜兵書八陣者一曰方陣二曰圓陣三曰牝陣四曰牡陣五曰衝陣六曰輪陣七曰浮沮陣八曰鴈行陣玄甲耀日朱旗絳天漢書曰發屬玄甲李

陵與蘇武書曰雷鼓動天朱旗翳日遂凌高闕下雞鹿漢書曰遣將軍衛青出雲中至高闕臣瓚曰山名也范曄後漢書曰竇憲與南匈奴萬騎出朔方雞鹿塞經磧鹵絶大漠說文曰鹵西方鹹地也漢書曰衛青復將六將軍絶漠臣瓚曰沙土曰漠直度曰絶也斬温禺以釁鼓血尸逐以染鍔范曄後漢書曰匈奴其大臣次左右日逐王次左右温禺鞮王皆單于子弟次第當爲單于者也其異姓大臣左右骨都侯次左右尸逐骨都侯左傳智罃曰不以釁鼓也然後四校橫徂。星流彗掃。蕭條萬里。野無遺寇。於是域滅區殫。反旆而旋。考傳驗圖。窮覽其山川。遂踰涿邪跨安侯乘燕然范曄後漢書曰渡遼將軍鄧鴻與後諸軍皆會涿邪山又曰南單于上言北單于創刈南兵遯逃遠去依安侯河西躡冒頓之區落焚老上之龍庭漢書曰頭曼單于有太子曰冒頓冒頓以鳴鏑射殺頭曼遂自立爲單于冒頓死子稽粥立號曰老上單于又曰匈奴正

鑠王師以下當提行

月諸長小會單于庭祠五月大會蘢城祭其先天地鬼神蘢音龍將上以攄高文之宿
憤光祖宗之玄靈祖高祖也宗太宗文帝也史記曰高祖自將擊韓王信遂至平城爲匈奴
所圍七日又文紀曰匈奴攻朝那塞殺北都尉徐廣曰姓孫也下以安固後嗣恢拓境
宇振大漢之天聲甘泉賦曰天聲起兮勇士厲茲可謂一勞而久逸
暫費而永寧也漢書楊雄上疏曰以爲不一勞者不久佚不暫費者不永寧乃遂封
山刊石昭銘盛德其辭曰刊石削石即謂立銘也鑠王師兮征荒
裔毛詩曰於鑠王師遵養時晦剿凶虐兮截海外毛詩曰相土烈烈海外有截夐
其邈兮亘地界封神丘兮建隆嵑說文曰碣立石也嵑與碣同熙帝
載兮振萬世尚書曰有能奮庸熙帝之載

座右銘一首

崔子玉范曄後漢書曰崔瑗字子玉涿郡人也早孤銳志好學盡能傳其父業舉茂才爲汲令遷濟北相疾卒

無道人之短無說己之長施人慎勿念受施慎勿忘戰國策唐雎謂信陵君曰人之有德於我不可忘也吾之有德於人不可不忘也世譽不足慕唯仁爲紀綱隱心而後動謗議庸何傷劉熙孟子注曰隱度也周易曰君子安其身而後動易其心而後語呂氏春秋曰內反於心不慙然後動也無使名過實守愚聖所臧越絕書范子曰名過實者滅聖人不使名過實家語孔子曰聰明睿智守之以愚功被天下守之以讓在涅貴不淄曖曖內含光論語子曰不曰堅乎磨而不磷不曰白乎涅而不淄晏子春秋仲尼曰星之昭昭不如月之曖曖周易曰含弘光大品物咸亨柔弱生之徒老氏誡剛強老子曰人生也柔弱其死也堅強萬物草木生也柔脆其死也枯槁故堅強者死之

明一統志大劍山一名梁山胡氏禹貢錐指謂積石山有二大積石在塞外吐谷渾界小積石在鄯州龍支縣界爲今西寧府地与蜀遠不在劍閣西遠及他山焯謂此稱梁山積石之狀不必以積石山當之

徒柔弱者生之徒也又曰柔弱勝剛强河上公曰柔弱者久長剛强者先亡也行行鄙夫志悠悠故難量論語曰閔子侍側誾誾如也子路行行如也子曰若由也不得其死然鄭玄曰行行剛强貌慎言節飲食知足勝不祥周易曰君子以慎言語節飲食老子曰知足不辱行之苟有恒久久自芬芳郭璞三蒼曰苟誠也

劍閣銘一首

張孟陽臧榮緒晉書曰張載父收爲蜀郡太守載隨父入蜀作劍閣銘益州刺史張敏見而奇之乃表上其文世祖遣使鐫石記焉

巖巖梁山積石峩峩楊雄益州箴曰巖巖岷山古曰梁州毛萇詩傳曰巖巖積石貌也遠屬荆衡近綴岷嶓尚書曰荆及衡陽惟荆州孔安國曰北據荆山南及衡山之陽也尚書曰岷嶓既藝孔安國曰岷山嶓冢皆山名也南通邛僰蒲北北達褒斜漢書

顏延年三月三日曲水
詩序注引土作王

音義服虔曰邛蜀都西部也𤸎夷名也梁州記曰萬石城泝漢上七里有褒谷口南口曰褒北口曰斜狹過彭碣高踰嵩華劉淵林蜀都賦注曰岷山都安縣有兩山相對立如闕號曰彭門孔安國尚書注曰碣石海畔山也惟蜀之門作固作鎮是曰劒閣壁立千仞酈元水經注曰小劒戍北去大劒三十里連山絕險飛閣相通故謂之劒閣也窮地之險極路之峻周易曰地險山川丘陵也西都賦曰臨峻路而啓扉世濁則逆道清斯順閉由往漢開自有晉開由劉備故曰往漢開自鍾會故曰有晉也鍾會之伐蜀雖在魏朝政由晉王故歸功於晉也秦得百二并吞諸侯齊得十二田生獻筭漢書田肯賀上曰陛下得韓信又治秦中持戟百萬齊得十二此所謂東西秦也矧茲狹隘土之外區一人荷戟萬夫趑趄陳琳爲曹洪與魏文帝書曰一夫揮戟萬人不得進廣雅曰趑趄難行也形勝之地匪親勿居漢書田肯曰秦形勝之國也齊有琅邪之饒非親子

○興實在濟右晉書在洞庭孟門之異下

曰子

弟莫可使王齊也昔在武侯中流而喜山河之固見屈吳起興實在德險亦難恃洞庭孟門二國不祀史記曰魏武侯浮西河而下中流顧而謂吳起曰美哉乎河山之固此魏國之寶也吳起對曰在德不在險昔三苗氏左洞庭而右彭蠡恃此險也德義不修禹滅之夏桀之居左河濟右太華伊闕在其南羊腸在其北修政不仁湯放之殷紂之國左孟門右太行常山在其北大河經其南修政不德武王殺之由此觀之在德不在險若君不修德舟中之人盡爲敵國武侯曰善自古迄今天命匪易尚書曰爾亦弗知天命不易憑阻作昏鮮不敗績左氏傳曰凡師大崩曰敗績杜預曰喪其功績也公孫既滅劉氏銜璧范曄後漢書曰公孫述爲導江卒正假稱蜀都太守自立爲天子漢使吳漢伐之述死吳漢盡滅公孫氏蜀志曰後主諱禪先主子也魏使鄧艾伐之後主輿櫬自縛詣壘門左氏傳曰楚子圍許僖公面縛銜璧覆車之軌無或重跡晏子春秋諺曰前車覆後車戒范曄後漢書陳忠上疏曰覆車之軌

其迹不遠勒銘山阿敢告梁益

石闕銘一首

陸佐公 劉璠梁典曰陸倕字佐公吳郡人少篤學善屬文起家議曹從事遷太子中舍人後仕至太常卿詔使爲漏刻石闕二銘冠絶當世賜以束帛朝野榮之

昔在舜格文祖禹至神宗周變商俗湯黜夏政尚書帝曰舜汝陟帝位正月上日受終於文祖又帝曰禹惟汝諧正月朔旦受命于神宗墨子曰紂之亂武王理之當此之時時不渝而人不易上變政而人改俗尚書序曰湯既黜夏命復歸于亳雖革命殊乎因襲揖讓異於干戈而晷緯冥合天人啓惎巨吏克明俊德大庇生民其揆一也舜禹揖讓也湯武干戈也言揖讓干戈之道雖殊而用賢愛仁之義爲一也周易曰湯武革命順乎天而應乎人論衡曰漢力勝周多矣舜以司徒受堯禪文王百里爲西伯武王襲文

王皆有因緣力易爲也孔叢子曾子謂孔子曰舜禹揖讓湯武用師非相詭此乃時也三國名臣序贊曰揖讓之與干戈說文曰晷日影也緯五星也易乾鑿度曰五緯順軌四時和粟西都賦曰天啓之心人惎之謀尚書曰克明俊德以親九族左傳鄭子駟曰以待強者而庇民焉孟子曰先聖後聖其揆一也在齊之季昏

昏君臨威侮五行怠棄三正吳均齊春秋曰東昏侯蕭寶卷高宗子高宗崩太子即位左傳子囊曰赫赫楚國而君臨之書曰有扈氏威侮五行怠棄三正刑酷然炭暴踰膏柱

民怨神怒衆叛親離蹐地無歸瞻烏靡託六韜曰紂患刑輕乃更爲銅柱以膏塗之加於然炭之上使有罪者緣焉滑跌墮火中紂與妲己笑以爲樂名曰炮烙之刑鄭玄尚書五行傳注曰民怨神怒左氏傳衆仲曰州吁阻兵而安忍衆叛親離難以濟矣毛詩曰謂天蓋高不敢不跼謂地蓋厚不敢不蹐又曰瞻烏爰止于誰之屋於是我皇帝拯之乃操斗極把鉤

陳翼百神禔是支萬福我皇梁武帝也斗極天下之所取法鉤陳兵衛之象故王者把

操焉長揚賦曰高祖順斗極運天關樂汁圖曰鉤陳後宮也服虔漢書音義曰紫宮外營陳星毛萇詩傳曰翼敬也禮記曰禮行於郊百神受職焉漢書曰司馬相如難蜀父老曰遐邇一體中外禔福毛詩曰樂只君子萬福攸同

龍飛黑水虎步西河雷動風驅天行地止

旗謂舉義伐齊也何之元梁典曰齊明帝崩遺詔授高祖雍州刺史永元二年十一月高祖擁南康王寶融以主號令以高祖督前鋒三年十二月義旗發自襄陽己酉撤京師東都賦曰龍飛白水陳孔璋為袁紹檄豫州曰雷震虎步並集虜庭尚書曰黑水西河惟雍州沈約宋書曰元嘉中割荊州之襄陽為雍州西京賦曰千乘雷動萬騎龍趨楊修許昌宮賦曰晻曖低徊天行地止

命旅致屯雲之應登壇有降火之祥龜筮協從人祇響附

命旅誓衆也登壇祭天也杜篤論都賦曰大漢開基高祖有勳斬白蛇屯黑雲尚書帝命驗曰太子發渡河中流火流為烏其色赤鄭玄曰以魚燎於天有火自上復于下至于王屋流為烏尚書曰詢謀僉同鬼神其依龜筮叶從吳質魏都賦曰英雄響附

穿胷露頂之

豪箕坐椎髻之長莫不援旗請奮執鋭爭先博物志曰昔禹平天下會諸侯於會稽之野防風後至殺之夏德盛二龍降之使范成克御之以行域外既周南經防風之神見禹使怒而射之有迅雷二龍升去二臣恐以刃自貫其心死禹哀之乃拔其刃療以不死之草皆生是爲穿胷人去會稽萬五千里范曄後漢書西域傳論曰自兵威之所肅服財賂之所懷誘莫不露頂肘行東向而朝漢書曰高祖使陸賈賜尉佗印爲南越王賈至尉佗魋結箕踞見賈豪士賦序曰援旗誓衆奮於阡陌之上趙充國頌請奮其旅于罕之羌漢書陳餘說陳涉曰將軍被堅執鋭以誅暴秦楚辭曰矢之墜兮士爭先夏首憑固庸岷負阻協彼離心抗茲同德楚辭曰過夏首而西浮王逸曰夏首水口也孔安國尚書傳曰庸國名也岷山名也尚書曰受有億兆夷人離心離德予有亂臣十人同心同德帝赫斯怒秣馬訓兵嚴鼓未通兇渠涅首毛詩曰王赫斯怒爰整其旅左氏傳子重曰秣馬利兵又趙宣子曰訓卒利兵軍戰令曰嚴鼓一通步騎士悉嚴然鼓一曲爲一通

尚書曰殲厥渠魁張溫表曰臨去武昌庶得涅首闕下弘舸連軸巨艦接艫鐵馬千羣朱旗萬里吴都賦曰弘舸連軸巨艦接艫鐵馬鐵甲之馬范曄後漢書公孫瓚與子書曰厲五千鐵騎於北隰之中陳琳爲表紹檄豫州曰胡馬之千羣朱旗已見上文折簡而禽盧九傳檄以下湘羅兵不血刃士無遺鏃而樊鄧威懷巴黔厎定魏略王陵案欲立楚王彪司馬宣王自討之陵自縛歸罪遥謂太傅曰卿直以折簡召我我不當至耶太傅曰以卿非肯遂折簡者也盧盧江九九江二郡名也伏滔正淮曰盧九之間流溺兵死者十而七八焉漢書韓信曰三秦可傳檄而定湘羅二水名也孫鄉子曰舜伐有苗禹伐共工湯伐有夏文王伐崇武王伐紂遠方慕義兵不血刃過秦論曰秦無士矢遺鏃之費而天下諸侯已困矣尚書曰大邦畏其力小邦懷其德尚書曰震澤厎定於是流湯之黨握炭之徒守似藩籬戰同枯杇六韜曰紂之卒握炭流湯者十八人以牛爲禮過秦論曰蒙恬北築長城而守藩籬班固漢書贊曰

漢獨收孤秦之弊鐫金石者難爲功摧枯朽者易爲力其勢然也革車近次師營商牧華夷士女冠蓋相望扶老攜幼一旦雲集壺漿塞野簞食盈塗鄭玄周禮注曰兵車革路也左氏傳曰凡師過信爲次尚書曰王至于商郊牧野左氏傳曰孔子曰夷不亂華尚書曰惟其士女篚厥玄黃昭我周王漢書曰天子遣使冠蓋相望於道覆案梁事又淮南王上書曰越必攜幼扶老以歸聖德西都賦曰雲集霧散孟子曰葛伯不祀湯往征之其君子實玄黃于篚以迎君子小人簞食壺漿以迎小人也似夏民之附成湯殷士之窺周武安老懷少伐罪吊民農不遷業市無易賈尚書中候曰天乙在薄夏桀迷惑諸鄰國襁負歸湯帝王世紀曰商容及殷人觀周軍之入見武王至殷人曰是吾新君也容曰然聖人爲海內討惡見惡不怒見利不喜顏色相副是以知之論語曰老者安之少者懷之尚書曰奉辭伐罪孟子曰湯始征自葛誅其君弔其民呂氏春秋曰曰桀爲無道湯立爲天子夏人大悅農不去疇商不變

肆八方入計四隩奉圖羽檄交馳軍書狎至一日二日

非止萬機河圖龍文曰鎮星光明入方歸德漢書曰張蒼領主郡國上計者又曰嚴助願奉三年計如湆曰助自欲入奉之也尚書曰四隩既宅范曄後漢書曰光武平河北吳漢與諸將奉圖書上尊號漢書息夫躬曰軍書交馳而輻湊羽檄重迹而狎至尚書曰兢兢業業一日二日萬機而尊嚴之度不僭言於

師旅淵默之容無改於行陣計如投水思若轉規策定帷幄

謀成几案曾未浹辰獨夫授首班固漢書贊曰成帝臨朝淵默尊嚴若神可謂穆穆天子之容矣李康運命論張良及其遭漢祖其言也如以石投水莫之逆也范曄後漢書曰朱勃上疏訴馬援冤曰謀如涌泉勢如轉規又光武詔曰將軍鄧禹與朕謀謨帷幄決勝千里仲長子昌言曰運籌於几案之前而所制者乃百代之後左氏傳君子曰莒恃其陋不修其城郭浹辰之間而楚克其三都杜預曰浹辰十二日也梁典曰永元三年十二月丙寅張齊殺東昏于含德殿其夜以黃油裹首縋而下尚書曰獨夫受洪

惟作威鍾士季檄蜀文曰蜀侯見禽於秦公孫述授首於漢乃焚其綺席棄彼寶衣歸琁臺之珠反諸侯之玉六韜曰紂時婦人以文綺爲席衣以綾紈者三千人又曰武王伐紂蒙寶衣投火而死帝王世紀曰王命歸琁臺之珠玉說苑曰武王大敗殷人上堂見玉曰誰之玉曰諸侯之玉即取而歸於諸侯天下聞之曰王廉於財指麾而四海隆平下車而天下大定拯兹塗炭救此橫流功均天地明並日月新序劉向曰先王之所以指麾而四海賓服者誠德之至也孝經鉤命決曰俱在隆平優劣殊流禮記曰下車而封夏后之後於杞封殷之後於宋尚書曰一戎衣天下大定又曰有夏昏德民墜塗炭孟子曰當堯之時鴻水橫流汎濫於天下漢書曰德配天地明並日月於是仰叶三靈俯從億兆受昭華之玉納龍叙之圖春秋元命苞曰造起天地鑄演人君通靈之貺交錯同瑞劉琨勸進表曰億兆攸歸曾無與二尚書大傳曰堯得舜推而尊之贈以昭華之玉春秋元命苞曰堯游河渚赤龍負圖以出

圖赤如綈狀龍沒圖在楊雄覈靈賦曰大易之始河序龍馬雒貢龜書類帝禋宗光有神尚書曰肆類于上帝又曰禋于六宗國語富辰
器升中以祀羣望攝袂而朝諸夏謂王曰光有天下而和寧百姓老子曰天下神器不可爲也爲者敗之禮記曰升于中天而鳳凰降左氏傳曰乃大有事于羣望漢書徐樂上書曰南面負扆攝袂而揖王公陛下之所服也論語子曰夷狄之有君不如諸夏之士也布教都畿周禮曰正月之吉始和布教於邦國都鄙袁淑
班政方外謀協上策刑從中典謝中丞章曰懸法象闕班政甸衛東觀漢記段熲上疏曰先零東羌討之難破降爲上策戰爲下計周禮曰大司寇掌三典以佐王二曰刑平國用中典也二南服緩耳西羈反舌劒騎穹廬
之國同川共穴之人杜篤論都賦曰連緩耳瑣雕題呂氏春秋曰善爲君者蠻夷反舌皆服德厚也高誘曰夷狄語言與中國相反因謂反舌一說南方有反舌國舌本在前末到向喉故曰反舌也漢書曰匈奴力能彎弓盡爲甲騎其長兵則弓矢短兵則刀鋋漢書烏孫公主歌曰穹廬爲室兮旃爲墻杜篤論都

賦曰同穴裘褐之域共川鼻飲之國莫不屈膝交臂厥角稽顙鼙空萬里攘地千都幕南罷鄣河西無警喻巴蜀文曰交臂受事屈膝請和孟子曰武王之伐殷也百姓若崩厥角趙岐曰厥角叩頭以額角犀厥地禮記孔子曰拜而後稽顙漢書曰通西北國張騫鑿空蘇林曰鑿開空通也戰國策蔡澤謂應侯曰公孫鞅爲秦攘地千里漢書曰驃騎封於狼居胥山匈奴遠逃而漠南無王庭漢書武帝謂狄山曰使居一障間蒼頡曰障小城也漢書晉文公攘戎狄居於西河圁洛之間圁音銀謝承後漢書曰祝良爲梁州刺史歷年無警於是治定功成邇安遠肅忘兹鹿駭息此狼顧禮記曰王者功成作樂治定制禮尚書曰柔遠能邇鹽鐵論曰以賢人爲兵聖人爲守則中國無狗吠之警而邊境無鹿駭狼顧之憂也乃正六樂治五禮改章程創法律周禮曰保氏掌諫王而養國子以道乃教之六樂鄭玄曰六樂雲門大咸大韶大夏大濩大武尚書曰修五禮孔安國五禮吉凶軍賓嘉也漢書曰高祖令張蒼定章程又曰蕭何次律令韓信申

軍法置博士之職而著録之生若雲開集雅之館而款關之學如市漢書曰武帝初置五經博士范曄後漢書曰張興稍遷至博士弟子自遠至者著録且萬人司馬彪續漢書曰負書來學雲集京師劉秦美新曰遥集乎文雅之囿翱翔乎禮樂之場史記曰由余款關請見三輔黄圖曰元始中起明堂列槐樹數百行朔望諸生持經書及當郡所出物於此賣買號槐市興建庠序啓設郊丘一介之才必記無文之典咸秩漢書曰平帝立學官鄉曰庠聚曰序禮記曰立春之日天子迎春於東郊周禮曰冬至於地上之圜丘若樂六變天神皆降尚書秦穆公曰如有一介臣又曰稱秩元祀咸秩無文於是天下學士靡然向風人識廉隅家知禮讓班固漢書贊曰公孫弘以治春秋爲丞相封侯天下學士靡然嚮風矣禮記曰儒有砥礪廉隅論語子曰能以禮讓爲國乎何有敎臻侍子化洽期門區宇乂安方面静息役休務簡歲阜民和漢書曰呼韓邪遣子右賢

王銖婁渠堂入侍漢書曰武帝與北地良家子期諸殿
門故有期門之號范曄後漢書曰樊準上疏曰明帝即
位自期門羽林介胄之士悉令通孝經匈奴遣伊秩訾
王來入就學東京賦曰區宇乂寧思和求中方面四方
面也仲長子昌言曰五位以正方面孫楚客主言曰晉
主聖明方面割地長楊賦曰休力役賈逵國語注曰阜
厚也左氏傳季梁曰
民和而神降之福
歷代規謩前王典故莫不芟夷翦
截允執厥中
史記曰高祖雖日不暇給規謩弘遠矣東
觀漢記東平王蒼上疏曰事過典故孔安
國尚書序曰芟夷煩亂翦截
浮辭尚書帝曰允執厥中
以爲象闕之制其來已遠
春秋設舊章之教經禮垂布憲之文
左氏傳曰司鐸火
季桓子命藏象魏曰
舊章不可忘也禮記曰經禮三百曲禮三千鄭玄曰禮
經謂周禮也周禮曰太宰以正月之吉懸治象之法於
象魏使萬民觀治象鄭玄曰吉朔日
也象魏闕也周禮曰布憲中士二人
戴記顯游觀之言
周史書樹闕之夢
禮記戴聖所傳故號戴記曰昔者仲
屋與於蜡賓事畢出遊於觀之上喟

然而嘆。周書曰：文王至自商，至程。太姒夢見商之庭生棘，太子發取周庭之梓樹之於闕間，化爲松柏。

北荒明月，西極流精。神異經曰：西北荒中有二金闕，高百丈，金闕銀盤，圓五十丈，二闕相去百丈，上有明月珠，徑三丈，光照千里。十洲記曰：崑崙山有三角，其角一正東，有墉城，有流精之闕，西王母所治也。

海岳黃金，河庭紫貝。史記曰：三神山傳在海中，黃金白銀爲宮闕。楚辭曰：魚鱗屋兮龍堂，紫貝闕兮珠宮。王逸曰：言河伯所居，以紫貝作闕也。

蒼龍玄武之製，銅雀鐵鳳之工。三輔舊事曰：未央宮東有蒼龍闕，北有玄武闕。魏文帝歌曰：長安城西有雙圓闕，上有一雙銅爵，一鳴五穀生，再鳴五穀熟。薛綜西京賦注曰：圓闕上作鐵鳳凰，令張兩翼，舉頭敷尾。

或以聽窮省寃，或以布化懸法。李尤闕銘曰：悉心聽省，乃無窮寃，布化懸法。已見上文。

或以表正王居，或以光崇帝里。尚書王曰：表正萬邦。周易曰：王居無咎，正位也。桓子新論曰：昔周公光崇周道，澤被四表。蜀都賦曰：崤函有帝皇之宅，河洛爲王者之里也。

晉氏浸弱，宋歷威夷

禮經舊典寂寥無記鴻規盛烈湮沒罕稱乃假天闕於牛頭託遠圖於博望有斯耳目無補憲章漢書曰浸弱微滅也韓詩曰周道威夷左氏傳曰以繼好息民謂之禮經東都主人曰唯子頗識舊典司馬相如美人賦曰上宮閑館寂寥至虛封禪書曰湮滅而不稱不可勝數山謙之丹陽記曰大興中議者皆言漢司徒義興許彧墓二闕高壯可徙施之王茂弘弗欲後陪乘出宣陽門南望牛頭山兩峯即曰此天闕也豈煩改作帝從之今出宣陽望此山良似闕沈約宋書曰孝武大明七年博望梁山立雙闕禮記曰仲尼祖述堯舜憲章文武乃命審曲之官選明中之士陳圭置臬魚列瞻星揆地興復表門草創華闕周禮曰或審曲面勢明中謂四時昏明各有中星也尚書考靈耀曰冬至日月在牽牛一度求昏中者取六項加三旁蟸順除之鄭玄曰晝行十二項中正而分之左右各六項也蟸猶羅也昬中在日前故言順數也明中在日後故言却也周禮曰土圭之法測土深正日影以求地中又曰匠人建國

梁書云天監七年春正月壬戌作神龍仁虎闕於端門大司馬門外

求地中置槷以懸視其影鄭玄曰槷古文臬假借字也周禮曰晝參諸日中之影夜考之極星以正朝夕東觀漢記博士等議曰陛下除殘去賊興復祖宗西京賦曰正紫宮於未央表嶢闕於閶闔論語曰禆諶草創之西都賦曰樹中天之華闕封冠山之朱堂

於是歲次天紀月旅太簇天紀星紀也左氏傳梓慎曰歲在星紀而淫於玄枵杜預曰歲星也星紀斗牛之次也漢書曰太簇位在於寅正月也皇帝御天下之七載也搆茲盛則與此崇麗方且趨以表敬觀而知法劉璠梁典曰天監七年正月戊戌詔曰昔晉氏青蓋南移日不暇給而兩觀莫築懸法無所今禮盛化光役務簡便可營建象闕以表舊章於是選匠量功鑴石爲闕窮極壯麗冠絕古今奇禽異羽莫不畢備漢書曰萬石君過宮門闕必下車趨列女傳衛靈公夫人曰妾聞禮下公門式路馬所以廣敬也物覩雙碣之容人識百重之典周易曰聖人作而萬物覩西京賦曰圓闕竦以造天若雙碣之相望徐幹七喻曰豐屋廣夏崇闕百重作範垂訓赫矣壯乎鄭玄釋識曰創制作範匪

既不立家語南宮敬叔曰孔子作春秋垂訓後嗣曹府君陳寔誄曰赫矣陳君爰命下臣式銘盤石其辭曰

惟帝建國正位辨方周營洛涘漢啓岐梁此言建國立都不恒一所故洛涘岐梁咸爲帝宅也周禮曰惟王建國辨方正位周周成王也尚書序曰召公既相宅周公往營成周作洛誥蔡邕祝禊文曰自求多福在洛之涘漢漢高祖也西京賦曰岐梁汧雍陳寶鳴雞在焉居因業盛文以化光爰有象闕是惟舊章帝王所居因功業而後盛禮文之德由政化而益光也周易曰後得主而有常含萬物而化光

青蓋南洎黃旗東揄懸法無闕藏書弗紀言帝祚南遷王綱弛紊懸法藏書咸皆廢紀青蓋晉日也虞預晉書王導上言曰迴青蓋以反上京司馬彪續漢書曰皇子皆朱班輪青蓋黃旗謂吳也司馬德操與劉恭嗣書曰黃旗紫氣恒見東南終成天下者揚州之君子臧榮緒晉書曰孫氏無闕大晉南都亦不暇立門闕遂廢矣藏書則淡日鐵

垂篋當刋有故實

而藏之見下句大人。造物。龍德。休否。建此。百常。興茲。雙起。周易曰飛龍在天大人造也莊子孔子曰夫造物者爲人司馬形曰造物謂道也周易曰龍德而正中者也又否卦曰九五休否王弼曰居尊位能休否道者也張景陽七命曰表以百常之闕雙起猶雙立也魯靈光殿賦曰崇墉岡連以嶺屬朱闕巖巖以雙立偉哉偃蹇壯矣巍巍旁映重疊上連翠微。王逸楚辭注曰偃蹇高貌也何晏論語注曰巍巍者高大之稱也重疊宮觀之多者也七命曰重殿疊起交綺對幌蜀都賦曰鬱氛氳以翠微布敎方顯浹日初輝懸書有附委篋知歸布敎已見上文周禮曰正月乃懸治象之法于象魏使萬民觀治象浹日而斂之懸書則懸法也委篋則藏書也重用之故變文耳鬱崫魚勿重軒穹隆反宇形聳飛棟勢超浮柱甘泉賦曰洪臺崫其獨出西都賦曰重軒三階穹隆見下句西京賦曰反宇業業何禎許都賦曰景福鬱抗以雲起飛棟鳥企而翼舒甘泉賦曰抗浮柱之飛榱兮神莫莫而扶傾色法上圓

原文復作複

製模下矩周望原隰俛臨煙雨上圓天也下矩地也繁欽建章鳳闕賦曰上規圓以穹隆下矩地而繩直望原隰臨煙雲言其高也前賔四會却背九房北通二轍南湊五方王逸楚辭注曰賔列也陸機洛陽記曰有銅駝二枚在宮之南四會道頭鄭玄禮記注曰却返也東京賦曰復廟重屋八達九房則明堂之制也鄭玄禮記注曰天子廟及路寢皆如明堂制也然路寢在門北故云却背也暑來寒往地久天長神哉華觀永配無疆周易曰寒往則暑來暑往則寒來老子曰天長地久毛詩曰申錫無疆集云盤石欝崫重軒穹隆色法上圓製模十四字是至尊所改也

新刻漏銘一首 并序

陸佐公劉璠梁典曰天監六年帝以舊漏乖舛乃勑貟外郎祖暅治之漏刻成太子中舍人陸倕為文司馬彪續漢書曰孔壺為漏浮箭為刻下漏數刻以考中星昬明星焉

夫自天觀象，昏旦之刻未分；治歷明時，盈縮之度無準。周易曰：古者庖犧氏之王天下也，仰則觀象於天，俯則觀法於地。五經要義曰：昏，闇也；旦，明也。日入後漏三刻爲昏，日出前漏三刻爲明。周易曰：君子以治歷明時。淮南子曰：孟春始贏，孟秋始縮。高誘曰：贏，長也；縮，短也。

挈壺命氏，遠哉義用。周禮曰：挈壺氏下士六人。鄭玄曰：壺，盛水器也。挈壺水以爲漏也。

揆景測辰，儆叫宮戒井，守以水火，分茲日夜。揆景測辰，謂晝夜漏也。儆宮，謂儆巡其宮也。衛宏漢舊儀曰：晝漏盡，夜漏起，宮中衛宮城門擊刀斗，周廬擊木柝。周禮曰：挈壺氏掌壺以令軍井，凡喪事懸壺以哭，皆以水火守之，分以日夜。鄭司農曰：挈壺以令軍井，謂爲軍穿井，井成，挈壺懸其上，令軍中衆皆望見，知此下有井也。壺所以盛飲，故以壺表井也。鄭玄曰：以水守壺者，爲沃漏也；以火守壺者，夜視刻數也。分以日夜者，異晝夜漏也。

而司歷亡官，疇人廢業，孟陬殄滅，攝提無紀。左氏傳仲尼曰：今火猶西流，司歷過也。漢書曰：三代既没，五霸之末，史官喪紀，疇人子弟分散如澮曰家業世世相傳爲疇漢書曰孟陬殄滅攝提失方音義曰正月爲孟陬歷紀廢絕閏餘乖錯不與正歲相值謂之殄滅攝提星名隨斗杓所指建十二月若歷誤春三月當指辰而乃指巳是爲失方衛宏載傳呼之節較而未詳霍融敘分至之差詳而不密衛宏漢舊儀曰夜漏起宮中宮城門傳五伯官直符行衛士周廬擊木柝讙呼備火司馬彪續漢書曰太史令霍融上言漏刻率九日增減一等不與天相應或時差至二刻半不如夏歷密也陸機之賦虛握靈珠孫綽之銘空擅崑玉陸機孫綽皆有漏刻銘曹子建與楊德祖書曰人人自謂握靈蛇之珠家家自謂抱荊山之玉新序固乘曰珠產江漢玉產崑山弘度遺篇承天垂旨王隱晉書曰李充字弘度集有漏刻銘沈約宋書曰宋太祖頗好歷數太子率更令何承天私撰新法元嘉二十年上表詔有付外詳之有司奏承天歷術令施行布在方冊無彰器用禮記哀公問政子曰文武之道布在方冊左氏傳臧僖伯曰山林川澤之實器用之資譬彼

劉宋

春華同夫海東春華言其文麗海東譬其無實荅賓戲曰摛藻如春華晏子春秋曰齊景公謂
晏子曰東海之中有水赤其中有棗華而不實何也晏子曰昔者秦穆
公乘舟理天下黃布裹蒸棗至海而捔其布破黃布故水
赤蒸棗故華不實公曰吾佯問子對曰嬰聞佯問者佯對也寧可以軌物字民作範
垂訓者乎左氏傳曰隱公將如棠觀魚臧僖伯諫曰君將納民於軌物者也講事以度軌量謂之軌取材
以章物采謂之物不軌不物謂之亂政周書成王曰朕不知字民之道敬問伯父作範垂訓已見上文且今
之官漏出自會稽蕭子雲東宮雜記曰天監六年上造新漏以臺舊漏給宮漏銘云咸和七
年會稽山陰令魏丕造即會稽內史王舒所獻漏也積水違方導流乘則陸機刻漏賦曰積水
不過一鍾道于流不過一筐也六日無辨五夜不分淮南子曰冬至子午夏至卯酉冬至加三
日則夏至之日也歲遷六日終而復始高誘曰遷六日今年以子冬至後年以午冬至衛宏漢舊儀曰晝夜漏起省
中用火中黃門持五夜甲夜乙夜丙夜丁夜戊夜也歲躔閹茂月次姑洗爾雅曰太歲在戌曰

閹茂禮記曰季春之月律中姑洗皇帝有天下之五載也。樂遷夏諺，禮變商俗。孟子夏諺曰吾王不游吾何以休尚書曰商俗靡靡利口惟賢業類補天，功均柱地。列子曰昔女媧氏煉五色之石以補其闕斷鼇之足以立四極其後共工氏與顓頊爭為帝怒而觸不周之山折天柱絕地維也河海夷晏，風雲律呂。禮斗威儀曰君乘土而王其政太平則河溓海夷十洲記曰天漢三年西國王使獻靈膠四兩吉光毛裘受以付庫使者曰常占東風入律十旬不休青雲干呂連月不散意者閻浮有好道之君我王故搜奇蘊而貢神香步天林而請猛獸乘毛車以濟弱水于今十三年矣坐朝晏罷，每旦晨興。呂氏春秋曰上稱三皇五帝之業以諭其意蚤朝晏罷以告制兵者也尚書大傳曰帝猶反側晨興辟四門來仁賢屬傳漏之音，聽雞人之響。周禮曰雞人掌大祭祀夜呼旦以叫百官集云雞人二宗是沈約所改作也以為星火謬中，金水違用。左氏傳張趯曰火中寒暑乃退鄭玄毛詩箋曰火星中寒、暑退陸機漏刻銘曰寤蟾蜍之栖月識金水之相緣時乖啓閉，箭異錙銖。

左氏傳曰凡分至啓閉必書雲物爲備故也鄭玄禮記注曰入兩爲錙漢書曰二十四銖爲兩也爰命日官。草創新器。左氏傳曰天子有日官諸侯有日御於是俯察旁羅登臺升庫周易曰仰則觀於天文俯以察於地理史記曰黃帝順天地之紀旁羅日月星辰左氏傳曰公既視朔遂登觀臺以望而書禮也又曰宋衛陳鄭皆火梓慎登大庭之庫以望之曰宋衛陳鄭也則于地四。參以天下。言壺用金而漏用水也漢書曰天以得一生水地以得四生金也建武遺蠹。咸和餘舛。司馬彪續漢書霍融曰四分施於建武咸和漏刻即上魏丕所造也金筒方員之制。飛流吐納之規。金則壺也而形方筒則引水者而形員孫綽漏刻銘曰乃制妙器挈壺氏銓累筒三階積水成川陸機漏刻銘曰口納胷吐水無滯咽變律攺經。一皆懲革。蔡邕律歷志曰凡歷所革以變律呂相生至六十也天監六年太歲丁亥十月丁亥朔十六日壬寅漏成進御以考辰正晷測表候陰陸機集志議曰考正三辰審其所司是談天紀綱也測表候陰謂土圭也不謬圭撮無乖黍累漢書曰夫推歷生律制器量多少者不失圭撮權輕重者不失黍累應劭曰圭自然之形陰陽之始也四圭曰撮十黍一累十累一銖又可以校運筭之睽合辨分天之邪正漢書曰造漢太初歷治歷者方士唐都巴郡洛下閎與焉都分天部而閎運筭轉歷也察四氣之盈虛課六歷之疏密爾雅曰春爲發生夏爲長嬴秋爲收成冬爲安寧四氣和爲通正漢書曰史記有黃帝顓頊夏商周及魯歷漢興張蒼用顓頊歷比於六歷疏闊中最爲微近又曰渻于陵渠覆太初歷晦朔弦望皆最密也永世貽則傳之無窮赫矣煥乎無得而稱也晉嘉量微物盤盂小器猶且昭德記功載在銘典周禮栗氏爲量其銘曰嘉量既成以觀四國永啓厥後茲器維則七略曰盤盂書者其傳言孔甲爲之孔甲黃帝之史也書盤盂中爲誡法或於鼎名曰銘蔡邕銘論曰德非此族不在銘典

原本作辭也

況入神之制與造化合符孫綽子曰藝妙者以入神造化已見上文論語比考讖曰君子上達與天合符成物之能與坤元等契周易曰乾知太始坤作成物又曰至哉坤元萬物資生勳倍楹席事百巾机蔡邕銘論曰武王踐祚咨于太師席机楹杖雜銘又曰黃帝有巾机之法孔甲有盤盂之戒寧可使多謝曾水有陋昆吾郭象莊子注曰不可多謝堯舜而推之爲凡也蔡邕銘論曰昔召公作誥先王賜朕鼎出于武當曾水呂尚作周太師而封于齊其功銘于昆吾之野西都賓序曰有陋洛邑之義金字不傳銀書未勒者哉崔玄山瀨鄉記曰老子母碑老子把持仙籙玉簡金字編以白銀紀善綴惡劉人本觀書賦曰玉牒石記銀書金字奧矣不窮邈乎昭備乃詔小臣爲其銘曰集曰銘一字至尊所改勑書辭曰故當云銘

一暑一寒有明有晦周易曰日月運行一寒一暑莊子曰消息滿虛一晦一明日改月化

也神道無跡天工罕代莊子老聃謂孔子曰夫神生於道其來無迹其去無方尚書曰無曠庶官天工人其代之乃置挈壺是惟熙載氣均衡石晷正權概呂氏春秋曰仲春日夜分鈞衡石角斗桶正權概高誘曰角平升桶權概皆令均等也世道交喪禮術銷亡莊子曰世喪道矣道喪世矣世與道交相喪也毛詩序曰禮義消亡遽遷水火爭倒衣裳水火已見上文毛詩曰東方未明顛倒衣裳挈刀斗次聚木乖方漢書曰李廣行無部曲不擊刀斗自衛孟康曰以銅作鐎受一斗晝炊飯食擊持行夜周禮挈壺氏曰凡軍事懸壺以序聚㯝鄭玄曰謂擊㯝兩木相敲行夜時也爰究爰度時惟我臯毛詩曰維彼四國爰究爰度方壺外次圓流內襲洪殺殊等高卑異級陸機漏刻賦曰擬洪殺於漏鍾順卑高而爲級靈虬承注陰蟲吐噏孫綽漏刻銘曰靈虬吐注陰蟲承漏倏往忽來鬼出神入呂氏春秋曰倏忽往來而莫知其方淮南子曰並應無窮

二語拙而晦

鬼出神入微若抽繭逝如激電陸機漏刻賦曰形微獨繭之絲逝若垂天之電耳不輟音目眼無留眹銅史司刻金徒抱箭張衡漏水轉渾天儀制曰蓋上又鑄金銅仙人居左壺爲胥徒居右壺皆以左手抱箭右手指刻以別天時早晚履薄非兢臨深罔戰授受靡愆登降弗爽毛詩曰戰戰兢兢如臨深淵如履薄氷衛宏漢舊儀曰夜漏起中黃門持五夜相傳授箭籍田賦曰挈壺掌升降之節惟精惟一可法可象尚書曰惟精惟一允執厥中孝經曰作事可法左氏傳北宮文子謂衛侯曰有儀可象謂之儀以符契至猶影響周易曰月往則日來杜預左氏傳注曰分春秋分也至冬夏至也袁彥伯三國名臣序贊曰若合符契尚書曰惠迪吉從逆凶惟影響合昏暮卷蓂莢晨生周處風土記曰合昏槿也葉晨舒而昏合田俅子曰堯爲天子蓂莢生於庭爲帝成歷也尚辨天意猶測地情詩汜歷樞曰靈臺參天意周易曰聖人觀其所感而天地萬物之情可見矣況我

别本作痛

神造通幽洞靈陸機漏刻賦曰來象神造猶鬼之變配皇等極爲世作程呂氏春秋曰後世以爲法程高誘曰程度也曹植列女傳頌曰尚卑貴禮來世作程

誄上

王仲宣誄一首并序　曹子建

建安二十二年正月二十四日戊申魏故侍中關内侯王君卒嗚呼哀哉皇穹神察哲人是恃如何靈祇殲我吉士毛詩曰彼蒼者天殲我良人誰謂不庸痛早世即冥范曄後漢書桓帝詔曰遭家不造先帝早世誰謂不傷華繁中零史記華陽夫人姊說夫人曰不以繁華時樹本存亡分流夭遂同期莊子曰雖有天壽相去幾何又曰聖也者遂於命也朝聞夕沒先民所思論語曰朝聞道夕死可也毛詩曰先民有作何用誄德表之素旗鄭司農周禮注曰誄謂積累生時德行儀禮士喪禮曰爲銘各以其物鄭玄曰銘明旌也雜帛

爲物大夫士之所建也以死者不可別故以其
旌旗識之楊雄元后誄曰著德太常注諸旐旍何以贈
終哀以送之孝經曰哀以送之遂作誄曰
猗歟侍中遠祖彌芳公高建業佐武伐商史記曰魏之先畢公
高與周同姓武王伐
紂而高封於畢也爵同齊魯邦祀絕亡流裔畢萬
勳績惟光晉獻賜封于魏之疆天開之祚末冑稱王
史記曰公高苗裔曰畢萬事晉獻公滅魏封畢萬爲
大夫卜偃曰萬滿數也魏大名也以是始賞天開之
矣國稱陳留風俗記曰浚儀縣魏之都也魏滅晉獻公
以魏封大夫畢萬後世文侯初盛至子孫稱王是爲惠
王然以稱王因氏焉楚
詞曰伊伯庸之末冑也厥姓斯氏條分葉散世滋芳烈
揚聲秦漢會遭陽九炎光中矇漢書曰陽九厄日初
入百六陽九音義曰
易稱所謂陽九之厄百六之會者也典引曰蓄炎上之
烈精蔡邕曰謂大漢之盛德也中矇謂遭王莽之亂也

說文曰曚不明也世祖撥亂爰建時雍世祖謂光武皇帝也公羊傳曰撥亂反正莫近於春秋尚書曰黎民於變時雍三台樹位履道是鍾春秋漢含孳曰三公象五嶽在天法三能台能同周易曰履道坦坦寵爵之加匪惠惟恭自君二祖爲光爲龍張璠漢紀曰王龔字伯宗有高名於天下順帝時爲太尉暢字叔茂名在八俊靈帝時爲司空魏志曰粲曾祖父龔祖父暢皆爲漢三公毛詩曰既見君子爲龍爲光毛萇曰龍寵也僉曰休哉宜翼漢邦或統太尉或掌司空百揆惟叙五典克從尚書曰納于百揆百揆時叙又曰慎徽五典五典克從天静人和皇教遐通伊君顯考奕葉佐時魏志曰粲父謙爲大将軍何進長史入管機密朝政以治張衡四愁詩序曰久處機密出臨朔岱庶績咸熙粲父無傳其官未詳尚書曰庶績咸熙君以淑懿繼此洪基既有令德材技廣宣强記洽聞

幽讚微言孔叢子萇弘以仲尼洽聞强記博物不窮周易曰幽贊於神明而生蓍論語讖曰子夏六十人共撰仲尼微言也文若春華思若涌泉春華已見上文東觀漢記朱敦理馬援曰謀如涌泉勢如轉圜發言可詠下筆成篇魏志粲善屬文舉筆便成無所改定時人常以爲宿構何道不洽何藝不閑棊局逞巧博弈惟賢魏志曰粲觀人圍棊局壞粲爲復之棊者不信以帊蓋局使更以他局爲之用相比不誤一道其强記默識如此論語子曰不有博弈者乎爲之猶賢乎已皇家不造京室隕顛毛詩曰閔予小子遭家不造宰臣專制帝用西遷宰臣董卓也帝獻帝也魏志曰董卓以山東豪傑並起恐懼不寧初平元年二月乃徙天子都長安君乃覊旅離此阻艱翕然鳳舉遠竄荆蠻魏志曰粲以西京擾亂乃之荆州依劉表左氏春秋陳敬仲曰覊旅之臣杜預注曰覊寄也旅客也崔瑋七蠲曰翻然鳳舉軒爾龍騰毛詩曰蠢爾蠻荆身窮志達居鄙行鮮振冠南

饗孫志祖攷異當作嚮向之俗字也

嶽濯纓。清川。盛弘之荆州記曰襄陽城西南有徐元直宅其西北入里方山山北際河水山下有王仲宣宅故東阿王誄云振冠南嶽濯纓清川集本清或爲淸誤也潛處。蓬室。不干。勢權。列子曰北宮子庇其蓬室若廣厦之蔭也我公奮鉞耀威南楚我公魏太祖也荆人或違陳戎講武禮記曰乃命將帥講武習射御君乃義發筭我師旅魏志曰劉表卒粲勸表子琮令降太祖高尚。霸功。投身。帝宇。桓譚陳便宜曰所謂霸功者法度明正百官修治威令流行者也傳幹後漢王命叙曰世祖攘亂復帝宇斯言既發謀夫是與斯言謂琮降也毛詩曰謀夫孔多是用不集是與伊何纓饗我明德投戈編鄀若稽顙漢北漢書南郡有編鄀縣我公實嘉表揚京國金龜紫綬以彰勳則魏志曰太祖辟粲爲丞相掾賜爵關内侯漢舊儀曰列侯黃金龜鈕又曰金印紫綬勳則伊何勞謙靡已周易曰勞謙君子有終吉憂世。忘家。殊略。卓峙。

軍別本

史記穰苴曰將命之日則忘其家趙岐孟子章指曰憂國忘家乃署祭酒與君行止魏志曰後遷軍謀祭酒周易曰時止則止時行則行算無遺策畫無失理孟子曰計及下者無遺策東觀漢記魯恭上疏曰舉無遺策動不失其中我王建國百司俊乂周禮曰維王建國尚書曰俊乂在官君以顯舉秉機省闥戴蟬珥貂朱衣皓帶魏志曰魏國建拜粲侍中蔡邕獨斷曰侍中常侍皆冠惠文加貂附蟬也入侍帷幄出擁華蓋劉歆遂初賦曰奉華蓋於帝側榮曜當世芳風晻藹漢書曰韋玄成繼父相位封侯榮當世焉禰衡顏子碑曰秀不實振芳風也嗟彼東夷東夷謂吴憑江阻湖騷擾邊境勞我師徒光光戎路霆駭風徂君侍華轂輝輝王塗漢書劉向上封事曰今王氏一姓乘朱輪華轂者二十三人蔡邕劉寬碑曰統艾三事以清王塗也思榮懷附望彼來威言仲宣思念寵榮志在懷附異類望彼吴國畏威而來也漢書曰王

尊懷來徼外蠻夷歸附其威信也如何不濟運極命衰寢疾彌留吉往凶歸嗚呼哀哉魏志曰建安二十一年從征吳二十二年春道病卒尚書曰病日臻既彌留翩翩孤嗣號慟崩摧蔡邕袁成碑曰呱呱孤嗣含哀長慟發軫北魏遠迄南淮經歷山河泣涕如頹楚辭曰登山長望中心悲怨彼青青泣如頹哀風興感行雲徘徊游魚失浪歸鳥忘栖嗚呼哀哉吾與夫子義貫丹青丹青二色名言不渝也好和琴瑟分過友生毛詩曰妻子好合如鼓瑟琴又曰矧伊人矣不求友生庶幾遐年攜手同徂如何奄忽棄我夙零感昔宴會志各高厲予戲夫子金石難弊人命靡常吉凶異制毛詩曰天命靡常春秋保乾圖曰利害同門吉凶異域此驩之人孰先殞越左氏傳齊侯曰小白恐殞越于下何寤夫子果

乃先逝文論死生存亡數度春秋考異郵曰吉凶有數存亡有象子猶懷疑求之明據儻獨有靈游魂泰素列子曰泰素者質之始也我將假翼飄颻高舉超登景雲要子天路孝經援神契曰德至山陵則景雲出西京賦曰美往昔之喬松要羨門乎天路喪柩既臻將反魏京靈轜迴軌白驥悲鳴說文曰轜喪車也李陵詩曰轅馬顧悲鳴五步一彷徨虛廓無見藏景蔽形孰云仲宣不聞其聲梁商誄曰孰云忠侯不聞其音延首歎息雨泣交頸平聲嗟乎夫子永安幽冥人誰不沒達士徇名莊子曰小人徇財君子徇名天下皆然不獨一人也生榮死哀亦孔之榮嗚呼哀哉論語子貢曰夫子其生也榮其死也哀

楊荊州誄一首并序

潘安仁

使 別本

維咸寧元年王隱晉書咸寧武帝年號夏四月乙丑晉故折衝將軍荊州刺史東武戴侯滎陽楊史君薨嗚呼哀哉楊肇已見懷舊賦夫天子建國諸侯立家左氏傳師服曰吾聞國家之立也天子建國諸侯立家是以人服事其上而下無覬覦也選賢與能政是以和禮記曰選賢與能講信修睦周賴尚父殷憑太阿太阿阿衡謂伊尹也毛詩曰惟師尚父時惟鷹揚又曰實維阿衡實左右商王矯矯楊侯晉之爪牙毛詩曰矯矯武臣又曰予王之爪牙忠節克明茂績惟嘉尚書曰予懋乃德嘉乃丕績將宏王略肅清荒遐降年不永玄首未華尚書曰降年有永有不永范曄後漢書樊準上䟽曰故朝多皤皤之良華首之老銜恨沒世命也奈何嗚呼哀哉范曄後漢書東海王彊上䟽曰銜恨黃泉論語子曰君子疾沒世而名不稱焉自古在昔有生必死法言曰有生者必有死有始者必有終自然之道也

身沒名垂先哲所韙（東征賦曰唯令德爲不朽兮身旣沒而名猶存也）行以號彰德以述美（周禮曰謚者行之迹號者功之表也蔡邕郭有道碑曰德音猶存亦賴之見述也）敢託旒旗爰作斯誄（旒旗已見上文）其辭曰

邈矣遠祖系自有周昭穆繁昌枝庶分流族始伯喬氏出楊侯（漢書曰楊雄其先出自有周伯喬者以支庶食菜於晉之楊因氏焉不知伯喬與周何別也楊在河汾之間周衰而楊氏或稱侯號曰楊侯）弈世丕顯允迪大猷（尚書曰公稱丕顯德毛詩曰秩秩大猷聖人莫之）天猷漢德龍戰未分（左氏傳曰天而既猷周德矣周易曰龍戰于野其血玄黃）伊君祖考方事之殷（左氏傳曰鄢陵之戰楚子使工尹襄問郤至以弓曰方事之殷有韎韋而跗注者君子也杜預云殷盛也）鳥則擇木臣亦簡君（左氏傳仲尼曰鳥則擇木家語孔子曰君擇臣而任之臣亦擇君而事之）投心魏朝策名委身

左氏傳狐突曰策名委質貳乃辟也奮躍淵塗跨騰風雲荅賓戲曰振拔洿塗跨騰風雲或統驍騎或據領軍潘岳楊肇碑序曰肇驍騎府君之嫡孫領軍肅侯之嗣子賈弼之山公表注曰楊恪字仲義驍騎將軍生暨字休先領軍將軍篤生戴侯茂德繼期纂戎洪緒克構堂基毛詩曰纂戎祖考尚書曰若考作室子弗肯堂矧肯構弱冠味道無競惟時弱冠已見上文桓譚荅楊雄書曰子雲勤味道腴毛詩曰無競惟烈孝實蒸蒸友亦怡怡尚書曰克諧以孝蒸蒸乂弗格姦怡怡已見上文多才豐藝強記洽聞尚書周公曰不若旦多才多藝洽聞強記已見上文目睇毫末心筭無垠子慎曰離朱之明察秋毫之末荅賓戲曰研桑心計於無垠草隸兼善尺牘必珍漢書曰陳遵善書與人尺牘主皆藏去以爲榮也足不輟行手不釋文翰動若飛紙洽雲學優則仕乃從王政論語子夏曰仕而優則學學而優則仕左氏傳子產

謂子产曰僑聞學而後入政未聞以政學者也散璞發輝臨軹止作令肇碑曰嘉平初除軹令漢書河内郡有軹縣化行邑里惠洽百姓越登司官肅我朝命肇碑曰肇遷治書侍御史惟此大理國之憲章肇碑曰肇兼統大理之任漢書曰廷尉秦官掌刑辟景帝中六年更名大理君莅其任視民如傷左氏傳逢滑曰國之興也視人如傷庶獄明慎刑辟端詳尚書周公曰庶獄庶慎聽參臯呂稱侔于張尚書帝曰咎繇蠻夷猾夏寇賊姦宄汝作士惟明克允又序曰呂命穆王訓夏贖刑作呂刑漢書曰于定國爲廷尉其決疑平法務在哀鰥寡罪從輕朝廷稱之又曰張釋之爲廷尉周亞夫見釋之持議平乃結爲親友縣此天下稱之改授農政于彼野王肇碑曰除野王典農中郎將魏略曰典農中郎將太祖置秩比二千石漢書河内郡野王縣倉盈庾億國富兵彊毛詩曰我倉既盈我庾惟億新序曰孫叔敖相楚國富兵彊煌煌文后鴻漸晋室君以兼資參

王伯厚引左氏謂[illegible]忘 釋

戎作弼肇碑曰文后歷數在躬爲叅軍周易曰鴻漸于陸其羽可用爲儀漢書華陰守丞嘉上疏曰朱雲兼資文武用錫土宇膺兹顯秩青社白茅亦朱其紱肇碑曰五等初建封東武子毛詩曰錫爾土宇歸章尚書緯曰天子社東方青南方赤西方白北方黑上冒以黃土將封諸侯各取方土苴以白茅以爲社毛萇詩傳曰諸侯赤韍韍與紱古今字同魏氏順天聖皇受終魏志曰陳留王奉皇帝璽綬策禪位于晉嗣王周易曰湯武革命順乎天尚書曰正月上日受終于文祖烈烈楊侯寔統禁戎肇碑曰皇祖之始典戎武衛司管閶闔清我帝宮晉宮閣銘曰洛陽城閶闔門漢書曰東牟侯興居先清宮應劭曰天子行幸所至先案行清靜殿中以虞非常苛慝不作穆如和風國語内史過曰神亦往焉觀其苛慝毛詩曰穆如清風謂督勳勞班命彌崇肇碑曰以清宮勳勞進封東武伯說文曰督察也茫茫海岱玄化未周毛詩曰洪水茫茫尚書曰海岱及淮惟徐州蔡邕陳留太守頌曰玄化洽矣

帥　何焯說改然陳景雲謂不必闌是也

寨字誤當作㥶程懲也繼寨謂叟後繼部

長蘅說當作懲義是而字非

滔滔江漢疆埸分流毛詩曰滔滔江漢南國之紀尚書曰江漢朝宗于海孔安國曰二水經此州而入海也秉文兼武時惟楊侯既守東莞官乃牧荊州肇碑曰須東莞相荊州刺史漢書琅邪有東莞屬徐州也折衝萬里對揚王休肇碑曰加折衝將軍晏子春秋孔子曰不出樽俎之間而折衝千里之外晏子之謂也毛詩曰虎拜稽首對揚王休聞善若驚疾惡如讎國語楚藍尹亹謂子西曰夫闔廬聞一善言若驚得一士若賞謝承後漢書曰張儉清絜中正疾惡若讎示威示德以伐以柔左氏傳倉葛曰德以柔中國刑以威四夷又曰伐叛刑也柔服德也二者立矣吴夷凶侈偪師畏逼將乘讎釁席卷南極班固高紀述乘釁而運席卷三秦纖寨糧盡神謀不忒楊肇伐吴而敗已見辨亡論下君子之過引曲推直如彼日月有時則食左氏傳曰晉師歸桓子請死晉侯欲許之士貞子諫曰夫其敗也如日月之食焉何損於明

負執其咎功讓其力毛詩曰誰敢執其咎亦既旋旆爲法受黜左氏傳孔子曰趙宣子古之良大夫也爲法受惡退守丘塋杜門不出漢書曰王陵杜門不朝請游目典墳縱心儒術祁祁搢紳升堂入室毛詩曰采蘩祁祁封禪書曰雜搢紳先王之畧術論語子曰由也升堂矣未入於室也靡事不咨無疑不質毛萇詩傳曰訪問於善爲咨咨事爲諏漢書曰張竦居貧好事者從之質疑問事位貶道行身窮志逸毛詩曰我位孔貶毛萇傳曰貶墜也論語子曰道之將行也與命也茀慮茀圖乃寢乃疾毛詩曰昊天疾威弗慮弗圖楚辭曰寢疾而日愁昊天不弔景命其卒嗚呼哀哉毛詩曰不弔昊天蔡邕楊公誄曰功成化洽景命有順子囊佐楚遺言城郢史魚諫衛以尸顯政左氏傳曰楚子囊還自吳卒將死遺言謂子庚必城郢君子謂子囊忠君薨不忘增其名將死不忘衛社稷可不謂忠乎韓詩外傳曰昔衛大夫史魚病且死謂其子曰我

數言蘧伯玉之賢而不能進彌子瑕不肖而不能退死不當居喪正堂殯我於室足矣衛君問其故子以父言聞君召蘧伯玉而貴之子瑕退之徙殯於正堂也伊君臨終，不忘忠敬。寢伏牀蓐，念在朝廷。朝達厥辭，夕殞其命。聖王嗟悼，寵贈衮襚。誄德策勳，考終定謚。肇碑曰肇薨天子愍焉遣謁者祠以少牢謚曰戴侯漢書曰列侯薨大行奏謚誄策應劭曰賜與謚及哀策誄文也羣辟慟懷，邦族揮淚。孤嗣在疚，寮屬含悴。毛詩曰煢煢在疚赴者同哀，路人增欷。嗚呼哀哉！余以頑蔽，覆露重陰。國語張老謂趙文子曰先王覆露子也韋昭曰露潤也仰追先考，執友之心。禮記曰見父之執不謂之進不敢進不謂之退不敢退俯感知己，識達之深。晏子春秋越石父曰士者申乎知己也承諱忉怛，涕淚霑襟。楚辭曰泣歔欷而沾襟豈忘載奔，憂病是沈。在疚不

省於士不臨舉聲增慟哀有餘音嗚呼哀哉

楊仲武誄一首并序　潘安仁

楊綏經字仲武滎陽宛陵人也中領軍肅侯之曾孫荆州刺史戴侯之孫肅侯楊暨也戴侯楊肇也並已見上文東武康侯之子也康侯楊潭也八歲喪父其母鄭氏光祿勳密陵成侯之元女賈弼之山公表注曰鄭袤爲司空密陵元侯生默爲光祿勳密陵成侯默女適滎陽楊潭潭生仲武成侯或爲元侯誤也漢書音義服虔曰元長也操行甚高恤養幼孤以保乂夫家而免諸艱難尚書周公曰巫咸保乂王家戴侯康侯多所論著又善草隸之藝子以妙年之秀曹子建自試表曰終軍以妙年使越固能綜覽義旨而軌式模範矣雖舅氏隆盛而孤貧守約心安陋巷

體服菲薄，余甚奇之。論語子曰：回也在陋巷，人不堪其憂。又曰：禹菲飲食。馬融曰：菲，薄也。若乃清才儁茂，盛德日新，周易曰：日新之謂盛德。吾見其進，未見其已也。論語子謂顏淵曰：吾見其進也，未見其止也。既藉三葉世親之恩，而子之姑，余之伉儷焉。左氏傳曰：已不能庇其伉儷而亡之，又不能字人之孤而殺之，將何以終。遂誓施氏。往歲卒於德宮里，陸機洛陽記曰：德宮，里名也。喪服同次，綢繆累月，茍人必有心，此亦欵誠之至也。不幸短命，論語孔子對哀公曰：有顏回者，不幸短命死矣。春秋二十九，元康九年夏五月己亥卒。嗚呼哀哉！乃作誄曰：伊子之先，弈葉熙隆。惟祖惟曾，載揚休風。顯考康侯，無祿早終。左氏傳子產曰：公孫段無祿早世，不獲久享君德。名器雖光，勳業未融。篤生吾子，誕茂淑姿。克岐克嶷，知章知

猋依胡說改

微毛詩曰克岐克嶷以就口食周易曰君子知微知章鉤深探賾味道研機周易曰探賾索隱鉤深致遠又曰夫易聖人之所以極深而研機也匪直也人邦家之輝毛詩曰匪直也人秉心塞淵又曰樂只君子邦家之光子之遘閔曾未齓髫鄭玄周禮注曰齓毀齒也埤蒼髫曰髫髻髦也如彼危根當乜衝猋德之休明靡幽不喬言德之休明無有處幽而不遷喬也左氏傳王孫滿曰德之休明毛詩曰出自幽谷遷于喬木弱冠流芳儁聲清劭韶爾男惟榮爾宗惟瘁幼秉殊操違豐安匱撰録先訓俾無隕墜舊文新藝罔不肄潘揚之穆有自來矣矧乃今日慎終如始老子曰慎終如始則無敗事爾休爾戚如實在己新序曰晉襄公之孫周爲晉國休戚不倍本也視予猶父不得猶子論語曰顏回死門人欲厚葬之子曰回也視予猶父也予不得視猶子也敬亦既篤

金甡云日東則景夕多風日西則景朝多陰此謂沿日遲此以比仲武少年光景正未有艾也

愛亦既深雖殊其年實同厥心日昃景西望子朝隮如何短折背世湮沈嗚呼哀哉尚書曰六極一曰凶短折孔安國曰短未六十折未三十也寢疾彌留守茲孝友彌留已見上文毛詩傳曰善父母爲孝善兄弟爲友臨命忘身顧戀慈母哀哀慈母痛心疾首毛詩曰哀哀父母生我劬勞左氏傳呂相絕秦曰諸侯痛心疾首暱就寡人噭噭叫同生悽悽諸舅莊子曰我噭噭隨而哭之春蘭擢莖方茂其華荆寶挺璞將剖于和含芳萎擢毀璧摧柯言德業之美類於蘭玉始含芳而積擢遽毀璧而摧柯言早夭也太玄經曰破璧毀珪逢不幸也嗚呼仲武痛哉奈何德宫之艱同次外寢惟我與爾對筵接枕自時迄今曾未盈稔姑姪繼隕何痛斯甚嗚呼哀哉披帙散書屢覩遺文有造有寫或

草。或貟。執玩。周復想見。其人。紙勞。于手。涕沾。于巾。張衡四愁詩曰側身北望涕沾巾龜筮既襲埏隧既開尚書曰乃卜三龜一習吉又曰卜不襲吉孔安國曰襲因也聲類曰埏墓隧也痛矣楊子與世長乖朝濟洛川夕次山隈歸鳥頡頏行雲徘徊毛詩曰燕燕于飛頡之頏之臨穴永訣撫櫬盡哀毛詩曰臨其穴惴惴其慄杜預左氏傳注曰櫬棺也遺形莫紹増慟余懷瑰芳往矣梁木實摧嗚呼哀哉往矣已見上文禮記曰孔子早作負手曳杖逍遥於門歌曰泰山其頹乎梁木其壞乎鄭玄曰太山衆山所仰梁木衆木所放也

文選卷第五十六

初六日 侃尋繹及斯編